Alquímio a Descendente

Juliana Weyn

Copyright© 2022 by Literare Books International
Todos os direitos desta edição são reservados à Literare Books International.

Presidente:
Mauricio Sita

Vice-presidente:
Alessandra Ksenhuck

Diretora executiva:
Julyana Rosa

Diretora de projetos:
Gleide Santos

Capa:
Wherlom Almeida

Diagramação e projeto gráfico:
Gabriel Uchima

Revisão:
Rodrigo Rainho

Relacionamento com o cliente:
Claudia Pires

Impressão:
Gráfica Paym

Dados Internacionais de Catalogação na Publicação (CIP)
(eDOC BRASIL, Belo Horizonte/MG)

W547a Weyn, Juliana.
  Alquímio: a descendente / Juliana Weyn. – São Paulo, SP: Literare Books International, 2022.
  16 x 23 cm

  ISBN 978-65-5922-294-0

  1. Ficção brasileira. 2. Literatura brasileira – Romance. I. Título.
  CDD B869.3

Elaborado por Maurício Amormino Júnior – CRB6/2422

Literare Books International.
Rua Antônio Augusto Covello, 472 – Vila Mariana – São Paulo, SP.
CEP 01550-060
Fone: +55 (0**11) 2659-0968
site: www.literarebooks.com.br
e-mail: literare@literarebooks.com.br

"Conhece-te, aceita-te, supera-te.
As lágrimas são o sangue da alma."

Santo Agostinho

Agradecimentos

Agradeço primeiramente a Deus, por ter me abençoado com a dádiva da criatividade, de forma a transformar meus pensamentos em histórias fascinantes que envolvem o leitor, e o leva para o mundo da fantasia.

Agradeço por todos os familiares e amigos que me incentivaram ao longo de todo o tempo em que iniciei este livro.

E agradeço principalmente ao meu esposo Frederico, que sempre acreditou em mim, me incentivou, me ajudou e apoiou em todos os momentos.

Sumário

Capítulo 1..9
Capítulo 2..12
Capítulo 3..16
Capítulo 4..18
Capítulo 5..20
Capítulo 6..25
Capítulo 7..27
Capítulo 8..34
Capítulo 9..49
Capítulo 10..53
Capítulo 11..56
Capítulo 12..60
Capítulo 13..70
Capítulo 14..73
Capítulo 15..77
Capítulo 16..79
Capítulo 17..82
Capítulo 18..90
Capítulo 19..94

Capítulo 20..99
Capítulo 21..102
Capítulo 22..105
Capítulo 23..109
Capítulo 24..111
Capítulo 25..118
Capítulo 26..121
Capítulo 27..124
Capítulo 28..127
Capítulo 29..131
Capítulo 30..133
Capítulo 31..138
Capítulo 32..141
Capítulo 33..144
Capítulo 34..149
Capítulo 35..152
Capítulo 36..155
Capítulo 37..158
Capítulo 38..161
Capítulo 39..164
Capítulo 40..167
Capítulo 41..174
Capítulo 42..177
Capítulo 43..180

Capítulo 44 185
Capítulo 45 190
Capítulo 46 195
Capítulo 47 199
Capítulo 48 203
Capítulo 49 206
Capítulo 50 208
Capítulo 51 213
Capítulo 52 216
Capítulo 53 220
Capítulo 54 224
Capítulo 55 229
Capítulo 56 232
Capítulo 57 236
Capítulo 58 238
Capítulo 59 241
Capítulo 60 244
Capítulo 61 249
Capítulo 62 254

1

— Aaaaah... – grita desesperadamente enquanto corre com suas pequenas e delicadas pernas pelo gramado encharcado pela chuva.

Seu vestidinho azul gruda em um arbusto, ao parar para soltá-lo, avista o homem encapuzado, sorrindo tenebrosamente com uma faca ensanguentada empunhada.

Corre ainda mais enquanto grita de pavor, pedindo por ajuda. De repente, tropeça e cai sobre o chão de cascalhos que leva até sua casa. Fere os joelhos e as palmas das mãos e chora ainda mais.

Ao se aproximar da porta de sua casa, olha para o jardim e não vê mais o homem encapuzado.

Acorda assustada, com o coração acelerado, com o corpo encharcado pelo suor da adrenalina.

Senta-se em sua cama, e fica abraçada as suas pernas, enxuga as lágrimas que escorrem por seu rosto e pescoço. O frio de janeiro começa a incomodar. Embrulha-se no edredom e vai até o aquecedor, então percebe que faltara energia.

Retorna para sua cama, se enfiando debaixo das cobertas, onde permanece encolhida, como um bebê, naquele quarto escuro e frio. Fecha os olhos com força, tentando esquecer o pesadelo que a assombra desde sua infância.

Verônica nasceu no Brasil, mas após sua perda trágica, ao completar a maioridade, resolveu viajar pelo mundo, conhecendo novas pessoas e culturas, procurando uma forma de aplacar a sua dor.

Alquímio - A descendente

Formou-se em Química Orgânica, em uma das faculdades mais renomadas do mundo, Harvard. Assim como seu pai, sempre se dedicou muito aos estudos, e tão logo continuou a estudar, realizando novas pesquisas, até se tornar doutora em Química Quântica, na mesma área que seu amado pai.

Mesmo sendo muito estudiosa, como todo jovem, sempre que se sentia entediada, procurava algum lugar divertido para ir.

Dançava a noite toda, beijava alguns rapazes e algumas vezes bebia um pouco mais do que seu corpo aguentava, e se via na obrigação de ligar para seu amigo John, para levá-la para casa.

John é taxista, seu grande e único amigo. Os dois se conheceram quando Verônica foi morar em Massachusetts, nos Estados Unidos, na época em que entrou para a faculdade.

Após uma festa com os amigos de faculdade, se viu obrigada a pedir um carro para levá-la de volta a seu apartamento, já que seus sentidos estavam prejudicados pelo álcool que corria em seu sangue, o que a impossibilitava de subir em sua Harley Davidson. O senhor que a levara em segurança para casa fez muito mais que o serviço de taxista. Devido a seu estado de embriaguez, o senhor a ajudou a chegar até seu apartamento, além de deixá-la deitada no sofá.

Ao acordar no dia seguinte, viu um papelzinho com algumas recomendações para evitar a enxaqueca, além do número de celular, caso precisasse de um táxi. Verônica riu enquanto sacudia o pequeno papel.

A partir dessa época, sempre que saía para se divertir, pedia que seu amigo a levasse ao local, sempre marcando um horário provável para ir buscá-la.

Em uma dessas noitadas, ela conheceu um rapaz jovem, bonito e muito atraente. Os dois começaram a dançar e se beijar. As horas se passavam e o álcool já começava a fazer efeito em seu corpo. A música era muito alta, a ponto de não ser possível ouvir uma voz sequer, o ambiente escuro, a não ser pelas luzes coloridas que rodeavam o local.

Seus cabelos soltos grudavam em seu corpo suado. O rapaz a beijava com mais intensidade e suas mãos começavam a percorrer seu corpo. Verônica instintivamente o empurrou, ele a puxou pelo braço forçando um beijo, ela continuava a empurrar, e socar seu peito. — Me solta! - Verônica grita, mas ninguém é capaz de ouvir ou ver qualquer coisa, até que sente um puxão em sua camiseta e com muita dificuldade vê o rapaz cair sentado no chão, um pouco tonta e com a visão meio turva, pôde ver John tapeando a nuca do rapaz e dizendo algo que não foi possível entender.

— Vamos Verônica. – fala John, segurando carinhosamente seu braço.

Verônica sai da boate abraçada àquele senhor que se tornara seu único amigo. Ela via nele um pai que, por força do destino, já não estava mais presente em sua vida.

John é um senhor de meia-idade, cabelos grisalhos, baixinho e barbudo. Com um sorriso cativante, muito carinhoso e respeitador. Ele tem um filho com a mesma idade de Verônica, mas infelizmente, depois que sua esposa o largou, seu filho nunca mais quis vê-lo. Ele sofria muito com essa separação, e provavelmente era o maior motivo para cuidar de Verônica como se fosse sua filha.

O retorno para casa foi um sacrifício para Verônica, sua cabeça rodava, em cada curva feita pelo carro seu estômago embrulhava mais, até que não conseguiu mais segurar, colocando para fora toda a vodca que havia ingerido. John lhe entrega uma pequena toalha e continua dirigindo o mais rápido possível.

— John, me desculpe. – fala com certa dificuldade.

Pelo retrovisor, ela vê o olhar de desaprovação de John.

Ao chegar em casa, ela desce do carro e permanece com a cabeça baixa, a vergonha era tanta que não tinha coragem de olhar para ele.

— Verônica, você vai ficar bem?

— John, não se preocupe comigo. Estou bem. – enfiou a mão na bolsa e tirou duas notas de cem dólares. — Isso é pela corrida e pela bagunça que fiz em seu carro.

— Verônica, fique com seu dinheiro. – colocou o dinheiro na palma da mão de Verônica, fechando seus dedos com carinho. — Depois que estiver sóbria, conversamos sobre isso.

— Mas John... – foi interrompida por ele.

— Verônica, não vou discutir com você nesse estado. Por favor, entre e vá tomar uma ducha.

— Obrigada, John!

Ao entrar em casa, ela joga sua bolsa em cima do sofá e vai direto para o banho, assim seguindo o sábio conselho de seu amigo.

Verônica, apesar de sua pouca idade, é sempre muito decidida, intuitiva, e usa sua inteligência para tentar preencher as lacunas do seu passado.

Após concluir seu doutorado, se mudou para New Haven, em Connecticut, nos Estados Unidos. Seu sonho era conhecer as obras deixadas por seu pai na Universidade de Yale, onde havia lecionado, anos antes de se mudar para o Brasil.

Verônica tinha boas lembranças de seu pai, podia fechar os olhos e vê-lo em seu laboratório cheio de tubos coloridos sobre as bancadas que rodeavam aquele enorme local. Ela se lembra que adorava desenhar no quadro branco, que vivia cheio de fórmulas e esquemas, na época não tinha entendimento algum sobre o que eram.

Verônica era apaixonada por aquele lugar. Lugar esse que ficou apenas em suas lembranças, já que nunca descobriu sua localização. Adorava quando seu pai fazia sair fumaças coloridas de dentro daqueles frascos engraçados.

Se concentrando um pouco mais, podia até ouvir a voz de seu pai.

— Filhinha, pegue aquele livro para o papai. Tome cuidado para não derrubar nada.

Sua mãe às vezes aparecia com uma bandeja cheia de gostosuras.

— Um lanchinho gostoso para meus dois amores. – dizia sua mãe, com aquele sorriso lindo.

Sua mãe era a pessoa mais meiga do mundo, inteligente e adorava ler. Era uma mulher linda e encantadora.

Assim como sua mãe, Verônica se tornou uma linda mulher, com os cabelos negros e lisos e os olhos profundamente azuis como os de seu pai, com um corpo milimetricamente perfeito de causar um misto de inveja e desejo em todos ao seu redor.

Hoje, com sua formação, seria capaz de compreender grande parte do trabalho de seu pai, mas infelizmente ele não havia deixado nenhum de seus estudos recentes disponível. O pouco que lhe restou foram alguns livros didáticos, ainda guardados na biblioteca de sua casa no Brasil e na biblioteca da Universidade de Yale.

Havia apenas algumas semanas que estava morando em New Haven, e ainda não tinha criado coragem de ir até Yale. Mas, após seus recorrentes pesadelos, se viu na obrigação de seguir seu coração.

Ao chegar à faculdade, fica encantada com o local, o gramado verde fora substituído pelo branco da neve que cobria toda a extensão do local, as árvores estavam secas e sem folhas, com seus troncos queimados pelo frio.

Verônica segue pelo caminho que a direciona àquela construção em estilo gótico, que a faz lembrar da arquitetura de algumas universidades britânicas, que estivera no passado.

Por ser filha de um renomado professor da faculdade, consegue acesso à biblioteca.

— Boa tarde, srta. Salles. Sou Giancarlo Panazzolo, professor de Teologia. – estende a mão para cumprimentá-la.

Verônica repara naquele homem bem-vestido, com um sobretudo azul petróleo muito elegante, aparentando ter uns quarenta e poucos anos, estatura mediana, do tipo que muitas garotas se apaixonam, com os cabelos grisalhos e muito atencioso.

— Parece que te conheço de algum lugar.

Giancarlo sorri e muda o assunto.

— Me disseram que é filha do Dr. Flávio Salles.

— Sim. – responde sorrindo.

— É a primeira vez que vem aqui? – a direciona para o campus.

— É sim. – Caminha reparando nos detalhes da arquitetura do local.

— Sempre quis conhecer, mas não tinha conseguido vir ainda.

— Seu pai é muito conhecido por aqui.

Ela fica levemente ruborizada.

— A senhorita seguiu os mesmos passos dele?

— Sim. – responde, sem dar maiores detalhes.

— Aqui está nossa maravilhosa biblioteca. – abre o braço direito apontando para o prédio à frente.

Novamente fica impressionada com a construção, a faculdade possui duas bibliotecas, a Bass Library e a Sterling Memorial Library, ambas ficam localizadas no coração do Campus Central e possuem uma arquitetura gótica, as duas bibliotecas são interconectadas por meio de um túnel.

Ao entrar na Sterling Memorial Library, se encanta com os detalhes do local, que a faz lembrar uma catedral gótica europeia, possuindo um teto com aproximadamente dezoito metros do chão, com claustros ao redor, janelas de clerestório, capelas laterais e um altar de mesa de circulação.

— Aqui estão os livros escritos por seu pai. – aponta para uma prateleira cheia de livros. — Vou te deixar à vontade. Se precisar de mim, estarei bem ali. – aponta para uma mesa retangular enorme de madeira com cadeiras em seu entorno.

Verônica fica quase duas horas olhando toda aquela coleção de livros e se arrepende de não ter dado continuidade à venda deles. Após a morte de sua madrinha, simplesmente não quis mais saber de nada que lhe trouxesse lembranças.

Olha para o relógio e se assusta. – perdi o tempo. – Levanta-se rapidamente.

Vai em direção à mesa onde Giancarlo estaria aguardando, mas percebe que a mesa está vazia.

Ao sair da biblioteca em passos largos, quase tromba com Giancarlo.

— Conseguiu as informações que precisava? – Giancarlo pergunta, sorrindo.

— Sim. Peço desculpas pela demora. – sente o rosto esquentar de vergonha.

— Sem problemas. – sorri. — Conheci seu pai quando eu ainda era bem jovem.

Verônica escuta Giancarlo, sem fazer comentários.

— Na época, ele ainda nem era casado. – tenta puxar assunto com Verônica. — Foi ele que me direcionou para minha atual formação.

— Muito obrigada por sua atenção. – tenta cortar o assunto. — Preciso ir.

— Vou te dar o número de meu celular, caso precise de voltar aqui. – retira uma caneta e um pequeno bloquinho de papel do bolso interno de seu sobretudo. — Tem muito tempo que está na cidade? – anota o número no papel.

— Não, só umas semanas.

— Caso queira tomar um café, pode me ligar. – entrega o papel com número anotado. — Tenho muitas histórias de seu pai.

— Você é formado em que mesmo?

— Sou teólogo.

— E quando conheceu meu pai?

— Há muuuuitos anos atrás. – fala sorrindo. — Quando eu ainda morava na Itália.

— Itália? – pergunta assustada.

— Sim. Ele viveu um bom tempo lá.

— Não sabia. – abotoa seu sobretudo vermelho. — Preciso ir.

— Tudo bem. Se precisar de mim, é só ligar.

Verônica sacode o papelzinho sorrindo, agradece e segue para seu carro.

Os dias têm sido exaustivos para Verônica, ela chega à sua casa e vai direto para o banho, o cansaço pelas noites mal dormidas começa a vencer seu corpo.

Ela se deita e, em poucos minutos, é levada às profundezas de seus sonhos e, como de costume, é assombrada pelos pesadelos que a atormentam desde sua infância.

Verônica se vê com sete anos, corre pelo jardim de sua casa e se senta rapidamente no balanço, onde seu pai a empurra, ela abaixa a cabeça toda vez que ele a empurra para frente, e ela o vê de cabeça para baixo e sorri. Sua mãe está sentada numa espreguiçadeira lendo um livro, e a olha com aquele sorriso encantador.

Ela podia ver o sorriso de seu pai toda vez que ele a empurrava. Era capaz de sentir o cheiro que vinha das flores que sua mãe cultivava com tanto carinho, podia ouvir o canto dos pássaros e a doce voz de seu pai.

— Feche os olhos, agora você é um pássaro pronto para voar.

Os momentos de felicidade eram subitamente interrompidos por uma sombra que se projetava pelo gramado verde do jardim. Um homem encapuzado com hábito de monge se aproxima de sua mãe com um punhal em sua mão e o céu se torna escuro como noite, e os ventos sussurram como num prelúdio de que algo sinistro aconteceria.

O lindo dia ensolarado é transformado em uma tormenta, o gramado que antes era verde agora está coberto de vermelho, ao olhar para seus pais, vê seus corpos caídos ao chão com as gargantas dilaceradas.

O homem gargalhava e dava para sentir nele o prazer de ter feito algo tão cruel. Podia ouvir seus próprios gritos de pavor.

Verônica acorda com fortes palpitações, encharcada de suor.

Quando criança, tinha sua madrinha para acalentar seu espírito e fazê-la dormir novamente. Mas após sua perda, Verônica foi obrigada a procurar outros meios para se acalmar.

Apesar de saber que seus pais haviam morrido em um acidente de carro, ela não conseguia achar uma explicação para esses pesadelos recorrentes.

Ela se encolhe debaixo de suas cobertas abraçada as suas pernas. Devido ao cansaço, em pouco tempo cai em sono profundo.

Verônica acorda assustada com o toque de seu celular. Olha o relógio, que marca 2h28.

— *Hi...* – atende com raiva e sono ao mesmo tempo.

— Verônica, descobriram quem você é. – fala muito rápido. — Você está correndo perigo!

Escuta a voz de um senhor meio rouco, falando em português.

— Quem está falando? – grita ao ouvir seu nome ser pronunciado.

— Eles vão te... – a ligação é interrompida.

Ao fundo, podia-se ouvir uma respiração ofegante. A voz não lhe soava estranha, mas não foi capaz de identificar. Havia muito tempo que não tinha contato com a língua portuguesa. Ela olha para o celular e identifica o código do Brasil.

Após essa ligação, seria impossível dormir novamente. Tenta retornar, mas cai direto na caixa postal. Passa o resto da madrugada acordada pensando quem poderia ser aquele senhor, se aquilo seria um trote e como tinham acesso a seu número de celular.

Ao perceber que não voltaria a dormir, levanta-se e vai para seu computador.

As horas passam e Verônica permanece grudada no computador à procura de respostas. Mas o número do celular não a leva a lugar algum.

O frio percorre o seu corpo e o medo domina o seu coração, ele sabe que precisa desaparecer com aquele objeto. Não compreende como alguém foi capaz de encontrá-lo naquela cidade, já que havia se disfarçado por anos, além de ficar longe do Vaticano e da proteção da Santa Sé.

Frei Raul não é alguém que se pode chamar de corajoso, é um homem franzino, já com uma idade um pouco avançada, sendo adorado por todos que o conhecem. Um homem de coração enorme.

Desce as ladeiras estreitas do Convento da Penha, tomando todo o cuidado para não deslizar naquelas pedras que datavam do século XVI, prefere a estrada que chamam de antiga, em vez da estrada para carros. A descida é um tanto quanto íngreme e procura com todo o cuidado efetuar o percurso, já que a chuva dificulta ainda mais o seu caminho. Suas vestes encharcadas se tornam pesadas, mas sabe que precisa guardar o objeto antes que caia em mãos erradas.

— Já passam das quatro da manhã, tenho que ser rápido, antes que deem falta de mim. – fala só, enquanto desce a ladeira escorregadia. — Preciso guardá-lo em um local mais seguro.

Ganha os portões em direção à gruta do Frei Pedro Palácios, um barco a motor o espera no cais do lugar que chamam de Prainha, faltam apenas alguns metros. Sua respiração é ofegante, a sensação é insuportável, o esforço físico e suas pesadas vestes o deixam cada minuto mais exausto. Passa em frente à gruta agarrado ao objeto, ganha a entrada do batalhão de infantaria ali próximo.

— Falta muito pouco para alcançar o barco. – fala ofegante. — Como descobriram? Eu falhei! – murmura, segurando o terço que carrega em sua mão direita.

Sente aquele calafrio de alguém que o está seguindo, olha discretamente para trás e não vê ninguém. A chuva pesada o impede de ver através da escuridão ocasionada pela falta de energia, hora quebrada apenas pelo clarão do relâmpago que cai próximo dali.

Esforça-se ao máximo para chegar ao barco, então sente um puxão em sua veste e é jogado com força para trás, caindo sentado. O objeto cai de seus braços e escorrega para longe.

Olha para cima e vê o homem com as vestes da morte, a capa longa e vermelha da cor do sangue. O capuz tampa o rosto, mas, mesmo assim, consegue ver a mistura do ódio e da felicidade nos olhos de seu assassino.

— Não! Por favor! – levanta as mãos, implorando por sua vida.

O assassino chuta seu peito, jogando-o de costas contra o chão encharcado pela chuva, mantendo o pé sobre ele. Abre os olhos e se depara com o rosto de seu assassino bem próximo ao seu. Tenta gritar, mas já não tem mais forças.

— Shiiii... – vê o assassino com o dedo sobre os lábios com um sorriso mórbido.

Subitamente, o assassino se levanta, retirando o pé do peito do frei, agarra a veste dele próxima ao peito e o puxa para cima, dilacerando sua garganta.

Frei Raul sente a lâmina fria se misturar ao calor do sangue quente em seu pescoço.

Fica ali, inerte, estirado no chão. Seu assassino sorri, enquanto pega o objeto que estava caído ao seu lado.

Crava vagarosamente um punhal no peito do frei, deixando-o sangrar até a morte.

O sangue forma pouco a pouco uma poça no chão, que vai sendo violentamente lavada pela tórrida chuva que cai sob o céu de Vila Velha, cidade brasileira, pertencente ao estado do Espírito Santo.

— **E**le está morto há aproximadamente duas horas. O corpo ainda está quente. – relata o legista.

— Um soldado que estava fazendo a ronda encontrou o corpo do Frei já sem vida, e com os olhos arregalados. O que demonstra que foi brutalmente assassinado. – informa o investigador Antunes ao delegado Soares, enquanto passam por debaixo da faixa de isolamento.

Em pouco tempo, os jornalistas começam a chegar.

— Mesmo com essa chuva da porra, esses urubus aparecem. – grita o delegado Soares, apontando para os repórteres. — Era só o que faltava pra merda do governador encher a porra do meu saco. Tinha que ser justamente em Vila Velha?!

A chuva dá uma trégua e o mormaço revela o forte odor do sangue que começa a secar no chão.

Em poucas horas, já está estampada em todos os noticiários a tragédia.

Soares chega ao seu escritório e, ao acessar um site de notícias, se irrita com o que vê.

"...Muitos se perguntam como e por que alguém faria algo com um Frei, apesar de o Estado ter um histórico de violência incomum, nunca tinha sido registrado deste tipo..."

Soares bate a mão com força sobre a mesa, irritado.

— Puta que pariu! Agora além do governador encher o raio do saco, vou ter na minha cola a igreja inteira. – grita Soares, enquanto bate a mão mais uma vez sobre a mesa de madeira de seu escritório.

— Teremos que priorizar este caso, não podemos perder um detalhe sequer. – Antunes puxa a cadeira de metal que arranha o chão e se senta.

— Antunes, tô pouco me fodendo pra essa porra! – fala alto. — Só quero me livrar desse caso o mais rápido possível.

— Os urubus já chegaram. – Antunes aponta para o corredor em direção à saída da delegacia. — Estão esperando você para a entrevista.

— Se eu pudesse, eu mandava essas pragas pra puta que pariu! Mas temos que ser gentis. – sorri, zombando e mostrando os dentes. — Vou lá fazer a minha parte e dar a entrevista que eles tanto querem.

O delegado Soares abre a porta da delegacia e imediatamente é abordado por vários repórteres.

— Delegado Soares! Já conseguiram descobrir alguma pista? – pergunta um repórter engravatado.

Ao lado dele, estava Samantha Albuquerque com seu *smartphone* estendido em direção ao delegado, aguardando as respostas.

Samantha é uma das melhores jornalistas do país, vencedora de vários Prêmios Pulitzer, e participou como correspondente das Guerras do Iraque e do Afeganistão, gosta de ter a liberdade de uma *freelancer* para vender as matérias a quem melhor lhe pagar.

— Senhores, ainda estamos investigando. Não temos nenhuma novidade. – responde o delegado aos repórteres. — Assim que tivermos, garanto que todos saberão.

— Delegado, quando começarão os depoimentos dos possíveis suspeitos? – pergunta Samantha, estendendo o celular.

— Querida, hoje mesmo começaremos.

As perguntas vinham de vários lugares, e a pouca paciência do delegado começava a esgotar. Responde a uma pergunta ou outra e, em pouco tempo, dá as costas aos repórteres, fechando a porta de vidro da entrada da delegacia.

Horas depois, os convidados a depor chegam à delegacia.

— Delegado, os convidados a depor já estão chegando. – informa o investigador Antunes.

Alquimio - A descendente

— Os dois estão aí?
— Sim.
— Antunes, mande o soldado entrar. Vamos acabar logo com essa porra. – fala mais calmo.
Na sala, estavam o delegado Soares, o escrivão e o soldado que encontrara o corpo já sem vida.
— Fale seu nome completo e conte-me como foi que você o encontrou. – diz o Delegado Soares, sem paciência.
— Boa tarde delegado! Me chamo Elias Xavier Mendonça, sou soldado do Exército.
— Prossiga.
— Como toda noite, estava fazendo minha ronda, de longe avistei algo que me pareceu um toco de madeira. A princípio não imaginei que pudesse ser alguém, então joguei a luz de minha lanterna para tentar ver melhor, mas, com a chuva forte e a escuridão, não consegui identificar.
— Lá não tem iluminação pública?
— Sim, mas havia faltado energia, por isso resolvi me aproximar. Quanto mais próximo eu ia chegando, mais forte o cheiro do sangue ia ficando. Foi quando percebi que era o corpo de uma pessoa. Corri para ajudar, mas já era tarde, ele já estava morto.
— E o que você fez?
— Na mesma hora, alertei o sargento do batalhão. Foi quando entramos em contato com a polícia.
— Escrivão, anote aí, temos que chamar o sargento pra depor. – risca um papel com algumas anotações. — Soldado, tá liberado. Se tivermos mais dúvidas, entraremos em contato. Mas fique por perto! E saiba que você faz parte da lista de suspeitos. – diz o delegado Soares, expulsando o soldado e exigindo que entrasse o próximo.
O próximo a prestar depoimento era o Frei João Pedro, o guardião do convento.
Ao entrar na sala, como de costume, o delegado já foi logo iniciando as perguntas, sem ao menos cumprimentar.
— Fale seu nome completo e conte-me o que sabe sobre ele.

O frei muito educado se apresentou e começou a contar sobre o Frei Raul, e antes que pudesse dar mais informações, o delegado Soares já foi interrompendo.

— Por favor, frei. – fala pausadamente cada letra em tom de deboche. — Para de enrolar! Não prolongue muito o assunto! Não tenho interesse em saber de onde ele veio nem mesmo quem ele foi! Só preciso descobrir quem o matou, pra me livrar logo desse assunto.

— Pois bem, senhor delegado, como eu ia dizendo, nós do convento não temos muitas informações para lhe passar. Ele não era de nosso Estado, veio para uma visita, estava com a gente fazia menos de uma semana. E a única coisa que sabemos é que ele deixou seus poucos pertences para uma mulher.

— Mulher? Quem é essa mulher, e como você sabe disso? – fala alto.

— Era o que eu estava tentando lhe explicar. – sorri. — Ele veio de uma cidadezinha do interior de Minas Gerais, e assim que soubemos de sua morte, entramos em contato com o Santuário, para informar o ocorrido. Foi quando nos informaram que ele havia deixado um testamento...

— Testamento?! – interrompe o delegado Soares, em voz alta. — E desde quando Frei deixa testamento? – ri em tom de deboche e se levanta encerrando o interrogatório. — Vou precisar de informações dessa mulher! – aponta com o dedo indicador bem próximo ao frei. — Preciso que arrume o contato dela.

— Assim que eu conseguir, te informo. – fala o frei calmamente.

— Não demore! Está dispensado!

Os repórteres permanecem parados na porta da delegacia, aguardando a saída dos depoentes.

Assim que o soldado Elias sai da delegacia, é cercado por todos aqueles repórteres. O soldado ignora todas câmeras e perguntas vindas de todos os lados, passa direto por todos, sem dar uma palavra sequer.

Samantha o segue e, ao se aproximar, joga todo seu charme na tentativa de extrair alguma informação.

— Soldado, sou Samantha Albuquerque, repórter...

— Querida, sei muito bem quem você é! E, por favor, não perca o seu tempo. Sua outra fama também a precede! Conheço muito bem vadias como você! Não me interesso nem um pouco por esse tipo. – diz o soldado Elias, interrompendo Samantha.

— Soldado, só me responda a uma pergunta. Quem você acha que matou o frei?

— Não faço a menor ideia! – respondeu firmemente, entrando no carro.

Samantha retorna para o pátio da delegacia e, em pouco tempo, o frei também sai.

— Por favor, frei, sou Fausto do Jornal Novo Tempo, poderia me dar um minuto do seu tempo? O que você tem a dizer do assassinato? Faz alguma ideia de quem possa ter feito isso? – aponta o microfone.

— Desculpe-me, filho, não tenho informação nenhuma! – responde o Frei, já saindo da delegacia e passando por eles sem dar muita atenção.

— Boa tarde! Neste número eu falo com a srta. Verônica? – seu coração dispara! Mais uma vez, escuta o velho português sendo pronunciado em seu ouvido.

— Quem está falando?

— Me chamo Frei Lázzaro, e tenho uma má notícia para lhe dar.

— Frei? – perguntou Verônica em tom de susto. — Foi você quem me ligou dias atrás?

— Não, é a primeira vez que estou te ligando.

— Como você conseguiu meu telefone?

— Pois bem, sou o responsável pelo Santuário do Caraça em Minas Gerais, e tenho uma triste notícia para lhe dar.

— Santuário?! Mas o que tenho a ver com isso? – pergunta, sem dar chance ao frei de explicar qualquer coisa. — Como conseguiu meu telefone?

— Seu contato foi deixado pelo Frei Raul.

— Quem?

— Frei Raul. – repete o nome, sem mais detalhes. — Como eu ia lhe dizendo, tenho uma notícia para lhe dar. O Frei Raul faleceu há alguns dias.

— E o que tenho a ver com isso?

— Em seu testamento, ele pede para lhe entregar todos os seus pertences.

— Testamento? Acredito que tenha se enganado e ligado para a pessoa errada.

Alquímio - A descendente

— Senhorita, há muitos anos, quando eu e o Frei Raul nos tornamos amigos, ele sempre me entregava um envelope fechado periodicamente, onde fui instruído que eu só poderia abrir o envelope mais recente, somente em caso de ele vir a óbito. O que infelizmente aconteceu recentemente.

— Mas eu não conheço nenhum Frei Raul.

— O último envelope que recebi foi de uma semana atrás. Nele, havia uma longa carta de despedida do Frei Raul. Ao final da carta, ele me pediu o favor de entregar a você seus poucos pertences. Ele me alertou que a senhorita poderia não se recordar dele, devido a um trauma de infância.

— Desculpe-me, frei, mas nunca ouvi falar desse Raul, e não consigo compreender como o senhor ou ele tem meu telefone.

— Senhorita, eu só tenho o seu telefone devido a esta carta que lhe falei.

— E o que devo fazer?

— Preciso que venha até aqui, ao Santuário, para receber os pertences. O que não são muitos.

— Não moro mais no Brasil, como que eu vou me despencar daqui dos Estados Unidos para aí no Brasil para receber coisas de uma pessoa que nem faço ideia de quem seja?

— É muito importante que venha. Ele ficaria muito feliz.

— E onde fica esse Santuário?

— Como lhe disse inicialmente, fica em Minas Gerais, no município de Catas Altas. Posso te encaminhar a localização por WhatsApp.

— Tudo bem, me encaminha que te dou o retorno.

Verônica desliga o telefone e, na mesma hora, começa a procurar passagem para o Brasil.

A curiosidade era tanta que não conseguia parar de pensar no que poderia ser que deixaram para ela, e quem era esse Frei Raul.

O avião pousa e o frio na barriga é incômodo, mas a sensação não é pela aterrissagem, mas, sim, pelo retorno ao seu país natal.

Ao fundo, escuta a voz do piloto informando a chegada ao aeroporto de Belo Horizonte, em Minas Gerais.

Após muitos anos sem ouvir o seu idioma natal, sente-se uma turista em seu próprio país, mal consegue pronunciar uma frase sem cometer alguns erros.

Após deixar sua mala em um hotel, já com sua moto locada, o mapa com todas as instruções em mãos de como chegar ao Santuário do Caraça, parte rumo a uma aventura. Seriam 120 quilômetros em meio às matas e seus pensamentos.

Ela chega ao santuário, e se espanta com a imensidão do local, cercado pela natureza deslumbrante.

À sua esquerda, há um jardim enorme com um chafariz bem no centro dele, seu coração aperta quando o vê. O local a faz lembrar do jardim de sua casa.

Ela segue em sua moto bem devagar, reparando em cada detalhe do ambiente. Para e retira o capacete, sente a brisa suave tocar seu rosto e afagar os seus longos cabelos, o cheiro do ar puro invade seus pulmões.

Estaciona a moto e prossegue caminhando. À sua frente, pode ver o grande santuário, uma joia rara que fora esculpida em meados do século XVIII.

— Nunca imaginei que pudesse haver um lugar tão bonito assim aqui no Brasil. – murmurou baixinho, ainda falando em inglês.

— Boa tarde! Posso ajudá-la em algo? – pergunta um jovem frei que estava passando por perto.

Alquímio - A descendente

— Boa tarde! Sim, eu marquei com o Frei Lázzaro.
— Pode vir comigo, eu te levo até ele.

Ela o acompanha, sem conseguir tirar os olhos daquelas paredes que formam o santuário com sua torre alta e majestosa, que quase toca o imenso céu azul.

Aquela magnífica estrutura a fez lembrar a arquitetura do Leste Europeu. É possível ouvir a sinfonia dos pássaros, que cantam harmoniosamente como que regidos por um maestro, ao som do instrumento mais perfeito da natureza, as folhas sendo sacudidas ao vento.

À sua frente está um frei idoso de barba branca, em suas vestimentas pesadas, com semblante sereno e um sorriso doce, conversando com um grupo de pessoas próximo à escada que dá acesso ao santuário. Ele estende a mão e se despede do grupo, os abençoando.

— Verônica, este é o Frei Lázzaro. – o jovem frei os apresenta, sorri e sai vagarosamente, deixando os dois.

— Boa tarde, frei! – ela sente seu corpo trêmulo pela tensão, estende a mão para cumprimentá-lo.

— Boa tarde, senhorita. – ele segura a mão de Verônica carinhosamente, tentando acalmá-la. — Venha comigo. – sobe as escadas em direção à entrada do santuário.

Ao passar pela grande porta, Verônica se encanta ainda mais com a arquitetura neogótica da igreja. Os dois caminham pelo centro do local, passando por entre os pilares feitos em granito e arenito.

Verônica para e contempla o enorme quadro da Santa Ceia à sua esquerda.

— Esse quadro foi pintado pelo Mestre Ataíde em 1828. – explica frei Lázzaro, com um sorriso em seu rosto.

Verônica acena com a cabeça e os dois seguem caminhando até próximo ao altar onde acomoda uma estátua de Nossa Senhora. Repara nos vitrais acima dele com seus desenhos coloridos que contam partes da história de Jesus Cristo.

Os dois se sentam em um banco bem próximo ao altar. Frei Lázzaro fala um pouco sobre o Frei Raul, mas não prolonga muito o assunto.

— O Frei Raul gostava muito deste lugar. – passa a mão sobre o banco. — Toda manhã ele se sentava aqui para fazer suas orações.

Verônica o olha sem dizer uma palavra sequer.

— Infelizmente, ele partiu deixando saudades. – levanta-se tentando esconder a emoção. — Aguarde aqui, por favor. Eu já volto.

Verônica balança a cabeça positivamente e permanece sentada. Olha para cima e se sente pequena naquele local deslumbrante.

Ela olha para o relógio já incomodada em esperar por algo que nem sabia ao certo o que seria.

Minutos depois, Frei Lázzaro se aproxima com uma pequena caixa de madeira em suas mãos.

— Isto foi o que ele pediu para eu lhe entregar. – estende as mãos, entregando a caixinha.

Verônica se levanta e a pega.

— Ele me pediu para que eu lhe dissesse que você entenderá tudo o que está acontecendo e que não está só.

— Como assim não estou só?

— Me desculpe, não sei responder às suas perguntas. Mas talvez isso possa ajudar em algo. – coloca a mão sobre a tampa da caixinha de madeira.

Ela pega a caixa e a analisa, sem tentar abri-la.

— Só mais uma coisa. – fala o frei, calmamente. — O Frei Raul pediu para que abrisse a caixa somente em um local seguro, sem ninguém próximo a você.

— Tudo bem. – passa a mão sobre a tampa talhada com um desenho estranho.

Verônica se despede, agradecendo a conversa, e segue em sua viagem de volta para a capital de Minas Gerais.

Apesar de toda sua curiosidade em saber o que há dentro da caixa, Verônica segue exatamente as recomendações de Frei Lázzaro, só abriria a caixa quando estivesse em um local seguro.

O vento forte bate em seu corpo, a sensação é de voar, o velocímetro já se aproxima de 140 km/h, seus pensamentos estão longe.

Não demora muito e já está no centro da cidade, segue direto para o hotel. Entra correndo pelo *hall*, sobe rapidamente para o quarto, joga a bolsa e o capacete num canto próximo à porta de entrada, pega a caixa e a abre como uma criança que acabara de ganhar um presente. Dentro da caixa há uma bíblia, um livro e um terço.

Alquímio - A descendente

— Eu não acredito que me despenquei lá dos EUA para receber isto! – fala com muita raiva.

Verônica joga a caixa com muita força no chão acarpetado, com o impacto, o livro que estava nela cai aberto e a bíblia permanece na caixa.

Ela respira fundo na tentativa de se acalmar, pega a caixinha e a coloca sobre a cama, ao pegar o livro, uma foto cai de dentro dele.

Ela não acredita em que seus olhos veem. A foto foi tirada no jardim de sua casa, nela estão seus pais, sua madrinha, um frei e ela ainda criança, provavelmente com seus cinco ou seis anos.

— Meu Deus, como não me lembro disso? E quem é esse homem? Será que é o Frei Raul?

Vira a foto, mas não há nenhuma informação.

Coloca a foto sobre a cama, retira a bíblia de dentro da caixa e a folheia tentando encontrar mais alguma coisa, mas não encontra nada. Ao pegar o terço, percebe que o fundo da caixa está meio torto.

— Um fundo falso. – sussurra, enquanto tenta abrir.

Ela pega sua lixa de unha e com muita delicadeza consegue puxar o fundo da caixa. Logo abaixo há um envelope lacrado por um círculo feito com cera de vela vermelha, com um desenho em alto-relevo igual ao talhado da caixa, de uma cruz com uma serpente envolvida em formato de um ponto de interrogação, bem como asas destacadas e uma coroa acima delas. Na parte de trás da carta está escrito:

"Para Verônica, com muito carinho.
Querida Verônica, se você está lendo isto, é porque infelizmente não sobrevivi para lhe contar quem fui em sua vida.
Eu e seu pai éramos amigos de longos anos, sua madrinha Cássia era minha amada irmã, assim como você, eu também perdi o que poderia se chamar de família. Você não se lembra de mim porque eu apaguei as suas lembranças..."

— Puta que pariu! Como assim apagou minhas lembranças? – questiona, em voz alta.

"*...mas infelizmente agora você precisará de se lembrar de cada detalhe de sua verdadeira vida, você saberá quem realmente é, mas isso não sou eu quem vou dizer, terá muita ajuda no decorrer de sua longa vida.*

Peço para que não confie em ninguém. Logo após a morte de meu amado amigo, seu pai, descobrimos que eles haviam nos encontrado, e que todos nós corríamos perigo, por isso me afastei. Na época, você ainda era criança, e eles não tinham interesse em você, já que era 'adotada'."

Verônica foi bruscamente interrompida por seu telefone.
— Alô! – fala com raiva, ao ser interrompida.
— Verônica Salles?
— Sim.
— Sou o Delegado Soares da delegacia do município de Vila Velha. Você está sendo intimada a comparecer aqui amanhã, às 15h.
— Delegado? Como conseguiu meu telefone? E do que estou sendo intimada?
— Não se faça de sonsa, garota! Você é a única herdeira do Frei Raul, como não sabe do que estou falando? A intimação foi encaminhada para sua residência.
— Senhor delegado, estive fora do Brasil por anos... – é interrompida bruscamente.
— Me poupe de suas historinhas. Te aguardo aqui amanhã. Sua advogada já está com a intimação.

Soares desliga sem dar chance de Verônica dizer qualquer coisa.
— Estúpido! Helena, vou te matar. - sussurra, pegando a carta para retornar a leitura.

Joga o telefone dentro de sua bolsa e volta a ler a carta.

"*...Você deve estar se perguntando como te encontraram. Bom, deixei todos os seus contatos com o Frei Lázzaro. Como os consegui? Desde quando saiu do Brasil, me senti na obrigação de te seguir por cada lugar que esteve, até eu ter a certeza de que estaria segura.*

Quando estava morando em Ohio, nos Estados Unidos, estive em sua casa, você me recebeu muito bem. Pude contemplar a beleza da união do amor de seus pais. Você tem os olhos e sorriso de seu pai, e a beleza majestosa de sua mãe.

Não sabe o quanto fiquei feliz por poder me aproximar de você novamente, de poder te abraçar. Saiba que és como uma sobrinha para mim.

Naquele dia, conversamos muito, mas não podia lhe contar nada. Ainda era muito cedo para descobrir a verdadeira história. Eu só queria ter a certeza de que iria ficar bem.

Ao nos despedirmos um do outro, fui novamente obrigado a encobrir suas lembranças quanto à minha pessoa. Você não podia se lembrar de forma alguma de mim, até estar realmente preparada.

Desde minha mudança para o Santuário do Caraça, venho reescrevendo esta carta a cada dia, já perdi as contas de quantas vezes a escrevi.

Hoje sei que está prestes a completar seus vinte e oito anos, então terá que tomar muito cuidado, pois a cada dia que passa, você corre mais risco.

Tenho mais uma coisa importante a lhe dizer, você é filha legítima de seus pais, a história da adoção foi apenas uma forma de esconder de todos a sua verdadeira origem, mas infelizmente eles já descobriram isso. E por este motivo você precisa tomar muito cuidado, pois eles já estão atrás de você.

A Cássia conseguiu mantê-la bem longe dos holofotes, e toda vez que seu nome ressurgia na mídia, ela sempre dava um jeito de esconder.

O interesse deles em seu pai não é de hoje, vem de muitos anos. Eu, a Cássia e seu pai estamos juntos há mais tempo que você pode imaginar.

Sugiro que retorne à sua casa, lá encontrará explicação para muitas dúvidas que tem neste momento.

Saiba que seu coração é a chave para o conhecimento de seu pai.

Como eu lhe disse, após a morte trágica de seus pais, eu a hipnotizei para que esquecesse grande parte do que viu e ouviu. Quando você ler a frase a seguir, parte de sua memória voltará. Não será nada agradável, toda dor reprimida será restaurada.

Acredito que seja tão forte como seu pai sempre foi. Gostaria muito de estar ao seu lado neste momento, mas saiba que estaremos sempre ao seu lado como espírito.

Sanguine Templarium"

Verônica sente uma forte dor de cabeça, como se estivesse sendo atingida por um raio. Fecha os olhos com muita força, e vê vários *flashes*, como se fossem pedaços de seu filme pessoal sendo reconstruído.

Sente os abraços de seu pai, o cheiro adocicado de sua mãe, o sorriso carinhoso de Raul ao lhe entregar uma margarida. Vê sua madrinha brigando com ela para que comesse.

Verônica põe as mãos na cabeça, cerra os dentes, cai da cama e se ajoelha no chão, cravando as unhas em seu couro cabeludo, puxa sua cabeça até seus joelhos, e um grito de dor escapa.

A dor aumenta cada vez mais, sente o cheiro do sangue de seus pais, que encharcam seus pés descalços.

As cartas que estavam em suas mãos agora estão espalhadas sobre o chão do quarto.

Verônica está aos prantos, não consegue conter as lágrimas, perde totalmente o controle de seu corpo.

Acabara de compreender tudo, e confirma suas suspeitas de que os pesadelos que a atormentam desde sua infância são lembranças de seu passado. Seus pais não morreram de acidente, foram assassinados bem na sua frente.

A raiva lhe consome por dentro, passa a mão com muita força sobre a cama derrubando no chão tudo que há sobre ela.

É nítida a mistura de sentimentos que lhe possuem nesse momento, dor, raiva, mágoa, saudade. Sente que deveria saber de tudo, entender o que realmente aconteceu com sua família.

Levanta-se com dificuldade, pega o celular e imediatamente compra a passagem para o Espírito Santo, onde o crime ocorrera e onde o Delegado Soares a aguarda.

O verão castiga, a sensação térmica chega a 38 ºC, Verônica já não está mais acostumada com o calor do Brasil. O aeroporto de Vitória está lotado, as pessoas se esbarram umas nas outras.

Verônica tenta pedir um carro por aplicativo, mas percebe que o sinal de celular está bem ruim, então se dirige ao ponto de táxi, onde alguns motoristas discutem para ver quem fará a corrida. Não conhece nada sobre o Estado do Espírito Santo e acabou não pesquisando muito sobre o local. Tudo que sabe é que o assassinato havia ocorrido na cidade chamada Vila Velha. Mais uma vez, sente o tremor do nervosismo controlar seu corpo.

— Boa tarde, moça! Alguma bagagem? – pergunta o taxista, abrindo a porta do carro.

— Não. – puxa sua pequena mala de rodinhas para perto de si.

— Moça, pra onde deseja ir? – pergunta o taxista.

— Por favor, me leve à Delegacia de Homicídios de Vila Velha. – o homem fica visivelmente intrigado, mas dirige o carro sem fazer comentários sobre o local.

Pela janela do carro, Verônica observa a paisagem, as ruas lotadas de carros, naquela manhã de terça-feira.

Passa pela Universidade de Vitória, quando lê o nome se recorda de já ter ouvido falar daquele local, provavelmente já lera em algum artigo de seu pai.

O trânsito está muito lento, ao passar pela principal ponte que liga a capital ao município de Vila Velha, percebe a igreja bem no alto de uma montanha.

— Moça, aquele é o Convento da Penha. – informa o taxista, percebendo que ela estava olhando fixamente para o monumento. — Outro dia aí, aconteceu um assassinato na descida do convento. – fala, olhando pelo retrovisor.

Verônica engole seco ao ouvir aquelas palavras e se mantém calada.

— Você é estrangeira, moça? – continua tentando puxar assunto.

— Não, sou carioca. – responde, sem prolongar a conversa.

— Carioca? E sem sotaque?

— Passei alguns anos fora, e acabei perdendo o sotaque.

— Hum. É a primeira vez que vem aqui?

— Sim.

— Chegamos à Vila Velha. Tem certeza do local pra onde vai?

— Sim!

O taxista percebe que Verônica não quer conversar e se mantém calado.

Verônica decide ir direto para a delegacia, antecipando o horário. Seu objetivo é descobrir mais informações do que havia acontecido com o Frei Raul.

— Chegamos. – informa o taxista.

Verônica entrega alguns dólares ao taxista para pagar pela corrida.

— Senhora, eu não aceito esse dinheiro aqui não.

— Aqui tem cinquenta dólares. Fique com o troco e não conte a ninguém que me trouxe aqui.

Ele sorri e aceita o dinheiro sem fazer comentários. Verônica desce do carro e segue para o interior da delegacia.

Passa pela porta de vidro que dá acesso a uma pequena saleta, na qual há um guichê de atendimento, onde é recepcionada por uma jovem, que se identifica como Mariana.

Verônica se apresenta e informa que havia sido intimada pelo delegado a comparecer às 15h.

— Verônica, não sei se ele vai poder te atender. – ela olha para o relógio, que marca 11h13. — Mas vou verificar com ele. – A jovem aponta para umas cadeiras e pede para que ela aguarde.

A delegacia é bem pequena e está passando por algumas reformas, o barulho das máquinas se mistura às conversas de alguns policiais, que a olham de rabo de olho.

Alquímio - A descendente

— Verônica? Bom dia! – um homem alto, de cabelos castanhos escuros com cavanhaque bem desenhado, se aproxima. — Desculpe, não pude deixar de ouvir o seu nome. Sou Agente Rosenberg, da Federal. – apresenta seu distintivo e estende a mão para cumprimentá-la. — Estou acompanhando o caso do Frei Raul com o Delegado Soares.

— Bom dia! Sim, sou Verônica. – fala enquanto segura a mão de Rosenberg.

Rosenberg a olha profundamente, o que a deixa desconsertada.

— Senhora, o delegado deu uma saidinha, mas já está chegando. – fala Mariana, ao retornar para a recepção.

— A senhorita deseja alguma coisa? Um café? Uma água? – fala Rosenberg.

— Não, só quero sair daqui o mais rápido o possível. – responde secamente.

— Quando cheguei, o delegado já havia saído. Mas já foi informado de que estamos aqui. Vamos lá para a sala de espera, se sentirá melhor lá.

— Obrigada. – agradece e segue o agente Rosenberg até uma sala fechada.

Ao entrar na sala, sente sua pele se arrepiar por inteiro com o frio gélido do ar-condicionado. A sala está vazia, há várias cadeiras enfileiradas no centro da sala e no canto esquerdo dessa sala há uma máquina de café e um bebedouro. Ela se senta na cadeira da primeira fileira.

A sala é nova, possivelmente tinha acabado de ser reformada, com suas paredes cobertas por ladrilhos azuis até a metade e a outra metade pintada com tinta branca.

Rosenberg coloca sua pasta de couro sobre uma das cadeiras e se senta ao lado de Verônica.

Apesar de a sala ser um pouco mais tranquila do que a recepção, ainda assim não se sentia bem naquele lugar. Rosenberg atende uma ligação e se levanta indo até a máquina de café.

Verônica repara em cada detalhe daquele homem alto e chamativo, seu corpo musculoso, branco dos cabelos castanhos escuros, assim como seus olhos. Tenta disfarçar seu olhar e sempre que o olha sente que também está sendo observada.

Os minutos parecem horas, o silêncio a incomoda tanto quanto aquela cadeira colando em suas pernas. Ela se levanta acertando seu vestido azul. Sente que está sendo observada.

De repente escuta várias conversas pelo corredor e a porta da sala é aberta com força. Um homem de estatura mediana, cabeça raspada e barba para fazer entra na sala falando alto.

— Agente Rosenberg. – fala pausadamente. — Por que já não estranho mais sua presença aqui?! – indaga o investigador Antunes debochadamente.

— Investigador Antunes. – fala pausadamente em tom de deboche, assim como Antunes. — Trate de se acostumar comigo, até concluirmos esse caso. – responde Rosenberg com muita calma.

— Quem é essa princesa? – pergunta Antunes, estendendo a mão para cumprimentá-la.

— Sou Verônica Salles, e exijo respeito! – responde, ignorando o cumprimento. — É triste saber que existam pessoas assim, sem ter o mínimo de profissionalismo. – murmura Verônica, já impaciente. — Quanto tempo mais vou ter que esperar pelo delegado?

— Ele já está chegando, pediu para que eu viesse na frente. – responde Antunes, agora sério.

— Investigador Antunes, preciso que venha à recepção. – são interrompidos por Mariana.

— Verônica, preciso ver o que está acontecendo. Não saia daqui.

Rosenberg pega a maleta e sai da sala, deixando Verônica sozinha.

Agora seu nervosismo está ainda mais aguçado, suas pernas estão trêmulas, sua respiração ofegante e seu coração bate de forma violenta em seu peito.

Minutos depois, Rosenberg retorna à sala.

— Verônica, os jornalistas já descobriram que está na cidade. – diz Rosenberg, sentando-se ao seu lado.

— Mas como descobriram?

— Você é filha de uma pessoa que foi muito importante para nosso país. E infelizmente esses jornalistas não perdem a oportunidade de pegar uma boa matéria.

— Não quero contato com jornalistas.

Alquímio - A descendente

— Fique tranquila, assim que terminarmos aqui, te acompanho. Onde você está hospedada?

— Hospedada? – ri com a pergunta. — Ainda não sei, acabei vindo sem pensar nesses detalhes. Você teria alguma indicação?

— Posso te indicar o mesmo em que estou hospedado.

— Você não é daqui?

— Não, vim pra cá estritamente por esse caso.

— Você é de onde?

— Sou de muitos lugares. - sorri. — No momento, estou morando no Rio de Janeiro.

— Também sou de lá.

— Eu sei. Li sobre você.

Ela olha pra ele e sente suas bochechas esquentarem.

— Você já tinha vindo aqui?

— Não, e nem me lembro de ter ouvido falar daqui. – fica ainda mais envergonhada. — Que vergonha!

— Não se sinta assim. – sorri carinhosamente. — Você é do interior do Rio, né?

— Sim, sou de Petrópolis. – Verônica abaixa a cabeça, sente que deve se calar. Nunca havia se sentido tão à vontade em conversar com alguém, a não ser com John.

— Achei que fosse carioca. Pelo menos foi o que descobri de você em minhas pesquisas.

— Você pesquisou muito sobre mim?

— Claro, sou investigador. – ri mostrando os dentes perfeitos. — Preciso saber de cada detalhe.

A conversa é interrompida por pancadas e gritos vindo do lado de fora da sala, a porta é aberta bruscamente.

— Rosenberg! – grita um homem baixo e gordo. — Que porra! Você não sai mais da minha delegacia.

Verônica se assusta, e reconhece aquela voz imediatamente, era a mesma voz que havia gritado em seu ouvido no dia anterior.

Verônica o encara com desprezo, repara em sua camisa suada e suja com alguma coisa que provavelmente havia acabado de comer.

— Quem é essa aí? – pergunta o delegado, apontando para Verônica.

— Ela é a Verônica Salles. – Rosenberg responde secamente.

— Achei que você fosse mais alta, menina. – fala rindo e apontando para Verônica.

— Tenha mais respeito comigo! Ou te processarei!

— Como você mesma já deve imaginar, sou o Delegado Soares. Você que me deve respeito! – fala aumentando a voz.

— Delegado, saiba que tenho total conhecimento de meus direitos. – Verônica o enfrenta levantando a voz.

— Estagiária! – grita o delegado, chamando por Mariana.

— Sim, senhor. – Em questão de segundos, a menina de sorriso metálico, cabelos ruivos e repleta de sardas em seu rosto aparece na porta.

— Leve essa mulher para minha sala, já vou pra lá. – aponta para a sala. — E você fique onde está! – fala diretamente com Rosenberg.

Verônica segue a pobre estagiária, que anda de cabeça baixa e mal dá para ver seu olhar.

A sala para onde é levada é bem grande, com uma mesa de madeira no fundo. Verônica se senta em uma das cadeiras, os pelos de seus braços eriçam naquele ambiente gelado, o barulho do ar-condicionado é irritante. Na mesa há um porta-retratos, uma mulher loira com um sorriso lindo, abraçada ao Delegado Soares.

— Será que esse homem é casado? Como é possível conviver com alguém assim? – murmurou Verônica baixinho, olhando para a foto.

O frio começa a incomodar, seus dedos agora roxos pelo frio começam a doer. Mas mantém-se firme, era incapaz de demonstrar fraqueza.

— Verônica. – entra o Delegado Soares na sala. — Temos muito que conversar, mas antes vamos seguir os protocolos. Você tem advogado? – pergunta em tom debochado.

— Tenho e você sabe disso! Mas por que precisaria dela aqui?

— Sugiro que converse com ela. Você é a principal suspeita...

— Saiba que o senhor não tem qualquer motivo para desconfiar de mim! – interrompe, se levantando e apoiando as mãos sobre a mesa.

— Abaixe o tom mocinha, ou mandarei prendê-la por desacato à autoridade.

Alquímio - A descendente

— Desacato? Eu que vou te processar por me acusar de um crime. – Verônica fala o português com um pouco de dificuldade devido ao seu nervosismo.

— Senhor delegado, a sala já está pronta e o escrivão já aguarda. – interrompe a estagiária.

Soares se levanta e bate a barriga contra a mesa, levantando-a alguns milímetros do chão, é visível o risinho escondido de Verônica.

Os dois seguem pelo corredor iluminado por uma luz amarela rumo à nova sala. Verônica, mesmo com toda sua coragem, naquele momento, sente-se fraca e insegura.

Outra sala gelada, suja e deprimente. Sente-se uma criminosa, então fecha os olhos por alguns segundos, tentando manter a calma.

Havia em sua mente um turbilhão de coisas, imagens desconexas das quais já não tinha certeza da veracidade, e sua paz interior estava abalada.

Ela se senta na cadeira fria e desconfortável, de frente para uma mesa grande e velha de madeira, próximos a ela estão o Delegado Soares, o escrivão e ao fundo pôde ver o Agente Rosenberg, que a encara como se estivesse lendo seus pensamentos.

— Vamos começar logo isso. – diz o delegado, pegando uma folha de papel. — Seu nome completo?

— Verônica Melo Salles.

— Onde estava na noite em que o Frei Raul foi assassinado?

— Dormindo em meu apartamento, em New Haven, nos Estados Unidos.

— Desde quando conhece o frei?

— Eu já disse... é interrompida por seus pensamentos, não podia dizer que não o conhecia, se alguém encontrasse alguma ligação entre eles, poderia ser presa. — Eu não me lembro dele.

— Como não conhecia se ele deixou sua herança apenas para você?

— Delegado, o senhor está colocando palavras em minha boca. – responde, levantando o tom de sua voz. — Eu não disse que não o conhecia, mas, sim, que não me lembro dele.

— Como não ia se lembrar da figura de um frei?

— Talvez já o tenha visto enquanto criança, mas sinceramente não me lembro dele.

— E o que foi que ele deixou para você?
— Desculpe, mas sou obrigada a dizer?
— Acho melhor falar, já que você é uma das principais suspeitas.
— Só falo com a presença da minha advogada. Como o senhor mesmo disse, tenho muito para conversar com ela.

Soares fica irritado e soca a mesa com a resposta de Verônica.
— Você quer fazer jogos comigo, mocinha?
— De forma alguma, delegado! Apenas preciso conversar com a Doutora Helena, antes de prosseguirmos. – responde Verônica, com ar sereno.
— Porra, menina! – grita, batendo a mão sobre a mesa. — Por que não veio com sua advogada?
— Não vejo motivos pra fazê-la vir aqui.
— Certo. Está dispensada. Fique atenta ao seu celular, posso precisar de mais informações a qualquer momento.
— Se precisar de qualquer coisa, ligue pra minha advogada, por favor.

Verônica sai da sala com um turbilhão de pensamentos. Passa pela recepção e sai pela porta de vidro, onde é imediatamente assediada pelos repórteres, apontando suas câmeras, microfones e celulares em sua direção.

Ouve seu nome vindo de vários lugares, com diferentes entonações. Seu coração dispara, dá um passo para trás tentando voltar e se desequilibra ao pisar no pé do Agente Rosenberg.

Rosenberg a segura em seus braços, Verônica fica ruborizada no mesmo instante.

Ele põe a mão direita sobre o ombro de Verônica e a conduz para dentro da delegacia sem dizer uma palavra.
— Verônica, esqueceu dos repórteres? – pergunta Rosenberg, com um belo sorriso.
— Esqueci completamente, não estou acostumada com isso. – Verônica não tira olhos de Rosenberg.
— Você está de carro?
— Não, vim de táxi.
— Ótimo. – Tem uma saída pelos fundos. Me acompanhe, por favor.

Verônica o segue até chegar ao estacionamento privativo dos funcionários.
— Nossa, muito obrigada. Vou chamar o táxi.

— Tenho uma ideia melhor. – fala enquanto tira a chave do carro de dentro de sua maleta. — Que tal almoçar comigo? – pergunta Rosenberg, com um sorriso amável.

— Não posso aceitar. – mais uma vez suas bochechas ficam rosadas. — Tenho muita coisa pra ver ainda.

— Mas vai ter que almoçar. – sorri.

— Tudo bem, mas não vou aceitar que pague meu almoço.

— Fechado!

— Será que os repórteres não virão atrás da gente? – olha pelo vidro do carro.

— Provavelmente ainda estão te esperando na entrada. – aponta para os repórteres na entrada da delegacia, ao passar pela rua lateral.

No caminho para o restaurante, os dois permanecem praticamente todo o percurso calados. Uma música toca ao fundo, o trânsito já não está mais congestionado como quando chegou.

Mesmo num dia de semana, a praia está cheia, algumas pessoas jogando frescobol, outras passeando com seus cachorros, outras aproveitando o sol de verão ou caminhando pelo calçadão.

— Verônica, esta é a Praia da Costa, uma das mais frequentadas do Estado do Espírito Santo. – aponta para o mar com uma das mãos enquanto dirige. — O hotel onde estou hospedado é aquele ali. – aponta para sua esquerda.

Verônica olha para o hotel, mas seu olhar é desviado para os lábios de Rosenberg.

— Você gosta de peixe?

— Gosto.

— Então vamos comer a melhor moqueca capixaba. Já ouviu falar da moqueca capixaba?

— Sim. – responde positivamente, embora fosse uma mentira. – Mas nunca experimentei.

Minutos depois estão em frente ao restaurante. É um restaurante bem aconchegante, com seu estilo um pouco rústico, repleto de quadros espalhados por todas as paredes, mesas e cadeiras de madeira com uma toalha quadriculada de verde e branco. Os dois se sentam e logo são atendidos por um garçom.

— Há quanto tempo está no Brasil? – pergunta Rosenberg, olhando profundamente nos olhos azuis de Verônica.

— Cheguei tem poucos dias. – Verônica responde sem muitos detalhes.

— Veio direto pra cá?

— Não, fui primeiro a Belo Horizonte.

— É uma cidade muito bonita também.

— Sim.

— Quantos anos passou fora do Brasil? – com os cotovelos sobre a mesa, abaixa a cabeça balançando-a negativamente e sorri. — Desculpe, acho que estou fazendo perguntas demais. Coisa de policial.

— Tudo bem, quando eu não quiser responder, não responderei. – a sinceridade é uma das grandes virtudes de Verônica. — Estou fora desde os meus 18 anos.

— Com licença! – interrompe o garçom, colocando as panelas de barro com a Moqueca, arroz branco e outros acompanhamentos sobre a mesa.

— Depois que resolver essa situação, pretende voltar para os Estados Unidos?

Fica calada por uns segundos, enquanto dá uma bela garfada da moqueca com arroz branco.

— Hum, bem que você disse, essa tal moqueca capixaba é divina. – ela corta o assunto, para evitar falar de sua vida.

— Eu não disse que ia gostar?! Não respondeu a minha pergunta. Pretende voltar para os Estados Unidos? – insiste ele.

— Ainda não parei para pensar nisso. Quem sabe onde a vida pode me levar?

Os dois riem, e a conversa flui, os assuntos são bem variados, falam sobre viagens, aventuras realizadas, comidas.

— Muito bom saber que você é uma aventureira como eu. – Rosenberg aproxima suas mãos para tocar nas mãos de Verônica.

No mesmo momento em que ele tenta tocá-la, ela retira as mãos de cima da mesa delicadamente, colocando-as sobre suas pernas.

— Já que gosta de adrenalina, podemos marcar de pular de parapente. O que acha?

— Quem sabe um dia. – retribui com um sorriso envergonhado.
— Preciso ir, ainda tenho muita coisa para fazer.
— Tudo bem, te deixo no hotel.

Os dois seguem para o hotel, o dia está bem quente. A música do carro é quase inaudível. Os dois continuam conversando sobre algumas aventuras vividas. Mas logo chegam ao destino.

— Verônica, precisando de qualquer coisa, por favor me liga. – retira um cartão de visita de dentro da carteira e a entrega. — Mesmo que seja pra bater papo. – sorri.

— Tudo bem. Mais uma vez, obrigada pelo almoço.

— Espero poder almoçar com você mais vezes. Assim que retornar para o Rio, por favor me avise.

— Pode deixar.

— Gostei muito de te conhecer. Você é uma mulher incrível.

Ela sorri, agradece enquanto desce do carro. Já na calçada, ela se curva para frente e acena se despedindo.

Verônica entra no hotel carregando apenas sua mala de mão.

O *hall* do hotel é muito bonito, com luzes coloridas que decoram o ambiente.

— Senhora, boa tarde! Posso ajudar em algo? – o recepcionista se aproxima do balcão.

— Sim, gostaria de uma suíte. – entrega seus documentos e conclui os devidos trâmites.

A suíte é perfeita, bem distribuída entre um quarto, sala e uma varanda, com uma vista privilegiada para o mar.

Coloca a mala de rodinhas próxima ao sofá, se senta e retira o *notebook* de dentro dela, colocando-o sobre seu colo.

Pesquisa sobre o assassinato do frei, mas não encontra muita informação, apenas o que já sabia.

Quando olha para o relógio, se assusta com a hora. Corre para o banheiro, penteia rapidamente seus cabelos lisos e negros, retoca a maquiagem e sai quase que correndo pelo corredor do hotel.

— Boa tarde! Preciso de um táxi. – fala, enquanto entrega o cartão da suíte.

— Sim, senhora, vou providenciar.

Senta-se em uma poltrona para aguardar e, em menos de cinco minutos, o táxi já está à sua espera.

Verônica segue para o táxi em passos largos, afinal, já são quase 16h.

— Boa tarde, senhora! Pra onde deseja ir? – pergunta o taxista, abrindo a porta do carro.

— Para o Convento da Penha, por favor.

No caminho, sua mente flutua para longe, esforça-se ao máximo para lembrar-se do Frei Raul em sua infância, mas todo esforço é em vão. Pega a foto que guardara dentro de sua bolsa e a olha com muita atenção. Repara que todos estão sorrindo, o frei estava abraçado à sua madrinha e ao lado de seu pai. Consegue se lembrar vagamente daquele dia, e se recorda daquele sorriso carinhoso em seu rosto barbado.

— Senhora, chegamos. – o taxista quebra seu devaneio. — Deseja subir a pé?

— Não.

O táxi entra por um grande portal em forma de arco pintado de branco com uma faixa azul próxima ao chão, com detalhes em relevo, bem no alto, no centro, há uma cruz pintada de azul. O carro segue por uma subida íngreme, cheia de curvas, com uma mata bem fechada à sua direita.

Verônica abre o vidro do carro, sente o vento bater forte em seu rosto, escuta o som das árvores sacudirem arrastando os galhos uns sobre os outros, o piar de pássaros e até mesmo os gritos de alguns macaquinhos que pulam de uma árvore para outra.

— Chegamos, senhora, agora é só seguir as escadas até o convento. – o taxista aponta para uma escada toda feita de pedras. — Estarei aqui te aguardando.

Verônica sobe as escadas segurando firmemente no corrimão de metal, enquanto segura com sua outra mão seu vestido que teima em tentar subir com o vento.

— Por que inventei de vir a um local como esse de vestido? – fala sozinha, enquanto segura seu vestido que teima em subir.

O vento é bem forte, faz seus cabelos voarem batendo com força em seu rosto, o que dificulta ainda mais a subida por aqueles poucos degraus.

Alquimio - A descendente

Ela se encanta com tamanha beleza da igreja. O interior é revestido parcialmente com madeira em cedro. Repara o altar com diferentes tipos de mármores que adornam o retábulo e colunas. No centro do retábulo, é possível ver a imagem da Virgem da Penha ladeada por anjos e querubins e, abaixo, a imagem de dois santos franciscanos.

Verônica não consegue se lembrar da última vez que havia entrado em uma igreja, e agora em menos de uma semana estivera em dois santuários de belezas exuberantes.

— Senhora, já estamos quase fechando. – Verônica sente uma mão em seu ombro e leva um susto. – fala um senhor franzino, com cabelos grisalhos, barbudo e com um olhar sereno.

— Boa tarde! Me desculpe, vim conversar com o Frei João Pedro.

— Sou eu, mas infelizmente não poderei atendê-la agora, o horário para confissão já está encerrado por hoje.

— Sou Verônica Salles, herdeira do Frei Raul. – Frei João Pedro arregala os olhos.

— Meus pêsames! – diz Frei João Pedro, colocando sua mão sobre o ombro de Verônica. — Venha comigo, por favor.

Verônica o acompanha.

— Senhorita, infelizmente não tenho muito a contribuir. Ele ficou com a gente apenas alguns dias e já havia conquistado a todos com seu jeito carismático de ser. Ficamos muito chocados e preocupados com essa tragédia.

Frei João Pedro é muito atencioso, conta a ela tudo o que sabe, a conversa não dura mais de vinte minutos.

— Muito obrigada, frei, me ajudou bastante. – estende a mão, se despedindo.

— Verônica, tome muito cuidado. – segura a mão de Verônica entre as suas. — Não sabemos o que esse monstro é capaz de fazer.

Verônica se despede e retorna para o táxi.

A descida é ainda mais complicada, os saltos de seus sapatos estalam a cada degrau, o vento agora ainda mais forte, empurrando seu vestido por entre as pernas.

Ela avista o taxista encostado sobre o carro, fumando enquanto a aguarda. Ela o encara com um olhar de desaprovação. Ao se aproximar, ele apaga o cigarro e o joga dentro de uma caixinha com areia.

— Desculpa aê, senhora. – coloca uma bala forte na boca e mantém os vidros do carro abertos por um tempo.

O retorno para o hotel é ainda mais rápido.

Ao chegar à suíte, arranca os sapatos e se joga na cama. Sente seus pés latejarem, sua cabeça também dói bastante, o cansaço é enorme.

— Preciso voltar para minha casa e enfrentar os fantasmas de meu passado. – fala sozinha.

Imediatamente, pega seu *smartphone* e liga para Helena.

Helena era a melhor amiga de sua mãe. As duas fizeram faculdade de Direito juntas e desde então ela se tornou a advogada da família. Com a morte de Cassia, sua madrinha, Helena assumiu a responsabilidade pela administração de seus bens e das empresas.

— Escritório...

— Boa tarde! Gostaria de falar com Helena. – Verônica interrompe a frase mecânica daquela voz cansada.

— Senhora, ela não pode atender no momento. Gostaria de...

— Por favor, diga a ela que é Verônica Salles. – e mais uma vez a frase é interrompida.

— Senhora...

— Faça o que estou pedindo! – a rispidez na voz de Verônica é notória.

Em poucos segundos, ela escuta a voz rouca de Helena.

— Verônica, é você mesmo?

Escuta a voz rouca e trêmula com a surpresa da ligação.

— Sim, sou eu, Tia Helena. – Fala com um tom calmo.

— Por que não ligou para o meu celular?

— Liguei, mas a chamada não estava completando.

— Nossa rede celular é ótima neste país! – responde em tom debochado. — Como você está, minha querida?

— Estou tentando ficar bem.

— Desde quando você está no Brasil? Recebi uma intimação, mas não...

— Há alguns dias. – corta a fala de Helena. — Sobre a intimação, estou aqui no Espírito Santo.

— Eu não acredito que compareceu à delegacia sem mim! Você deveria ter me ligado. – fala com um tom mais alto.

— Fique tranquila, não tenho nada a esconder.

— Verônica, você está sendo acusada de estar envolvida em um assassinato. Não deveria ter comparecido a esse depoimento sem a presença de um advogado.

— Já passou. Fique tranquila, estou bem.

— Graças a Deus, querida. Mas não faça mais isso! – fala brigando com ela.

— Pode deixar, tia. Posso te encontrar amanhã?

— Claro querida. Onde prefere?

— Vou aí em seu escritório. Pode ser?

— Sim, claro. Aguardarei ansiosamente.

— Estou querendo voltar pra minha casa ainda amanhã. Preciso que entre em contato com a Dona Rosa pra retornar pra lá. Poderia fazer isso pra mim?

— Claro querida. Pode ficar tranquila, avisarei a Dona Rosa e os seguranças agora mesmo.

— Obrigada! Amanhã nos vemos então.

Elas se despedem e desligam.

9

—**B**om dia! Gostaria de fazer o *check-out*. – Verônica entrega o cartão para a atendente.

Todos os olhares se voltavam para Verônica, duas moças cochicham apontando discretamente para ela.

Enquanto aguarda o táxi, Verônica pega o jornal e, ao desdobrar, seu coração quase salta pela boca. Sua foto está estampada na capa.

"...Principal suspeita do assassinato do Frei Raul vem ao Estado para depor..."

Verônica pega seu *smartphone* na mesma hora e liga para Helena.
— Bom dia, querida, tudo bom?
— Não! Péssimo! Estou na capa de um jornal sendo acusada de assassinato.
— O quê?! – quase grita, ao ouvir as palavras de Verônica.
— Estarei aí em duas horas. Vou te encaminhar a imagem do jornal. Conversamos pessoalmente.

Verônica desliga o telefone, pega sua bagagem de mão e segue em direção ao táxi, que a aguarda ao lado de fora do hotel.

Ao sair do hotel, se depara com vários repórteres à sua espera. Muitos gritam seu nome, algumas pessoas a xingam.

O segurança do hotel a protege das pessoas e a leva até o carro.
— Tudo bem, senhora? – pergunta o taxista, assustado.
— Tudo. – fala segurando o choro e observa o jornal em um compartimento do carro.

Alquímio - A descendente

Ao chegar ao aeroporto, percebe que está sendo observada por todos os lados. Sente seu rosto esquentar com a mistura de raiva e vergonha ao mesmo tempo.

Logo entra no avião, onde se sente mais tranquila no conforto de haver apenas duas pessoas na classe executiva.

Em pouco tempo, escuta a voz do piloto anunciando a chegada ao Estado do Rio de Janeiro.

O calor ainda mais insuportável que se recordava. Algumas pessoas passam correndo, esbarram umas nas outras, algumas andam olhando para seus aparelhos de *smartphone* sem olhar por onde pisam.

Verônica entra no primeiro táxi que vê e passa o endereço para o taxista. Ele fala qualquer coisa com ela, mas sua cabeça está tão longe que é incapaz de compreender uma só palavra.

Ela fica olhando para o jornal que está em suas mãos, com sua foto tomando quase toda a capa, com o olhar assustado na porta da delegacia, ao fundo pode ver a figura de Rosenberg. Ela aperta o jornal com raiva.

— Tudo bem, senhora? – pergunta o taxista.

— Sim.

Após alguns minutos, Verônica está diante de um enorme prédio, de alto padrão, em Copacabana. Com a fachada toda em vidro espelhado.

— Chegamos, senhora.

Ela paga pelo serviço e desce do carro em direção ao prédio azul.

Ao entrar no escritório, sente uma nostalgia. Os móveis de madeira com alguns detalhes em creme, os quadros de pintores renomados espalhados por todos os cantos da sala.

Logo é atendida por uma jovem morena, muito educada. Mas quando Verônica se identifica, percebe a mudança no semblante da moça.

Verônica se senta numa poltrona de couro vermelho, sua preferida quando ainda era criança, se recorda de já ter pulado muitas vezes nela.

Enquanto aguarda, não tira os olhos da capa do jornal, que agora está todo amassado.

— Verônica! – Helena não consegue conter a emoção, e a recepciona com um forte abraço. — Quantos anos! Você está linda. – aperta o rosto de Verônica com as duas mãos, admirando-a. — Beatriz ficaria muito feliz em vê-la assim.

— Obrigada! – Verônica retribui o abraço meio curvada para baixo.

Verônica repara que Helena está ainda mais vaidosa, usando brincos gigantes, seus cabelos mais vermelhos que das últimas vezes que a vira, o perfume adocicado se mistura com o forte cheiro da nicotina.

— Venha, vamos para minha sala. Vivian, traga algo para bebermos.

A sala está exatamente como se recordava, a estante com alguns livros, que antes parecia ser maior, a mesa de madeira com o tampo em vidro, o tapete vermelho e bege. O sol passa pela grade da janela, iluminando toda sala.

— Sente-se, fique à vontade. - apesar da alegria em ver Verônica, seus olhos trazem um traço de tristeza.

Verônica se senta numa poltrona parecida com a da recepção, só que ainda mais confortável. Coloca a mala ao seu lado e o jornal sobre seu colo.

— Verônica, preciso que me conte tudo o que aconteceu. — Helena acaricia o braço de Verônica.

Verônica permanece muda, suas bochechas começam a ficar rosadas de raiva, ela prende a respiração por alguns segundos.

— Verônica, conte-me tudo.

Então Verônica explode gritando.

— Eu quero essa VAGABUNDA na rua! - apontando para o nome da repórter, que havia feito a matéria.

A secretária está parada na porta, a bandeja em suas mãos balança, seus olhos estão ainda mais arregalados.

— Com licença, senhora. - Vivian coloca a bandeja sobre a mesinha redonda próxima à porta e sai no mesmo instante.

— Verônica, se acalme. - Helena lhe entrega um copo com água. — Assim que você me encaminhou a imagem da matéria, comecei a pesquisar sobre essa repórter. Infelizmente, Samantha Albuquerque é *freelancer* e uma das melhores jornalistas do país.

— Então processe o jornal!

— Verônica, deixe isso comigo. - Helena retira lentamente o jornal da mão de Verônica e o coloca sobre a mesa. — Preciso que se acalme e me conte tudo, desde a sua chegada ao Brasil.

Alquímio - A descendente

As duas conversam por horas, mas Verônica não lhe conta tudo. Prefere manter em segredo a ligação recebida na madrugada antes da morte do frei, além de não comentar nada sobre carta deixada pelo Frei Raul.

As duas saem para almoçar e a conversa entre elas não tem fim. E pela primeira vez em dias, Verônica consegue se sentir em casa novamente.

— Helena, obrigada por tudo, e me desculpe por todo meu estresse.

— Minha querida, não se preocupe. Eu, em seu lugar, não faria muito diferente.

— Adorei te reencontrar, é muito bom ver um rosto conhecido.

— Fiquei muito feliz com o seu retorno. Pena que as circunstâncias não foram tão boas.

— Agora preciso ir.

— Verônica, preciso saber só mais uma coisa. – fala segurando na mão de Verônica. — Agora que retornou, acho que deveria pensar sobre assumir os negócios de seu pai.

— Não, Helena, deixe como está, por enquanto. Só me mantenha informada sobre tudo, como sempre fez.

— Sei que não é o momento, mas precisa pensar nisso. – coloca a mão sobre as mãos de Verônica.

— Eu sei, tia, mas ainda não quero pensar nessas coisas.

— Tudo bem, mais pra frente voltamos a conversar. – sorri. — Outra coisa, todos seus funcionários já estão à sua disposição.

— Muito obrigada!

— Querida, não entendo por que fica enfrentando esses aeroportos e pegando esses táxis imundos. Sabe que... – é interrompida por Verônica.

— Já sei o que vai dizer. – fala sorrindo. — Mas você sabe como sou, detesto ser conhecida como a riquinha mimada. Então me viro sozinha.

As duas riem.

— Agora preciso ir. – Verônica se levanta.

— Verônica... – Helena para um instante e a abraça. — Conte comigo para o que precisar.

— Obrigada, tia! – as duas se despedem.

10

O táxi para em frente ao enorme portão de sua casa. O taxista a encara pelo retrovisor com um olhar de espanto.

— Muito obrigada por seu serviço. – entrega um pequeno bolo de notas de 100 reais.

— Senhora, aqui tem muito dinheiro. – fala enquanto conta as notas. — Sua corrida ficou em... – é interrompido por Verônica.

— Fique com o troco. – sorri, enquanto pega sua mala de mão. — Só mantenha essa sua corrida em segredo, por favor.

Verônica desce do carro, e fica ali parada por um momento. Totalmente sem reação.

— Senhora, posso te levar até lá dentro, se preferir. – ele se estica dentro do carro tentando enxergar Verônica, que já está do lado de fora. — É uma longa caminhada. – aponta para a parte interna da casa.

— Não, obrigada. – ela se abaixa até o vidro da porta. — Tá tudo bem, eu preciso fazer essa caminhada.

— Muito obrigado! – mostra o bolo de dinheiro. — Que Deus lhe dê em dobro.

Ela sorri para o taxista e segue em frente. Verônica se aproxima do portão e um dos seguranças a cumprimenta, ela insere o dedo no leitor de biometria e o portão se abre, dividindo em dois o enorme caduceu existente na parte superior central do portão de ferro, que é rodeado por um muro alto, de quase 4 metros de altura. Ela entra de olhos fechados, engole em seco, então para procurando a coragem para prosseguir.

Seu coração dispara com o estrondo do portão ao se fechar.

— Seja bem-vinda, senhorita. – cumprimenta o segurança, sorrindo.

Ela sorri de volta e segue vagarosamente pela calçada, observando cada detalhe, repara que o gramado está bem seco, já não existe mais beleza naquele jardim como ela se recordava. À sua esquerda, bem ao longe, está o chafariz e, à sua frente, sua enorme casa, que mais parece um castelo.

Seu corpo segue por impulso, já não consegue controlar sua ansiedade, seu nervosismo.

— Senhorita. – um segurança aproxima-se dela. — Precisa de algo?

Verônica apenas balança a cabeça positivamente, sem emitir nenhum som, lhe entrega a bagagem de mão e continua a caminhada em direção ao chafariz.

O chafariz está sem vida, cheio de folhas secas. À sua frente está o balanço, ela se senta e começa a balançar, encosta a cabeça na corrente, fecha os olhos e cai em prantos.

Ela se recorda de seus pesadelos, que a acompanham desde sua infância. A espreguiçadeira de sua mãe continua no mesmo lugar, o jardim está morto, as bromélias estão secas e sem flores, as roseiras já não existem mais. O local está abandonado e sem vida.

Ela desce do balanço, suas pernas estão bambas, as boas lembranças se misturam aos pesadelos. Ela segue em direção à casa, no portão há dois seguranças que acenam com a cabeça para ela.

Verônica passa a mão sobre a madeira talhada da porta de entrada, gira a maçaneta vagarosamente e a abre, as dobradiças rangem, ecoando pelo enorme *hall*.

Seus olhos ainda embaçados pelas lágrimas não são capazes de reconhecer aquela pessoa parada à sua frente.

— Verônica?! – a voz soa trêmula. — Você está linda!

Verônica fica parada sem reação, ela sente o carinho em seu rosto, fecha os olhos.

— Dona Rosa... – Verônica se baixa um pouco mais para abraçá-la.

— Obrigada! A senhora não mudou nada.

As lágrimas escorrem por aquele rosto ruborescido e tomado pelas rugas da idade. Dona Rosa está na família desde quando ainda era adolescente. Foi a babá de Verônica e depois se tornou governanta.

— Venha, minha querida. Eu preparei um lanchinho para você.

Verônica segue abraçada à Dona Rosa. As duas conversam por um tempo, Verônica conta algumas aventuras e lugares por onde esteve.

— Estou muito feliz que tenha voltado. Esta casa sem você não tem vida.

— É bom estar de volta. – os olhos de Verônica se enchem de lágrimas. — Preciso de um banho.

— O seu quarto está do jeitinho que você gosta, eu fiz questão de arrumar pra você.

— Obrigada. – ela abraça Dona Rosa mais uma vez e segue para o quarto.

Verônica sobe a escada que fica no *hall* de entrada da casa, tocando levemente com as pontas dos dedos o corrimão de madeira brilhante.

Na parte de cima da casa ficam alguns quartos, uma saleta com uma pequena varanda, por onde entra e olha as fotos sobre a estante, abre a porta da varanda, deixando entrar a claridade de fim de tarde, sua luneta permanece no mesmo lugar.

Segue para seu quarto, abre a porta, e fica ali, parada por alguns instantes, encostada no marco da porta, seu quarto está exatamente como havia deixado, sente como se o tempo tivesse parado naquele lugar.

Em sua escrivaninha, ainda há alguns livros de estudos, tudo muito bem limpo.

No *récamier*, está sua bagagem de mão, ela se senta em sua enorme cama com dossel, feita em madeira com tonalidade caramelizada e alguns detalhes em dourado, acariciando a colcha de linho bordada à mão por sua madrinha.

Sente seu coração apertar com todas aquelas lembranças e se enfia debaixo do chuveiro, como se pudesse deletar todas as emoções daquele longo dia.

11

— Samantha. – atende seu celular formalmente.
— Boa tarde, Senhorita Samantha. Sou Helena, advogada de Verônica Salles...
— Estou ocupada! Não posso falar no momento. – Samantha interrompe Helena e finaliza a ligação.
O telefone toca novamente, mas desta vez a ligação é ignorada.
— Essa tal de Verônica, acha que tenho medo dela? Vou mostrar quem terá que ficar com medo. – fala alto, enquanto acessa sua agenda telefônica.
Disca para o contato com o nome de Cosméticos da Jô.
— Seja rápida, não tenho muito tempo. – atende uma voz masculina ríspida.
— Ben, estou indo pra aí.
— Já tô sabendo. Vem quando?
— Amanhã pela manhã, sem previsão de retorno.
— Espero que saiba o que está fazendo.
— Tá duvidando de mim agora? Vou foder com aquela putinha! – ri cinicamente.
— Sei do que é capaz! Mas não se esqueça que ainda não completou sua missão aí.
— Fica tranquilo, Benzinho. Sei de minhas obrigações.
— Te encontro aqui quando puder. Vê se não fode comigo! Sabe onde estaria se não fosse por mim.
— Sei, gostoso! – o telefone fica mudo.

— Desligou na minha cara?! Filho da puta! – grita, jogando o celular na cama.

Samantha desce as escadas batendo os pés com força sobre os degraus. Vai até a cozinha onde há um *freezer*, pega alguns sacos de gelo e os coloca dentro de um carrinho de carga caixa.

Puxa o carrinho pela extensão de seu *loft*, até chegar à escada, onde sobe de costas de forma a puxar com as duas mãos aquele carrinho cheio de sacos de gelo. Chega até seu banheiro, onde deposita todo o gelo dentro de sua banheira. Retorna à cozinha algumas vezes fazendo o mesmo processo.

Após a banheira estar com mais da metade preenchida pelo gelo, ela abre a torneira, deixando que a água preencha o restante até próximo à borda.

Samantha retira toda sua roupa, prende seus cabelos em um coque e entra na banheira. Sua pele se arrepia no mesmo instante. Ela se deita e se mantém firme na mesma posição.

Fecha os olhos e, mesmo não querendo, se pega pensando em seu passado, em seus pais.

Sempre que se lembrava de seus pais, sentia uma certa raiva, pois tinha certeza de que não podia ser filha deles, dois idosos, pobres que se mantinham com o pouco que produziam nas terras.

Sentia ódio de ter nascido no interior, e nem de longe as pessoas imaginariam que ela era nascida em uma pequena cidade do interior do Rio Grande do Sul. Suas ambições eram maiores do que a "pacata vida do interior" poderia lhe proporcionar. Seus pais, que eram agricultores, sofriam com o desprezo que a então jovem Maria das Dores sentia deles. Ao completar seus quinze anos, fugiu de casa, abandonando de vez seu passado, e com ele toda sua família.

Chegou à cidade de São Paulo somente com a roupa do corpo e cem reais que roubara da carteira do pai. Pedia esmolas para ter o que comer.

Dias depois, seu rosto já estava estampado em vários jornais do país. Sua mãe apareceu algumas vezes na televisão, aos prantos, implorando para que ela retornasse para casa, e pedindo ajuda para quem tivesse qualquer informação. A então jovem Maria das Dores não se importava com o sofrimento deles. Queria apenas curtir a vida sem as regras que lhe eram impostas todo o tempo.

Alquímio - A descendente

O pouco dinheiro que conseguia mal dava para sustentar sua fome, então sempre pedia esmolas próximo a restaurantes caros.

Foi em um desses restaurantes que um senhor vestido de terno azul petróleo se aproximou e lhe entregou uma nota de cem reais. Ela o olhou, maravilhada.

— Pode ganhar muito mais que isso. – o senhor toca no queixo dela.

— O que tenho que fazer pra ganhar?

— Você é linda, e se encaixa perfeitamente no perfil de modelos que procuramos.

Ela fica parada, estonteada com a notícia de uma oportunidade de ganhar dinheiro.

— Você tem quantos anos, menina?

— Fiz 15 há três meses.

— Qual a cor original do seu cabelo? – pega nas pontas dos cabelos sentindo a textura.

— Sou loira, tive que pintar de preto, pois estou me esconden...

— Shiiii... – ele coloca o dedo indicador sobre o lábio de Samantha.

— Não quero saber do seu passado. Loira com esses olhos verdes e esse corpão não precisa me falar nada.

— Você tá querendo que eu seja prostituta?

— Não, não, menina. É algo que nunca imaginou, nem em seus melhores sonhos.

Ela fica entusiasmada com o convite.

— Tome meu cartão, me ligue se tiver interesse.

— Não preciso do cartão. Eu aceito!

— Ótima escolha, menina. Não vai se arrepender.

— Mas o que tenho que fazer?

— Por enquanto, nada. – acena para um carro parado em frente ao restaurante. — Maria Lúcia te ajudará a se recompor. – aponta para Samantha de cima a baixo e sorri. — Você precisará de uma nova identidade, menina, agora tudo o que você já foi um dia será esquecido.

A jovem Maria das Dores fixa seus olhos naquele homem misterioso, com um misto de medo e curiosidade.

— De agora em diante, você será Samantha! Você não terá um passado ou família.

Samantha entra em uma Mercedes preta, acompanhada por uma senhora vestida de terninho verde-musgo, identificada por Maria Lúcia.

12

Verônica acorda de madrugada sentada na cama, encharcada pelo suor que escorre por sua nuca, atingindo suas costas. A pulsação é tão forte que sente a veia de sua carótida quase saltar de seu pescoço. O quarto está escuro, as cortinas sacodem ao vento.

Ela se levanta e resolve ir à cozinha, o estalar do piso de madeira da escada ecoa por todo o espaço da casa.

Ao chegar à cozinha, avista de canto de olho um vulto passando pelo corredor que liga a sala à cozinha, no mesmo instante, a luz da cozinha é acesa.

— Verônica! O que aconteceu? — Dona Rosa está pálida, parada na porta de entrada da cozinha.

Verônica está segurando uma grande faca em uma de suas mãos.

— Dona Rosa, me desculpe assustá-la, mas ouvi um barulho. – responde, guardando a faca na gaveta.

— Ouvi a senhorita gritar, por isso me levantei.

— Desculpe se te acordei, são aqueles pesadelos.

As duas seguem por uma breve conversa, se despedem e vão para seus quartos.

Verônica desvia seu caminho até a biblioteca, põe as mãos nas maçanetas, fecha os olhos e desiste de abrir as portas.

Sobe as escadas e para em frente ao quarto de seus pais, olha para a porta do quarto e resolve abri-la, o feixe de luz vindo do corredor adentra a escuridão do quarto.

Ela acende o interruptor, o quarto é imenso, na entrada há uma espécie de saleta, com uma pequena mesinha redonda, ao lado está o divã vermelho camurça, que contrasta com o ambiente caramelo, local onde sua mãe adorava ficar sentada lendo seus livros, enquanto seu pai trabalhava em sua biblioteca.

Ela se senta no divã, acariciando com as mãos o tecido aveludado. Seus olhos enchem de lágrimas ao lembrar-se de quando ainda era criança e sua mãe fazia tranças em seus cabelos.

Ela apaga a luz, fecha a porta do quarto delicadamente e segue para o refúgio de sua cama, onde adormece profundamente.

Uma música começa a tocar, invadindo as profundezas de seus sonhos. Com muita dificuldade, Verônica estica o braço e pega seu celular.

— Ham. – seu corpo está esgotado e mal tem forças para falar.

— Verônica, bom dia!

— *Who's there?* – atende à ligação em inglês sem perceber.

— Verônica, sou eu, Rosenberg. Desculpe, acho que te acordei.

Ela escuta um risinho do outro lado da linha e num pulo se senta na cama.

— Rosenberg, bom dia! – engole, tentando disfarçar a voz de sono. — Me desculpe, quase não dormi essa noite, ainda não me acostumei com o fuso-horário.

— Eu que peço desculpa, te ligo mais tarde, não quero incomodá-la.

— Não, pode falar.

— Eu só liguei para saber se chegou bem.

— Estou bem, apesar de cansada.

— Bom, precisando de mim, é só ligar.

— Obrigada.

Eles se despedem e encerram a ligação.

Verônica abre as cortinas e o sol invade o quarto por completo, iluminando toda a beleza do ambiente. Ela se debruça sobre o parapeito da varanda, admirando a natureza. Um forte vento sacode as árvores, espalhando algumas folhas sobre a água azul da piscina. O vento fresco bate sobre seu corpo, levantando seus cabelos, fazendo-a ficar arrepiada, no mesmo instante, ela fecha seu roupão lilás microflanelado de textura aveludada e retorna para o calor de seu quarto.

Alquímio - A descendente

Ao descer as escadas em direção ao *hall*, Verônica escuta algumas vozes, segue em direção à cozinha, então se depara com todos os empregados reunidos.

No momento em que Verônica entra na cozinha, todas as vozes desaparecem, e os olhares se voltam imediatamente para ela.

— Bom dia, Verônica. – diz Dona Rosa, saindo de trás de alguns deles.

— Bom dia! O que está acontecendo aqui? – o tom de voz de Verônica assusta uma jovem que a olha cabisbaixa.

— Eu decidi reunir todos os funcionários para repassar as tarefas de cada um deles. – Dona Rosa sorri graciosamente.

— Tudo bem! – Verônica pega umas frutas e sai da cozinha.

Ela anda pela casa como se estivesse ali pela primeira vez. Cada cômodo traz uma lembrança diferente.

Entra no quarto de sua madrinha, um dos cômodos mais simples de toda a casa. Com apenas uma cama, um guarda-roupas e uma penteadeira. Ela passa a mão pela penteadeira, sentindo a madeira polida. Dá meia volta e sai fechando a porta. Então segue para a garagem.

Tudo parece estar como ela se recordava, os carros ainda parados no mesmo lugar, todos com capas protetoras. Ela puxa as capas, deixando-as cair no chão. Mais ao fundo está sua paixão, ela se aproxima e puxa com força a capa, a poeira sobe formando uma nuvem branca, em poucos instantes, surge sua Yamaha YZF-R1 vermelha e preta com grafismos.

Ela sobe na moto, gira a chave e acelera, o ronco do motor invade todo o espaço e se mistura ao barulho do derrapar dos pneus sobre o piso da garagem.

Verônica segue pela estrada a quase 200 km/h. Seus pensamentos são apagados pela sensação de liberdade e pelo vento forte que bate em seu corpo.

Chega ao centro da cidade, passa bem devagar pelas ruas, admira de longe as vitrines das lojas. Mais à frente está a Praça da Liberdade, onde sua madrinha costumava levá-la para brincar quando criança. Estaciona a moto, e, ao tirar o capacete, sente os olhares se voltarem para ela, talvez por estar pilotando uma moto daquele porte ou pela roupa que está usando, uma calça jeans colada, regata e saltos altos.

— Cidade atrasada! — fala baixo, enquanto caminha em direção à praça.

À sua frente, há um grupo de idosos jogando dominó, eles param por um minuto e a admiram de longe, cochicham entre eles algo que Verônica não é capaz de ouvir.

Ela ignora os olhares, e segue para o centro da praça, onde há um grande chafariz. Senta-se num banco próximo, observa as crianças brincando, algumas pessoas passam correndo, fazendo seu exercício matinal, outros passeiam com seus animais de estimação.

De relance, ela avista um rosto familiar, no mesmo instante se levanta caminhando lentamente, tentando se esconder. Mas sente que está sendo seguida e alguém se aproxima cada vez mais.

— Verônica? — a expressão de surpresa domina todo seu corpo.

Ela escuta uma voz conhecida e sente um leve toque em suas costas. Sente seu corpo todo gelar, ignora a voz e o toque, acelera os passos, mas, como num passe de mágica, um pedaço do seu passado está à sua frente.

Uma mulher magra, negra com lindos cabelos cacheados, um sorriso marcante com olhos bastante expressivos.

— Verônica, é você mesmo!!! — a surpresa se mistura aos gritos de alegria.

— Luana, quantos anos. — Verônica recebe o abraço exagerado dela.

Luana e Verônica cresceram juntas, se conheceram quando tinham apenas dois anos, devido à sociedade que seus pais tinham em uma farmácia de manipulação da cidade. Elas sempre tiveram gostos bem parecidos, estudaram juntas e tinham sonhos, quando crescessem se tornariam sócias de uma grande indústria, assim como seus pais.

Mas após a morte de sua madrinha, Verônica se isolou, se trancou nos muros de sua casa e meses depois abandonou seu país e todos que existiam nele, como uma forma de eliminar todas as suas lembranças, sendo elas más ou boas.

— Senti muito a sua falta. Fui por várias vezes à sua casa, mas ninguém me informava onde você estava. — as palavras saem trêmulas.

Luana fala rapidamente, como se o tempo fosse expirar e ela não pudesse concluir a frase, as lágrimas escorrem por seu rosto e se misturam ao suor de sua corrida matinal, enquanto Verônica a acalenta, acariciando seus longos cabelos cacheados.

— Por que você me abandonou? Você sempre foi como uma irmã pra mim.

— Eu sei, mas não tive forças para suportar a dor.

— Desde quando está de volta? – as palavras saem com dificuldade.

— Cheguei ontem.

As duas conversam por mais alguns minutos, Verônica responde a todas as perguntas.

— Luana, preciso ir. Anote meu telefone. Pode me ligar quando quiser.

— Nica, fica mais um pouco. – a lágrima escorre por suas bochechas. — Senti tanto a sua falta.

— Teremos muito tempo pela frente pra colocar a conversa em dia. – sorri e a abraça. — Agora preciso ir.

As duas se despedem, Verônica passa o polegar no rosto de Luana, retirando a última lágrima que teima em descer, e se abraçam mais uma vez.

Verônica segue pela estrada, seus pensamentos vagam na mesma velocidade que sua moto. Decide que terá que organizar tudo que seus pais lhe deixaram, a começar por sua casa. Mas, para isso, terá que tomar a coragem de entrar no cômodo mais aterrorizante, a biblioteca.

Verônica entra pelo portão de sua casa bem devagar, os cascalhos estalam ao serem esmagados pelos pneus da moto. Dois seguranças acenam com a cabeça para Verônica.

Ao entrar em sua casa, fica parada de frente para a porta dupla, com detalhes entalhados sobre a madeira. Ela põe as mãos sobre as maçanetas e as abre bem devagar. O cheiro de papel velho misturado a produto de lustrar móveis invade suas narinas, mesclando com imagens de seu passado tenebroso.

Era uma tarde nublada, Verônica e seus colegas de escola se reuniam em sua casa para fazer um trabalho. Como de costume, todos dormiriam em sua casa.

Cássia escuta as gargalhadas vindas da biblioteca, e se tranquiliza ao saber que dessa vez Verônica estaria na proteção de sua casa. Quase não conseguia dormir quando ela ia para a casa de seus amigos.

Todos estão na biblioteca, o local onde o pai de Verônica mais gostava de estar, onde passava a maior parte das horas de seus dias.

É um ambiente rústico, com uma mesa de madeira talhada à mão, um tapete persa cobrindo toda a extensão do recinto, rodeada por prateleiras cheias de livros, no meio de uma delas há um armário onde ficam guardados alguns documentos e objetos de seus pais.

— Verônica, vamos aproveitar a conclusão de nosso trabalho e encerrar com um *drink*. - disse Luana, tirando uma vodca da mochila.

— Luana, onde conseguiu isso? - pergunta Verônica, pegando a garrafa.

— Da coleção de meu pai. - sorri, mostrando os dentes. — Ele me mata se descobrir. - ri.

— Vou pegar os copos. - entrega a garrafa a Diego.

Verônica sai da biblioteca e se encontra com Dona Rosa no meio do caminho.

— Precisa de alguma coisa, minha querida?

— Sim, de copos, groselha e água.

— Pode deixar que eu pego para você.

— Obrigada!

Verônica volta para a biblioteca, e encontra todos sentados no chão, cada um em sua almofada, formando um círculo.

— Quem mentir ou não responder tira uma peça de roupa. - fala Dênis.

— Nem pensar! - fala alto. — Nada de tirar roupa! - fala Verônica, chamando a atenção.

— Deixa de ser careta! - Denis coloca uma garrafa de vidro vazia no meio do círculo.

— Gente, essa é uma recordação de meus pais. - Verônica pega a garrafa do centro da roda.

— Calma gatinha, não vai estragar. - Dênis pega a garrafa e a coloca de volta no círculo.

Ouvem batidas e uma das portas é aberta.

— Verônica, já passa da meia-noite, vamos controlar os ânimos. - interrompe Dona Rosa, com os copos e as garrafas de água e groselha. — Sua madrinha está cansada.

— Obrigada! Fala pra minha madrinha que vamos diminuir o barulho.

Verônica tranca a porta com a chave, vira para os colegas com um risinho.

— Que os jogos comecem! – ergue a garrafa de groselha.

— Vamos ficar pelados! – comemora Dênis.

As quatro meninas jogam as almofadas em cima de Dênis.

— Vamos jogar, mas nada de tirar roupa, seu idiota. – fala Laís, pegando sua almofada de volta.

Minutos depois, o sono começa a atrapalhar, a bebida misturada à groselha faz um efeito inverso do planejado. Os jovens pegam no sono. O tapete macio se transforma em um grande colchão.

No meio da madrugada, Verônica acorda com um barulho, abre os olhos, mas quase não consegue enxergar.

Ela tenta se levantar, mas seu corpo não obedece, mal consegue mover a cabeça. Com muita dificuldade, vê uma pessoa mexendo no armário de seus pais. Tenta falar, mas seu corpo não a obedece, era como se estivesse anestesiada.

Verônica fica ali, caída no chão, imóvel. Mesmo com a visão embaçada, ela vê alguém com alguma coisa na mão. Ele olha bem nos olhos de Verônica e faz um sinal com a mão para ficar quieta. Então Verônica cai em sono profundo.

— Verônica, acorda!!! – Luana grita em prantos, enquanto chacoalha Verônica. — Sua madrinha... – não consegue completar a frase.

Luana está desnorteada, soluçando de tanto chorar, senta-se no chão, encosta na parede e abraça as pernas, colocando a cabeça nos joelhos.

Verônica olha ao seu redor e percebe que todos ainda estão dormindo, mesmo com o escândalo de Luana, apenas Verônica foi capaz de acordar.

Ela se levanta com muita dificuldade, cambaleando, sente-se atordoada, ainda está escuro, o que atrapalha ainda mais para enxergar.

Verônica se aproxima de Luana, perguntando o que está acontecendo. Luana está pálida, com as mãos trêmulas, ela aponta para as portas escancaradas da biblioteca, sem emitir uma palavra.

Verônica se segura no marco da porta e percebe que a luz do *hall* da sala está acesa. Verônica esfrega os olhos com as mãos, tentando melhorar a visão ainda muito turva.

Sai da biblioteca, tropeçando em seus próprios pés, caindo de joelhos no chão. Ela se apoia na parede para conseguir se levantar.

A sala está meio escura, sendo iluminada apenas pela claridade da TV ainda ligada. Verônica se aproxima da poltrona onde sua madrinha gosta de se sentar, ela pisa em algo molhado e frio. Esfrega novamente os olhos com suas mãos, seu coração dispara ao ver sua madrinha caída no chão.

Ela se ajoelha para tentar ajudá-la a se levantar. Escorrega no líquido viscoso do chão, caindo sobre o corpo já sem vida de sua madrinha.

— Madrinha!!! – grita Verônica desesperadamente.

Verônica a abraça, sentindo o corpo frio já frio da morte.

Luana chega à sala e acende a luz. Os olhos de Verônica doem com a claridade.

— Verônica, quem será que fez uma crueldade dessas? – fala ainda com dificuldade, se apoiando na parede.

Verônica se levanta um pouco zonza ainda, enxuga as lágrimas com o antebraço, deixando marcas de sangue em seu rosto.

— Não sei. - fala entre os soluços. — Como será que alguém conseguiu passar pelos seguranças?

— Temos que chamar a polícia. – disse Luana, já pegando o telefone.

— Luana, preciso tirar fotos antes da polícia chegar. Ligue para a polícia, chame o pessoal e vigie para ninguém se aproximar dela até eu voltar.

— Verônica, onde estão os empregados?

Verônica sai sem responder à pergunta de Luana. Ainda cambaleando, marcando o chão com suas pegadas de sangue.

Verônica sobe as escadas agarrada ao corrimão, pega sua câmera fotográfica e volta para a sala.

Bate várias fotos, de vários ângulos. Da sala toda. Procura qualquer coisa que esteja fora do lugar, a porta de entrada estava fechada. Não havia ninguém dentro da casa além de seus colegas, sua madrinha e Dona Rosa.

Esconde a câmera na biblioteca, sabia que se os policiais soubessem das fotos iriam tomá-la.

Ao chegar à sala, se senta no chão ao lado do corpo, fecha os olhos de sua madrinha e, com os nós de seus dedos, acaricia levemente o rosto dela.

Alquímio - A descendente

Um pequeno raio de sol invade pouco a pouco a sala, iluminando aquela cena brutal.

Os policiais invadem o local, então sente uma mão firme sobre seu ombro direito.

— Senhorita, precisamos fazer nosso trabalho. Não pode ficar aqui.

Ela olha para cima, encarando aquele homem vestido de preto com luvas amareladas.

Verônica se levanta vagarosamente. Seus colegas estão do lado de fora da casa, sendo interrogados pela polícia.

De repente, seu devaneio é interrompido pelo leve toque de Dona Rosa, e percebe que ainda está parada de frente para a entrada da biblioteca.

— Verônica, está tudo bem?

— Está sim. – Verônica responde meio atordoada, sem saber quanto tempo havia ficado parada na porta se recordando daquele dia tenebroso.

Verônica entra e se tranca na biblioteca, se aproxima da estante onde há uma foto sua com seus pais. Pega o porta-retratos e passa o dedo sobre a imagem de seus pais. Ao colocá-lo de volta à estante, percebe que há um pequeno orifício em um formato retangular e um círculo no centro. Ela aproxima bem o rosto do orifício tentando ver o que há nele.

Imediatamente pega seu molho de chaves, mas não há nenhuma com aquele formato peculiar.

— *Holly shit!* – Verônica grita.

Enfurecida, ela joga as chaves com força no chão, e abraça a foto.

— Deus, o que o Senhor quer de mim? – sua voz soa trêmula.

Ao afastar o retrato de seu colo, percebe em sua foto o colar que lhe acompanha desde seus seis anos de idade, no mesmo instante coloca sua mão direita sobre o pingente enquanto acomoda o porta-retratos sobre a estante.

Ela afasta o pingente de seu colo e o analisa calmamente, passa os dedos sobre os detalhes da peça, que são formados por um círculo, dentro dele um triângulo, depois um quadrado e por último um pequeno círculo, o desenrosca de seu colar assim como costumava fazer quando criança.

Então insere aquela pequena peça de ouro cravejada de diamantes e esmeraldas com o mesmo formato peculiar que o buraco na estante, para sua surpresa, o encaixe é perfeito.

O orifício se fecha, deixando para fora apenas o pino que liga o círculo maior ao colar. No mesmo instante, escuta vários estalos vindos de trás da estante.

Ela aproxima a orelha para escutar melhor, e ao tocar na prateleira, sente uma certa trepidação, e de repente, a estante se move alguns centímetros para trás.

Verônica se assusta e retira suas mãos da estante. Olha estranhamente o espaço que se abriu, coloca a mão sobre a prateleira e a empurra, a estante se move para trás, dando lugar a uma passagem.

13

Samantha chega ao aeroporto do Rio de Janeiro, olha para o relógio de pulso cravejado de pedrinhas brilhantes, que marcam 9h47. Suas passadas são largas. Chega a uma loja, onde aluga um carro. Insere no GPS o endereço que está no pedacinho de papel em sua mão. O trânsito está engarrafado, seu velocímetro não passa de 40 km/h.

Samantha perde a paciência, bate com as mãos sobre o volante bufando de raiva. Os fios de cabelo dourados são sacudidos pelo ar-condicionado que está ligado no máximo, para dar conta do calor de mais 40º C que faz do lado de fora.

As horas voam, e o trânsito começa a melhorar, após os carros batidos serem retirados do local do acidente. Agora sabe que precisa correr ainda mais.

Estaciona o carro num estacionamento pago, longe de seu destino, segue o percurso andando o mais rápido possível. Seus saltos não combinam com a calçada, seus pés latejam. O suor escorre por sua testa.

— Que porra de calor insuportável! – limpa a testa com um lenço de papel.

Seu terninho cor-de-rosa marca todo seu corpo, alguns homens passam olhando para ela, outros chegam a falar qualquer coisa. À sua frente está seu destino, o prédio de vidro espelhado.

Samantha entra na recepção do prédio, entrega seus documentos para a recepcionista efetuar o cadastro, segue para o elevador. O escritório causa repulsa nela, com todos aqueles quadros espalhados pelas paredes.

— Boa tarde, senhora! O que deseja? – pergunta uma pequena jovem morena simpática.

— Boa tarde! Sou Samantha Albuquerque, quero falar com a Dra. Helena Cacias.

— Sa... Samantha Albuquerque? – gagueja ao repetir o nome. — Mas a senhora tem hora marcada? – procura o nome de Samantha na agenda.

— Não. Espero o quanto for necessário. – responde, já se sentando na poltrona.

A secretária pega o telefone, fala baixinho, encarando Samantha com seus olhos arregalados.

— Senhora, a Dra. Helena não poderá te atender hoje.

— Já disse, vou esperar!

— Ela estará em reunião o dia todo. – a voz ainda soa trêmula.

Samantha se levanta, segue pelo pequeno corredor que dá acesso ao escritório de Helena, a secretária corre entrando na frente.

— Você não pode entrar! Não está autorizada! – fala alto, fazendo uma barreira com os braços.

Samantha não dá atenção e a empurra para o lado, fazendo-a bater com as costas na parede. No mesmo instante, a porta é aberta.

— Vivian, o que está acontecendo aqui? – pergunta Helena.

— Doutora, essa moça está invadindo o escritório. — Vivian fala enquanto tenta se recompor.

— Vivian, deixe-a entrar. – Helena fala calmamente.

Samantha esboça um sorriso cínico para Vivian, levanta o queixo e segue em frente, esbarrando o braço com força em Vivian.

— Sente-se e seja rápida. Não tenho muito tempo.

— Sou Samantha...

— Eu sei quem você é! – Helena a interrompe. — Quero saber o que veio fazer aqui? Já não basta a matéria mentirosa que fez de minha cliente? – Helena põe o jornal sobre a mesa. — Está querendo ser presa?

— Peço desculpas, Dra. Helena, mas não suporto mentiras. – fala debochadamente, enquanto puxa uma bolinha do Pêndulo de Newton, que fica sobre a mesa. — A matéria foi baseada nas entrevistas com diversas fontes e, modéstia à parte, sou muito boa no que faço.

— Vamos direto ao ponto. – trava o pêndulo com as mãos. — O que veio fazer aqui?

— Quero que me conceda uma entrevista com Verônica Salles.

— Acho difícil. Minha cliente nunca aceitaria.

— Ligue pra ela. – aponta para o telefone.

— Por favor, vá embora, antes que eu chame a polícia.

— Eu vou... – coloca um cartão de visita em cima do jornal. — Mas te dou vinte e quatro horas para me ligar, ou vou atrás dela.

Samantha sai da sala, batendo seus saltos com força sobre o chão. Vira-se para trás, encarando Helena.

— Não se esqueça, sou uma mulher de palavra. Você tem vinte e quatro horas. – fala pausadamente.

14

Verônica empurra a estante com bastante cuidado, as roldanas estalam, a passagem dá acesso a um corredor estreito com uma escada.

Antes de adentrar no local desconhecido, Verônica tranca a porta da biblioteca com chaves e segue para a entrada por trás da estante. O cheiro de terra molhada do ambiente provoca uma crise de espirros em Verônica.

A escuridão a impede de ver o que há na parte de baixo. Utiliza seu celular para iluminar o corredor, desce apoiando com uma das mãos na parede gelada, escuta o ranger das roldanas, e subitamente a porta bate, assustando-a, deixando cair seu celular escada abaixo. A escuridão agora é total.

Ao dar as costas para a escada, no intuito de retornar para abrir a porta, escuta um forte estrondo, vindo da parte inferior do local, algo parecido como um gerador sendo ligado. Vários estalidos começam a vir em sua direção, com o acender das lâmpadas.

A claridade invade o local, ela põe seu antebraço sobre seus olhos, tentando diminuir o incômodo. Com a visão um pouco embaçada, Verônica volta a descer, em direção ao ambiente abaixo, iluminado por uma lâmpada piscando.

Apoia-se firmemente no corrimão colado à parede de pedra fria, evitando a possibilidade de escorregar pelos degraus feitos com um material parecido com ardósia. Várias teias grudam em seu rosto e braços nus. No meio da escada, encontra seu celular ainda ligado.

Ao final da escada, se depara com um sofá marrom e bem velho, que mais parecia um objeto de décadas passadas, localizado em uma espécie de sala, rodeada por paredes de pedras.

Além do sofá velho à sua esquerda, há também dois armários de aço encostados na parede oposta a ele, um em cada canto daquela grande parede, sendo separados apenas por uma porta enorme de madeira.

Verônica gira a maçaneta da porta, abrindo-a vagarosamente, e olha pela greta.

— Tem alguém aí? – pergunta baixinho.

Sua voz ecoa por entre as paredes, sem obter nenhuma resposta. Ao abrir um pouco mais a porta, seu coração acelera e seus olhos se enchem de lágrimas. Quase não consegue acreditar no que está à sua frente.

— O laboratório! – Verônica grita de alegria.

Fica imóvel, olhando para aquele lugar que achava que nunca mais iria rever. Passa a mão sobre seus olhos, enxugando as lágrimas que começam a escorrer por seu rosto.

Fica totalmente estagnada, próxima à porta de entrada, olhando para aquele enorme laboratório, com duas bancadas coladas às paredes azulejadas à sua esquerda e à direita e uma enorme bancada central.

Sente como se estivesse vivendo um sonho e vê como um *flash* aquela pequena criança correndo pelo grande corredor em forma de "U" composto de bancadas repletas de equipamentos.

Verônica passa a mão sobre o granito amarronzado da bancada à sua esquerda, e repara nos cadernos e livros ainda abertos sobre ela.

A bancada central ocupa grande parte do laboratório. Desliza o dedo sobre a bancada central e repara nos vários tubos de ensaio com líquidos de diversas cores. Observa cada aparelho e objeto sobre ela, chega próximo a uma caixa de vidro grosso, onde há um pequeno fragmento sólido de cor âmbar bem no centro sobre uma barra metálica.

— O que será isso? – passa o dedo sobre o vidro.

À sua frente, está o enorme quadro branco, ainda cheio de fórmulas deixadas por seu pai. Tenta entender as fórmulas, mas percebe que nunca as vira em sua vida.

Verônica vai até uma estante de madeira cheia de livros, que fica posicionada bem ao lado do quadro branco, folheia alguns deles e repara que são, em sua maioria, livros didáticos, publicados por seu próprio pai.

Ao retirar um dos livros da estante, percebe que por uma fresta, atrás dela, há uma superfície de madeira no lugar da parede de azulejos. Então coloca as duas mãos sobre a lateral da estante e a puxa para a frente.

Ela se assusta com o estrondo de um livro que cai da estante, ecoando pelas paredes do laboratório.

— Merda! – coloca a mão sobre o coração.

Olha pelo espaço que conseguiu abrir e percebe que no lugar da parede há uma outra porta de madeira.

Empurra mais ainda a estante até conseguir ter total acesso à porta.

Repara nos detalhes daquela porta de madeira, passa os dedos entre os entalhes da madeira, formando um heptagrama.

Junto à maçaneta, há um pequeno quadro digital para inclusão de senha para abri-la.

— O que há de tão importante dentro deste local para ter sido trancado com senha? – Verônica murmura baixinho, enquanto insere os números de algumas datas importantes para seu pai.

Inicialmente, insere a data do nascimento de seu pai, mas não funciona. Na sequência, coloca a de sua mãe, e nada. Por fim, coloca sua data de nascimento e, para sua decepção, não funciona.

Sua vontade naquele momento é de dar uma marretada naquela maçaneta. Então se encosta na porta, escorregando até se sentar no chão, e fica parada por alguns minutos pensando.

Mas ela não desiste, então ajoelha-se e se vira de frente para a fechadura, insere apenas a data de casamento de seus pais e sua data de nascimento, então ouve um barulho da tranca e a porta se abre.

Ela se levanta rapidamente, abaixa a maçaneta e abre lentamente a porta pesada.

O fedor de mofo invade suas narinas, fazendo-a tossir. Verônica ilumina o local com seu celular até que encontra um interruptor.

A luz amarelada ilumina aquele pequeno espaço retangular repleto de prateleiras de madeira fixadas nas três paredes, com vários livros sobre elas.

Alquímio - A descendente

Seu celular vibra ao receber uma mensagem de ligação perdida. Apesar da curiosidade, sabe que precisa retornar aquela ligação. Fecha a porta e retorna para a biblioteca.

15

— Delegado, com licença! – entra a estagiária de cabeça baixa.
— O que foi agora? – grita Soares, já com os olhos quase saltando de raiva.
— O investigador Antunes não está atendo o telefone.
— O que eu tenho com isso?! – fala quase gritando. — Se vira! Agora sai daqui!

A estagiária sai em passos largos da sala, com os olhos cheios de lágrimas.

Seu telefone não para de tocar. A maioria das ligações é de repórteres querendo saber mais informações sobre o andamento das investigações, o que o enfurece ainda mais.

Seu celular toca novamente, Soares puxa o pouco de cabelo que ainda lhe resta na cabeça.

— Antunes! Onde você está, porra?! – grita ao telefone.
— Soares, já estou chegando. – fala, ofegante.
— Tá querendo tomar uma advertência, seu filho da puta?! Preciso de você aqui, agora! – Soares desliga sem dar tempo de uma resposta.

O telefone continua tocando sem parar. Soares pega o aparelho e joga com força na parede.

— Que porra! Esses urubus filhos duma puta!

As horas passam e o expediente está por terminar, e nada do investigador Antunes aparecer. Soares liga várias vezes para ele, mas cai direto na caixa postal.

— Estagiária! – grita Soares, sem paciência.

— Senhor, meu nome é...

— Eu não perguntei nada! Agora preste atenção, você só sai daqui quando o Souza chegar, entendeu? – as palavras saem ainda mais ríspidas que o normal.

— Tudo bem. – responde a estagiária, com lágrimas nos olhos.

Assim que Soares sai pela porta, Mariana abaixa a cabeça sobre a mesa e despeja todas as lágrimas que estavam presas.

Um investigador passa e mexe com Mariana, mas ela o ignora.

Meia hora se passa e algumas lágrimas estão presas em seus olhos ainda vermelhos.

— Mariana, o que está fazendo aqui até agora? – pergunta o Delegado Souza, colocando sua maleta sobre a mesa.

— O Delegado Soares... – as palavras são atropeladas por um soluço de choro.

Souza coloca a mão no ombro de Mariana, balançando a cabeça negativamente.

— Onde está Soares? – as palavras soam calmas.

— Eu não sei, ele não disse. – ela fala ainda com dificuldade, e não entende por que eles, exercendo a mesma função, conseguem ser tão diferentes.

O telefone toca, Mariana leva a mão para atender, mas Souza coloca a mão sobre o telefone.

— Por favor, vá descansar. – fala calmamente. — E tire uma folga amanhã.

— Obrigada. – sorri e segue a orientação.

16

Soares chega à delegacia bem antes de seu horário de expediente, se tranca em sua sala e começa a olhar seus e-mails.

Já passam das nove da manhã e o investigador Antunes ainda não apareceu no departamento.

— Estagiária! – grita Soares.

Passam alguns minutos e nada de Mariana aparecer na porta.

— Estagiária! – grita ainda mais alto. — Puta que pariu! Onde tá essa menina quando eu preciso?

— Chefe, ela não vem hoje. – responde Nascimento, um dos policiais que fazem parte da corporação.

— Como assim, não vem hoje?

— O Souza liberou a Mariana.

— Filho da puta! Faz as coisas da cabeça dele sem me comunicar. – resmunga.

— Você sabe do Antunes?

— Não sei, senhor. Ainda não chegou.

— Ele não apareceu ontem, e o celular está desligado. – Soares fala mais calmo, com um tom de preocupação na voz.

Soares abaixa a cabeça negativamente, e acena com a mão para Nascimento sair da sala.

Seu celular toca insistentemente, mas Soares ignora as ligações. Até não aguentar mais aquele mesmo número aparecendo no visor.

— Alô! – atende com arrogância.

— Soares?
— Quem tá falando, porra?!
— Secretário Lincoln Resende.
— Ooooh! Secretário Lincoln. – muda seu tom de voz no mesmo instante, expressando ar bajulador.
— O governador exige sua presença no Palácio Anchieta, agora!

O secretário desliga sem dar chance de despedida. Soares fica intrigado com aquela ligação, guarda uma papelada em sua maleta e segue a ordem imediatamente.

Já no centro da cidade de Vitória, se depara com um enorme engarrafamento na Avenida Beira Mar. Pega o *giroflex* e o acopla sobre o capô do carro.

Mais à frente, avista o Palácio Anchieta, antigo Colégio de São Tiago, construído em 1570. Localizado em frente à baía de Vitória, hoje o prédio é denominado Palácio do Governo.

Soares percebe que o local está lotado de gente, com vários carros de polícia e ambulância.

— Puta que pariu! Que porra é essa?

Ele desce do carro e se aproxima do cordão de isolamento, apresentando seu distintivo aos vários policiais que protegem aquela pequena área, próxima à fonte que dá acesso à escadaria do Palácio Anchieta.

O cheiro do sangue ainda fresco invade suas narinas. Observa o olhar de espanto de alguns policiais. Ao se aproximar, escuta uma frase estranha de um policial, mas o ignora e segue em frente. Vê o corpo de bruços e completamente nu, estirado sobre o chão quente. Repara a tatuagem de âncora na perna direita do cadáver. O sol ilumina o que seus olhos não querem acreditar. O investigador Antunes completamente sem vida.

Soares corre até o corpo, alguns policiais entram em sua frente impedindo que se aproxime do corpo.

— Saia da frente, filho da puta! – empurra um policial.
— Senhor, essa é uma cena de crime. – fala um dos policiais. — O senhor não está...
— Tá vendo isso, filho da puta?! – apresenta o distintivo.

O policial levanta as duas mãos e sai da frente dele.

Soares analisa todo o local antes de se aproximar totalmente, tira várias fotos com seu próprio celular.

Antunes estava deitado de bruços com braços e pernas abertas. A cabeça voltada para a fonte, com o rosto colado ao chão, ao lado havia uma pequena poça de sangue.

Não havia nenhuma marca de corte ou pancada no corpo, apenas as marcas roxas nos punhos e tornozelos, o que indicava uma imobilização.

Os peritos se aproximam e, após muitas fotos e anotações, viram o corpo de barriga para cima. Parte da pele do rosto de Antunes fica colada ao chão. O que leva um dos policiais novatos a desmaiar ao ver aquela cena.

Soares tampa o nariz com um lenço, e se senta na beirada da fonte.

— Está tudo bem? – pergunta um dos peritos.

Soares apenas acena com uma das mãos, para continuarem o serviço.

O cheiro é insuportável. O corpo já estava em estado de putrefação, o que não condiz com o sangue ainda viscoso ao redor do corpo nem com o tempo do *post mortem*.

Soares se levanta imediatamente e sai dali para tomar ar.

— Deixa isso comigo, cara. – fala Souza, colocando a mão sobre o ombro de Soares.

— Me deixa! – tira a mão dele com força.

Soares respira fundo e retorna ao local.

Pede licença aos peritos e se aproxima do corpo. Tenta não olhar para o rosto deformado de Antunes.

Repara que há um grande símbolo sobre toda a extensão da barriga de Antunes, feito por um ferrete. Algo parecido com um triângulo, onde a ponta dele está posicionada no centro do peito, a base está próxima ao umbigo, abaixo do triângulo há um sinal positivo com a ponta superior dele colada ao centro da base do triângulo.

Soares fotografa cada detalhe e se afasta do local.

17

— **B**om dia, Nica! O que tem feito de bom? – escuta a voz agitada do outro lado da linha.

— Ei, Luana, tenho passado um bom tempo enfiada na biblioteca estudando os documentos das empresas do papai.

— Mas tem uma vaguinha na sua agenda pra darmos uma voltinha.

— Não prometo, pelo menos esses dias. Mas terminando o que estou fazendo, te ligo para marcarmos.

Verônica entra na biblioteca e tranca as portas enquanto escuta Luana falando do outro lado da linha.

— Nica, acho que você nem está prestando atenção em mim.

— Estou, sim, mas realmente preciso desligar.

— Tudo bem, mas é que estou louca pra falarmos dos nossos segredos.

Fica imóvel ao escutar a frase.

— Segredos? Do que está falando? – encaixa o pingente de volta em seu colar.

— Credo, Nica! – ri. — Tem tantos segredos assim?

— Deixa de ser boba, não existem segredos entre a gente. – ri e engole seco ao olhar para a escada que dá acesso ao laboratório. — Nos falamos outro dia. Beijo, beijo!

— Tudo bem. Beijo, beijo!

Desliga e respira fundo, tentando se acalmar.

Desce as escadas correndo, ansiosa para ler todos aqueles livros escondidos naquela saleta escondida.

Ao chegar no laboratório, se enfia por entre a estante e a porta de madeira, onde insere a senha de seis dígitos.

Fica parada por uns instantes, admirando todos aqueles livros. Passa os dedos sobre alguns deles, escolhe um, o abre em uma página aleatória e se surpreende com o que lê.

"França, 10 de outubro de 1545,
Em homenagem ao meu amigo..."

Seu coração dispara, fecha o livro com força.

— 1545, como assim? Não pode ser! É a letra do meu pai. – resmunga baixinho para si.

Passa a mão sobre a capa do livro feita de couro, que mais parece um diário, as folhas são bem antigas, presas por algum tipo de planta, e a escrita parece ter sido feita com tinta de tinteiro.

Verônica coloca o livro de volta na estante e percebe que em cada um deles há uma numeração em algarismo romano no canto da capa, identificando o ano.

Ela pega outro livro, folheia com bastante cuidado, algumas páginas estão um pouco coladas umas nas outras.

— Não pode ser! É a mesma caligrafia.

Assim como o outro livro, ele também está escrito em francês, e pela primeira vez agradece a insistência de sua madrinha em aprender aquela língua.

"França, 15 de fevereiro de 1542.
Hoje resolvi escrever tudo que puder sobre minha vida, mesmo a contragosto de Nicolas.
No próximo mês, completo meus 20 anos, sorte minha ter conhecido pessoas tão boas como Pedro e Nicolas.
Nasci numa família muito pobre, onde meu pai tirava todo o sustento com suas plantações. Meses após completar meus onze anos, meu pai faleceu, tivemos que vender o pouco que tínhamos, e me vi na obrigação de cuidar de minha mãe, foi quando saí à procura de um emprego.

Alquimio - A descendente

No caminho de Santiago, havia um pequeno casebre, percebi que as plantações estavam secas, castigadas pelo sol e o vento frio. Imediatamente, me aproximei do poço pegando um pouco de água, quando voltava com o balde na mão fui surpreendido por um senhor barbudo com vestes franciscanas. Naquele momento, meu coração disparou. Ele não disse nada, cruzou os braços, sorriu e acenou com a cabeça pra eu prosseguir e permaneceu ali me olhando, mesmo com um pouco de medo, continuei a fazer o que ia fazer.

Enquanto eu jogava água nas plantas, ele ficava ali, parado na mesma posição. Só quando a água acabou que ele veio até mim. Eu me lembro como se fosse hoje de suas palavras.

— Filho, eu estava esperando por você.

Naquela época, eu não sabia o que ele quis dizer, mas hoje sei exatamente.

Então passei a ir todos os dias até sua casa. Cuidava do quintal, de suas plantações, minha mãe às vezes limpava a casa dele, e em troca recebíamos algumas moedas. Em pouco tempo estávamos morando num casebre anexo à casa principal de Pedro.

Pedro cuidava de um órfão, quase da mesma idade que eu. O ciúme era notório, era possível ver o ódio por mim, em seu olhar.

Quanto mais eu conhecia Pedro, mais nossa amizade aumentava. Alguns meses depois, ele me apresentou seu amigo, Nicolas. Nossa empatia foi imediata, era como se nos conhecêssemos há muitos anos.

Aos poucos ia me tornando um rapaz, e minha amizade por Nicolas só aumentava.

Aos meus 15 anos, Nicolas resolveu me apresentar um misto de ciência e magia, algo que ele chamava de Alquimia. Foi quando minha vida tomou outro rumo..."

— Puta que pariu! Que merda é essa?! – fala, assustada com o que lê.

Verônica folheia os diários, lendo alguns trechos, sente certa dificuldade em entender algumas palavras, já que não praticava a língua há algum tempo.

Alguns deles contêm nomes de pessoas que o autor conheceu em sua longa jornada.

Ao retirar um livro da prateleira, percebe que há um furo na parede com o mesmo formato de seu pingente.

Verônica se agacha e insere o pingente no buraco, escuta um estalo e uma pequena porta se abre.

— Puta que pariu! Quanto segredo.

Abre a portinhola que dá acesso a uma espécie de cofre, onde contém um enorme livro.

Era o maior e mais pesado de todos os livros existentes naquele lugar. Ela o pega com muita dificuldade. A capa é feita de um material duro, e as folhas são diferentes dos outros livros.

Verônica o coloca sobre a mesa de madeira que fica no canto do laboratório, próximo à porta de entrada, abre o livro com bastante cuidado. Ao abrir, um cheiro estranho invade o local, percebe que a caligrafia não era a mesma dos outros diários. Ela passa as pontas dos dedos nas escritas, tentando identificar o tipo de tinta utilizado.

— Isso é sangue?! – dá um passo para trás, retirando a mão do livro.

Segura seus cabelos com uma das mãos, apoia na mesa com a outra mão e aproxima o nariz do livro.

Inala aquele cheiro estranho que a faz tossir.

— Isso é sangue. – aponta para o livro. — Só pode ser. – senta-se na cadeira e começa a folhear o livro.

Nele há várias fórmulas nunca vistas por ela, algumas figuras estranhas, escrito em uma língua desconhecida.

Verônica coloca o livro de baixo do braço e sobe correndo para a biblioteca, deixando a porta da saleta de livros destrancada.

A biblioteca está gelada, havia esquecido o ar-condicionado ligado na menor temperatura. Coloca o livro sobre a grande mesa.

Cada página aguça ainda mais sua curiosidade. Faz uma breve pesquisa, tentando descobrir em que língua aquele livro fora escrito, mas a pesquisa não leva a lugar algum.

— Que merda é essa? – Verônica fala em voz alta.

— Verônica, está precisando de alguma coisa? – Dona Rosa bate na porta.

Verônica se assusta e bate com o joelho na quina da mesa.

— Não, obrigada! – responde entre os dentes, segurando o gemido de dor.

Ela se aprofunda novamente naquele livro esquisito, com a mesma caligrafia e língua estranha, que lembra bastante o latim, com caracteres jamais vistos, que se estendem por todo o livro.

As horas passam e Verônica permanece trancada em sua biblioteca. Seu estômago dói de fome, mas sua determinação em desvendar o mistério daquele livro é maior.

Após várias idas e vindas ao laboratório, Verônica se vê perdida em meio a tantos livros espalhados pelo chão da biblioteca, era possível encontrar livros até a entrada da passagem por trás da estante. Ela os ordenara de acordo com as datas informadas nas capas.

Verônica os folheia de um em um, com a esperança de encontrar aquela língua estranha em algum deles. Diferentemente daquele livro, todos os diários encontrados têm a mesma caligrafia, igual à de seu pai.

Pega o último deles, que está datado de 1985. Repara que, diferentemente dos outros diários, esse havia sido escrito em português.

Verônica não acredita no que seus olhos leem. Ela se levanta sem tirar os olhos do livro e segue em direção à mesa, onde se aprofunda em sua cadeira. Afasta o livro estranho, dando espaço ao livro que está em suas mãos.

"... hoje faço 463 anos, e pela primeira vez em toda minha vida, achei a razão para viver e morrer.

Beatriz é a mulher mais linda, inteligente e perfeita que já vi em todos esses longos anos de vida..."

— Quatrocentos e sessenta e três anos?! – as palavras saem pausadamente.

Ela passa algumas páginas sem ler, tentando achar algum sentido, quando se depara com a data de seu nascimento.

"Brasil, 24 de maio de 1992,

...Estou agora no hospital, aguardando o momento de aconchegar em meus braços o melhor presente que um homem pode ter, minha amada filha Verônica..."

— Verônica, querida! Desculpe interromper seus estudos. – Dona Rosa bate à porta, interrompendo a leitura de Verônica.

Ela se levanta rapidamente, guarda alguns livros na gaveta da mesa, abre apenas uma fresta da porta para atender Dona Rosa.

— Verônica, está tudo bem? Você está branca, parece até que viu um fantasma. – tenta olhar pela fresta da porta.

— Estou bem, acho que é só cansaço e fome.

— Querida, você já está trancada há mais de cinco horas nesta biblioteca. Tem que comer alguma coisa. – tenta bisbilhotar pela fresta aberta.

— Estou precisando mesmo, mas perdi muito tempo fora e agora tenho que dar conta de entender tudo sobre as empresas de meu pai. – sorri.

— Infelizmente não vim te interromper por isso. Tem três policiais te aguardando lá fora, devo liberar a entrada?

— Policiais? Eles falaram o que querem?

— Não, só disseram que precisam falar com você.

— Libera a entrada deles. Já vou ver o que querem. – fala rápido enquanto fecha a porta com a chave.

Pega rapidamente todos os livros espalhados pelo chão e os guarda dentro da gaveta e os coloca em pilhas no chão, próximo à escada, fecha com cuidado a porta secreta e vai recepcionar os policiais.

— Boa tarde senhores! – Verônica se surpreende com a presença do Agente Rosenberg. — Em que posso ajudar?

— Senhora, sou Gomes, agente da Polícia Federal. Estamos com um mandado de busca e apreensão em sua residência.

— O quê? – Verônica altera a voz. — E o que estão procurando?

— Senhora, isso é confidencial. – responde o agente Gomes com voz serena.

— Confidencial?! – fala alto. — Que porra é essa?! — Vocês vêm na minha casa pra procurar sei lá o que e me dizem que é confidencial?!

— Senhora... – O agente Gomes é impedido de continuar a frase.

— Não tenho nada a esconder, mas só autorizo que vasculhem minha casa na presença de minha advogada! – fala quase gritando, tentando conter a raiva e não cometer um desacato.

Verônica fuzila Rosenberg com os olhos, na esperança dele lhe dar alguma explicação.

Alquímio - A descendente

Verônica liga para Helena, exigindo sua presença, a ligação não dura mais que dois minutos.

— Senhores, peço que tenham paciência, minha advogada estará aqui em uma hora.

— Senhora, não temos o dia todo.

— Desculpe, mas sem minha advogada não permitirei que invadam a minha casa.

Mesmo a contragosto, os policiais aguardam.

Os minutos se arrastam, café e biscoitos são servidos. Verônica percebe que Rosenberg não tira os olhos dela. Por alguns instantes, seus olhares se encontram, seu rosto ruboriza por raiva e vergonha.

Tentam manter algum assunto, mas não conseguem permanecer com a conversa por mais de dois minutos.

Para o alívio de todos, e principalmente de Verônica, após cinquenta e cinco minutos de espera, Dona Rosa anuncia a chegada de Helena.

Helena entra na sala, em seu traje impecável, se apresenta aos policiais e logo pega o documento para analisar.

— Com licença, senhores, preciso ter uma conversa a sós com minha cliente.

Verônica e Helena vão até a biblioteca, a fim de terem um pouco mais de privacidade na conversa.

— Verônica, o que está acontecendo? – Helena fala em tom baixo, mas bastante alterado. — Preciso que me conte a verdade.

— Tia, eu não faço a menor ideia do que está acontecendo aqui!

— Só preciso saber se está envolvida com algo fora da lei.

— Helena, como você ousa desconfiar de mim?! – grita muito nervosa.

— Desculpe, querida. Tente se acalmar, mas é que preciso saber com o que estou lidando.

Após alguns minutos, Verônica e Helena retornam à sala.

— Agente Gomes, pode fazer o seu serviço. Só peço que tenham muito cuidado, pois existem peças na residência de valor inestimável. – informa Helena, devolvendo o documento ao agente Gomes.

Já anoiteceu, e ainda há policiais por toda a extensão da propriedade.

— Senhora, há um ambiente que está trancado, solicito que abra. – pede o agente Gomes, educadamente.

— E qual seria?

— Aquele com portas duplas.

Verônica segue para a biblioteca e destranca as portas, abrindo-as lentamente.

Em poucos minutos, a biblioteca está tomada por homens, vasculhando cada centímetro do local.

Verônica fica aliviada ao se recordar que guardara todos os livros por detrás da porta secreta.

— Verônica, me desculpe, não podia alertá-la sobre isso. – Rosenberg fala baixinho.

— Não se preocupe, agente Rosenberg, esse é o seu trabalho. – Verônica responde rispidamente, se distanciando.

— Senhora, acabamos por hoje. – Gomes lhe entrega um cartão. – Estes são meus contatos, caso precise de algo.

Helena se despede de Verônica e acompanha os policiais até a saída. O silêncio toma conta da casa novamente.

18

Os holofotes iluminam o sangue seco espalhado pelo chão. Há peritos e fotógrafos por todos os lados.

Alguns curiosos continuam parados do outro lado da faixa. Os murmurinhos entre os policiais irritam Soares, que está sentado no degrau da escadaria.

Alguns policiais se aproximam, colocando a mão no ombro dele, mas ele não é capaz nem de levantar a cabeça.

Soares se levanta em direção ao corpo prestes a ser levado para o rabecão. Ele se ajoelha no chão próximo ao corpo, retirando o pano que recobre o rosto de Antunes.

— Seu idiota! Como deixou alguém fazer isso com você? – Soares grita, desesperadamente.

Delegado Souza se aproxima tentando retirar Soares dali, segurando-o pelo ombro.

— Me deixa! – Soares grita, retirando a mão de Souza.

Levanta-se e sai sem falar mais nada, entra em seu carro e desaparece.

Suas mãos ainda trêmulas seguram o volante com muita força. A estrada é iluminada apenas pela claridade da lua cheia.

A marcha escapa por entre os dedos úmidos de suor, emitindo um som seco. O céu escurece e algumas gotas grossas de chuva caem sobre o para-brisa, o velocímetro marca 160 km/h, diminuindo um pouco apenas nas sinuosas curvas da BR-262, já próximo a Domingos Martins.

O chiado do rádio se mistura ao barulho das gotas que batem como pedras sobre o teto do carro. Seus olhos fecham por alguns segundos, e são abertos imediatamente ao se assustar com o piscar de faróis de um carro que passa em baixa velocidade.

O cansaço é tanto que não percebe o alerta do motorista, seus olhos tornam a fechar por alguns segundos. Quando os abre, pisa imediatamente no freio para evitar a colisão com um galho de árvore caído sobre a pista.

Os pneus deslizam pelo asfalto encharcado pela chuva, fazendo com que o carro gire sobre a pista. Soares segura firme ao volante, fecha os olhos e fixa seus pensamentos apenas em sua amada Luísa.

Algumas horas antes de pegar a estrada, deixara um simples recado na secretária eletrônica de sua esposa:

"Luísa, tô indo pro chalé, se perguntarem por mim, diga que morri".

Soares e Luísa se conheceram quando ambos tinham 18 anos, na faculdade. Seus caminhos sempre foram em direções opostas, Luísa estudava Belas Artes, e estava sempre no meio das festinhas da faculdade, já Soares fazia Direito, e sua timidez o impedia de sequer olhar para o rosto de uma menina. Até que um dia Luísa tropeçou, derrubando suco nos livros de Soares, abertos sobre a mesa da cantina.

Soares olhou para cima, como se tentasse olhar para o sol, viu aquela menina de olhos verdes e cabelos loiros com um sorriso encantador. Por trás daquelas lentes grossas, Luísa viu pela primeira vez o olhar do homem de sua vida.

A amizade entre os dois foi tão repentina como o casamento. Em pouco tempo, os dois compartilhavam a vida juntos.

Luísa lecionava em algumas escolas, enquanto Soares tirava alguns bandidos de trás das grades, o que nunca gostou de fazer.

No mesmo dia em que Soares foi chamado para assumir o cargo de delegado, Luísa lhe deu a melhor notícia em três anos de casamento, estava esperando um bebê. Soares realizaria seu maior sonho, ser pai.

Soares estava sempre presente em todos os exames, sua menininha crescia cada vez mais, esticando a barriga de Luísa.

Alquímio - A descendente

Numa noite, enquanto cobria um colega, Luísa escorregou da escada de sua casa, caindo com força no chão. O telefone da sala da delegacia tocava insistentemente, era Ana, sogra de Soares, que aos prantos ligava para ele do hospital, informando que Luísa tinha perdido a bebê.

Seu mundo acabou naquele momento. A partir daquele dia, começou a beber, fumar, chegar tarde em casa, não conversava mais com Luísa. Ela, por se sentir culpada, entrou em depressão e teve que largar o emprego devido ao uso dos fortes medicamentos.

Soares trabalhava em dois turnos para evitar encontrar com Luísa. A tristeza tomou conta daquela casa.

Os anos se passaram e Luísa fez alguns tratamentos alternativos, o que a tirou da depressão. Os dois permaneceram casados, mesmo sem existir aquele olhar de paixão entre os dois.

Soares acorda, sua cabeça dói bastante, o *airbag* está aberto, seus braços estão caídos para cima de sua cabeça, é quando percebe que está de cabeça para baixo. O automóvel está preso por duas árvores, qualquer movimento brusco e o carro pode cair penhasco abaixo.

Soares vê seu celular caído no teto do carro, estica o braço para pegá-lo, mas seus dedos ensanguentados o afastam ainda mais.

O cinto está travado, não sendo possível soltá-lo, sabe que seu canivete está dentro do porta-luvas, então se estica para pegá-lo. Abre o porta-luvas com bastante cuidado, com medo que possa cair, mas o impacto do acidente fez com que todos os objetos fossem jogados para o fundo do porta-luvas, não sendo possível alcançá-lo.

Ele se esforça, tentando arrebentar o cinto, mas seus braços já quase não obedecem mais. Sabe que precisa manter-se acordado, mas seus olhos pesam, fechando por alguns segundos, abre imediatamente e tapeia seu rosto. O som da chuva o embala para um sono profundo.

Acorda assustado com o toque de seu celular. Seu corpo está dormente, quase não consegue mexer os braços, que permanecem esticados acima de sua cabeça.

O celular toca insistentemente, como se quisesse tirá-lo daquele transe. Sente muita dificuldade em enxergar, devido ao inchaço de seus olhos, mas consegue identificar o rosto de sua amada esposa.

A dor é insuportável, seu corpo todo treme, sente os dedos de suas mãos endurecidos, seus olhos já não são mais capazes de abrir, continua escutando o toque de seu celular, cada vez mais longe e mais uma vez tudo escurece.

Acorda novamente assustado, ouve alguns barulhos e estalos, não sendo possível identificar. Sente algo apertar seu corpo, os barulhos aumentam cada vez mais. Grita várias vezes pedindo socorro, mas percebe que sua voz não vai além de sua imaginação.

Sente outro aperto, desta vez em seu pescoço. O medo domina Soares, não consegue identificar o que está acontecendo.

A voz de Luísa invade seu inconsciente atormentado pela dor, frio e medo. Tenta se fixar nela, mesmo sabendo que não passa de seu instinto de sobrevivência.

Seu corpo dói terrivelmente, como se estivesse sendo partido ao meio. O medo de se tornar comida de um animal o atormenta, sente seu corpo ser arrastado para fora do carro. O barulho está mais intensificado, mas seus ouvidos estão quase que tampados. Ouve gritos, e pensa provavelmente que está sendo arrastado por algum tipo de cachorro selvagem.

Sente seu braço ser apertado com muita força, e algo horrível entrar em sua pele. Provavelmente os caninos do animal, mais uma vez apaga, agora profundamente.

19

Quase não é possível ver o tapete persa da biblioteca, que está coberto por diversos livros abertos. Verônica está sentada no meio deles, com o livro indecifrável sob suas pernas.

Tenta visualizar melhor alguns símbolos com o auxílio de uma lupa. Tira fotos utilizando seu *smartphone*, jogando no programa de busca, assim tentando encontrar algo parecido, mas nada.

Verônica folheia cada um dos livros, lendo partes deles, devido à dificuldade do idioma. Mas eles não passam de diários que não fazem sentido algum para ela, o que a faz duvidar da autenticidade deles.

Verônica passa horas trancada na biblioteca, se alimentando apenas de bolachas, frutas e café para manter-se acordada.

— Verônica... – De repente é interrompida por Dona Rosa batendo na porta. — Tem um rapaz te aguardando para entregar uma correspondência, disse que só você pode receber. – Dona Rosa fala pelas frestas das portas.

— Mas quem é essa pessoa? – Verônica fala alto, enquanto junta os livros, colocando-os próximos à escada.

— Não sei, ele não quis se identificar. Sugiro que vá com um segurança.

O grande livro cai sobre o pé de Verônica, que grita imediatamente.

— Verônica, está tudo bem?

— Sim, Dona Rosa. – responde, abrindo a porta quase que sem fôlego, e percebe que Dona Rosa estava com a orelha colada à porta. — Eu deixei a enciclopédia cair bem em cima do meu pé.

— Me desculpe, não sabia se estava me ouvindo, então tentei... – fica envergonhada com a situação.

Verônica encara Dona Rosa, deixando-a desconfortável.

— Precisa de ajuda em alguma coisa? – Dona Rosa espia pela greta enquanto pergunta.

— No momento, não, obrigada. – Verônica responde à Dona Rosa, fechando a porta às suas costas.

Ao sair de casa, Verônica percebe alguns seguranças estrategicamente posicionados. Segue em direção ao portão, escutando apenas o som dos pássaros, as batidas de seu coração e o som dos estalidos dos cascalhos enquanto caminha. Ela acena com a cabeça para abrirem o portão.

Lá está o jovem rapaz moreno muito bem-vestido, barba feita e com um sorriso marcante no rosto.

— Senhorita Verônica? Peço desculpas, mas só posso lhe entregar a correspondência com um documento seu, apesar de saber que é você. – esboça um sorriso sem graça.

Verônica lhe entrega o documento de identidade e aguarda, enquanto ele preenche um formulário no *tablet*. Então o rapaz devolve o documento junto com uma carta.

Seu coração gela, e sente todos os pelos de seu corpo eriçarem. O envelope está lacrado pelo mesmo selo feito de vela vermelha, marcada com o símbolo de cruz em volta de uma espécie de cobra em formato de um ponto de interrogação, que havia na carta encontrada na caixinha de madeira, que recebera de Frei Raul.

— Quem me mandou isso?! – Verônica levanta a voz, colocando a carta quase no nariz do rapaz.

— Não sei, senhorita, sou apenas um entregador. – responde com voz trêmula, mãos levantadas próximas ao rosto, e quase cai ao se desequilibrar na calçada.

— Você precisa me dizer! – Verônica levanta a voz.

— Eu não sei. Me desculpe.

Verônica percebe que o segurança leva a mão à arma. — Senhorita, está tudo bem? – pergunta o segurança.

Alquímio - A descendente

Verônica faz um movimento para o segurança mostrando que está tudo bem. Pede desculpas ao entregador e retorna para dentro.

Um dos seguranças pede para abrir a carta, mas ela rejeita. Entra correndo em casa em direção à biblioteca, passa por Dona Rosa, que fala alguma coisa, mas a ansiedade a incapacita de compreender.

O envelope está totalmente em branco, contendo apenas aquele símbolo estranho, não sendo possível descobrir de onde veio.

— Como pode o frei ter me enviado esta carta? Ele morreu há semanas.

Ela abre o selo com bastante cuidado e retira um papel datilografado de dentro do envelope.

— Meu Deus, quem ainda tem uma máquina de escrever?!

"Querida Verônica, preciso que encontre com alguns amigos, para que eles possam guiá-la da melhor forma nesta etapa tão importante de sua vida.

Saiba que está correndo muito perigo e não deve confiar em ninguém.

Sinto muito por todos seus entes queridos não estarem mais por perto.

Continuarei enviando cartas a você. Espero que tenha encontrado o segredo de seu pai.

Em suas mãos, contém a chave para desvendar a resposta que necessita neste momento.

Umedeça sua mão direita e a coloque sobre o papel.

Assim que concluir, jogue o papel no fogo, certificando-se de que sobraram apenas cinzas.

Seja forte!

Seu amigo secreto."

— Mas que merda é essa? Quem é essa pessoa? E como sabe sobre o segredo?

Verônica desce as escadas correndo até o laboratório, fazendo exatamente como a carta instruiu.

Molha a mão na pia do laboratório e a coloca sobre o papel, mesmo sem imaginar o que está fazendo.

Fica parada, vendo toda tinta sendo borrada pela água. De repente, a tinta começa a vibrar formando gotas, e que como num passe de mágica, as gotas escorrem para o meio do papel, formando uma grande bolha de tinta, mais uma vez a bolha se divide formando três palavras:

"Santo Inácio
Paulo
Rubro"

Verônica está boquiaberta, coça os olhos com as mãos, olha novamente para o papel, tentando entender o que acabara de presenciar.

— Devo estar ficando louca! Isso não pode ter acontecido. – ela se belisca, na intenção de saber se aquilo era um sonho.

Sobe correndo para a biblioteca, liga o computador, coloca a primeira palavra no programa de busca, e logo aparece Colégio Santo Inácio, localizado no bairro Botafogo, na cidade do Rio de Janeiro.

Imediatamente, liga para a escola na tentativa de conseguir mais informações.

— Colégio Santo Inácio, Lívia, boa tarde!

— Boa tarde, me chamo Verônica. Gostaria de uma informação, tem algum funcionário chamado Paulo?

— Sim. Você é mãe de algum aluno?

— Não, sou Verônica Salles. Preciso conversar com ele.

— Verônica Sa... Salles? – gagueja assustada.

Verônica escuta um barulho.

— Desculpe-me, o telefone escorregou de minhas mãos. Então, temos três funcionários com esse nome. Com quem gostaria de conversar?

— Não tenho o sobrenome. – Verônica segura a carta, tentando entender se estava indo pelo caminho certo. — Vou tentar identificar e já retorno a ligação.

Verônica lê novamente a carta. E relê várias vezes as três palavras "Santo Inácio", "Paulo", "Rubro".

Ao jogar a palavra rubro na Internet, a pesquisa trouxe o resultado "vermelho de forte tonalidade".

— Paulo ruivo! É isso.

Verônica liga novamente para a escola.

— Colégio Santo Inácio, Lívia, boa tarde!

— Boa tarde Lívia, Verônica. Não tenho o sobrenome, mas alguns desses três são ruivos?

— Ve... Verônica. – mais uma vez gagueja. — O professor de história. Mas ele está dando aula no momento. Posso deixar um recado se desejar.

— Com certeza, anote meu telefone.

Verônica desliga o telefone e segue em direção à escada, quando percebe que há alguém por trás da porta.

Então fecha a porta da estante vagarosamente, de forma que ninguém ouça o barulho. Enfia a carta no bolso de seu *short* e abre as portas da biblioteca bem rápido.

E dá de cara com Dona Rosa, que com o susto deixa a bandeja com um prato cair no chão.

— Ai, meu Deus, me desculpe, Dona Rosa. Eu estava...

— Não se preocupe, querida. Eu trouxe um prato de comida. Estou preocupada com você. Desde quando chegou, não sai dessa biblioteca.

— Obrigada por se preocupar comigo. Eu ajudo a limpar.

20

—Escritório...
— Me passa pra sua chefe! E não me venha com desculpas esfarrapadas que ela não pode atender.
— Quem está falando?
— Não reconhece a minha voz, docinho? – fala melosamente. — É Samantha, sua retardada!

Samantha percebe que a ligação foi interrompida e liga novamente.
— Sua vagab...
— Acho que você está querendo sofrer um processo! Você sabia que todas as ligações em meu escritório são gravadas? Acho bom você começar a ter respeito pelo próximo, ou sempre será apenas isso que é, um capacho de alguém mais poderoso. – fala Helena, rispidamente.
— Você falou com sua cliente ou posso descer do carro e tocar o interfone?
— Ela não irá te atender.
— Não foi isso que perguntei. Estou descendo do carro.
— Faça o que julgar melhor. – Helena desliga o telefone.
— Piranha, com certeza farei do meu jeito. – grita em direção ao celular.

Samantha estaciona o carro de frente para os portões da casa de Verônica, desce e aperta o botão do interfone.
— Residência dos Salles.
— Quero falar com Verônica. Sou Samantha Albuquerque, e gostaria de fazer uma entrevista.

— Por favor, aguarde.

Samantha se afasta um pouco, coloca a mão na testa de forma a proteger os olhos da claridade do sol, olha para cima, reparando no símbolo na parte superior do enorme portão, pega seu *smartphone* e bate uma foto.

— Senhorita, Verônica não está em casa no momento, mas podemos deixar um recado caso deseje. – escuta a voz pelo interfone.

— Posso aguardá-la, se me permitirem.

— Não, senhora, não temos permissão para isso.

— Vou aguardar aqui fora então.

No mesmo momento um segurança se aproxima do portão.

— Senhora, não podemos permitir que permaneça aqui.

— O que vai fazer? Atirar em mim? Não sairei daqui enquanto ela não me atender.

Samantha volta para o carro, e deixa cair de propósito o papel que está em sua mão, então abaixa para pegá-lo. A saia, que já é curta, sobe deixando à mostra uma pequena parte de sua calcinha vermelha de renda. Percebe o olhar do segurança, que está parado bem de frente para ela.

Ela pega o papel e solta novamente, e voa para debaixo do portão.

— Posso pegar o papel? – pergunta ao segurança com voz sensual.

— Senhora, por favor, mantenha distância!

— Nossa, como está quente aqui. – abre dois botões de sua blusa. Pode me dar um copo d'água?

— Senhora, por favor, vá embora.

— Você vai me negar água? Você vai pro inferno desse jeito, hein?!

O segurança fala pelo rádio enquanto Samantha olha por entre as grades do portão, analisando a parte interna do imóvel.

Alguns minutos depois, outro segurança se aproxima com um copo com pedras de gelo e uma jarra de água.

— Senhora, vou abrir um pouco o portão. Não faça nada do que possa se arrepender.

— Fique tranquilo, só quero matar minha sede. – esboça um sorriso.

Samantha pega o copo passando a mão na mão do segurança, deixando-o constrangido.

— Você trabalha há muito tempo aqui, Jorge? – põe o dedo sobre o crachá do segurança.

— Não, senhora.

Samantha toma a água vagarosamente.

— Você é muito gostoso pra trabalhar como segurança. Conheço um cara que pode te tornar um modelo. Com certeza ganhará muito mais.

Passa o dedo em Jorge, do peito até o umbigo, onde é interrompida por ele.

— A senhora precisa sair! – fala seriamente, enquanto segura a mão de Samantha.

— Não seja ignorante, Jorge. – puxa a mão. — Vai me deixar derreter naquele carro?

Samantha pega uma pedra de gelo de dentro do copo, e começa a passar no pescoço e vai descendo até os seios.

— Hoje tá muito calor. Sente como eu tô quente. – pega a mão de Jorge e a põe sobre seu seio direito.

Ele tira a mão rapidamente.

— Senhora, saia! Por favor! Ou terei que chamar a polícia.

— Tudo bem, Jorge, já vou. Mas fique com meu cartão. Me ligue no seu dia de folga. Adorei essa sua mão enorme.

Samantha entra no carro e sai cantando pneu.

21

— Senhorita Verônica, peço que aguarde um pouquinho. Ele já virá te atender. – fala a recepcionista do Colégio Santo Inácio. Uma senhora de estatura baixa, usando óculos de grau.
— Obrigada!
Os minutos se arrastam, Verônica está cada vez mais nervosa. Então se assusta com o toque de seu celular.
— Verônica, tudo bem com você, minha querida?
— Sim, tia Helena, mas não posso falar no momento.
— É importante, vou falar rápido. Ontem aquela repórter famosa teve aqui no escritório, exigindo falar com você.
— E por que você não me disse antes?
— Não queria te incomodar. Mas hoje ela me ligou ameaçando tocar seu interfone. Se ela te incomodar é só me avisar. Tomarei as providências necessárias.
— Se ela esteve lá em casa, deu sorte, pois estou fora desde cedo.
— Verônica. – um senhor ruivo e alto lhe estende a mão, interrompendo a conversa de Verônica com Helena.
— Tia, preciso desligar. Mais tarde nos falamos.
Verônica desliga o celular e o cumprimenta.
— Verônica, fico muito feliz em te reencontrar.
— Reencontrar?! Como assim? Eu não te conheço.
— Temos muito a conversar. Mas aqui não é o lugar certo. Que tal irmos almoçar. Conheço um lugar bem bacana.

— Tudo bem, será até bom, pois já não almoço há dias.

Os dois seguem para um restaurante simples e aconchegante, que fica bem próximo ao colégio.

— Vi o que aconteceu com nosso amigo Frei Raul. Muito triste.

— Desculpe, mas não me lembro dele. E pelo jeito o senhor o conhecia.

— Você também, Verônica.

— Eu percebi. Encontrei uma foto minha com ele. Mas não me lembro de nada.

— Você não se lembra de muita coisa. Mas preciso que confie em mim. Sei que já foi instruída a não confiar em ninguém. Mas se chegou até mim é porque recebeu a carta de nosso velho amigo.

— Como sabe de tudo isso?

— Sei muito mais do que pensa. Você não pode contar a ninguém sobre mim.

— Fique tranquilo. Não tenho amigos.

— Ah, tem, sim, mas vou lhe passar os contatos certos.

— Como sabe de tanta coisa, como você mesmo diz, então me diga se conhece isso. – mostra seu celular, onde há algumas fotos do livro indecifrável.

— Meu Deus, menina! – Paulo toma o celular da mão de Verônica. — Apague isso agora! Hoje em dia tudo pode ser hackeado, se já não foi. Exclua da nuvem e de todos os dispositivos que tenha colocado.

Verônica se assusta, pega o celular das mãos de Paulo.

— Como posso confiar no que está dizendo? Preciso de provas de que é confiável! – Verônica fala alto.

— Abaixe a voz, estão todos olhando pra gente. O que menos queremos é chamar a atenção no momento.

— Desculpe. Mas estou muito assustada com tudo isso. – aponta para o celular.

— Te entendo. Mas vou te ajudar.

— Pode começar me dizendo quem você realmente é, e como sabe de tanta coisa.

— Para isso, precisamos de mais tempo e infelizmente terei que voltar para a escola. Vamos fazer o seguinte, te encontro no laboratório de seu pai.

— Laboratório? Que laboratório? – Verônica finge não saber do que ele está falando.

— Desse aí. – ele aponta para o colar de Verônica. — De onde tirou o livro que muitos mataram e ainda matam para tê-lo.

Verônica engole seco, acaricia seu colar e olha para Paulo como se não acreditasse no que estava escutando.

— Não fique assim, minha criança. Você entenderá tudo. Seu pai não lhe deixou só.

— E como pretende chegar ao laboratório?

— Oras, pela passagem que eu e ele criamos. Estarei lá amanhã à meia-noite.

— Que passagem?

— Me aguarde no laboratório nesse horário.

Verônica se despede de Paulo e retorna para casa.

22

— Alô!
— Samantha? Sou eu, Jorge.
— Quem? Como tem meu telefone?
— Você me deu seu cartão. Não está lembrada? Quando esteve na casa da senhorita Verônica.
— Ah, Jorge. Por que não me disse antes que era você?!
— Desculpe. É que você pediu para eu ligar no meu dia de folga. E hoje é meu dia.
— Nossa, que bom. Mas por que me ligou? Vai querer me encontrar, gostosão?
— Sim, claro.
— Que tal no Gero?
— No Gero? Não podemos... — Samantha interrompe Jorge.
— Fique tranquilo, será tudo por minha conta, gostoso. Sei que sua patroa não lhe paga tão bem quanto você merece. – percebe um silêncio do outro lado da linha.
— Tudo bem então. Onde te pego?
— Te espero lá, às 20h. Não se atrase, hein!
— De jeito nenhum.
— Beijo, gostoso!

Samantha pega uma garrafa de champanhe, tira o roupão e entra na banheira cheia de espuma. Fica ali por minutos, admirando o lindo mar de Ipanema, até ser interrompida pelo toque de seu celular.

— Ben, tô precisando de você. Podia vir me visitar. Tô na banheira agora.
— Não tenho tempo pra isso agora. Conseguiu falar com a Verônica?
— Não...
— Puta que pariu! Não posso contar com você nem pra uma simples missão.
— Calma, Benzinho, vou resolver isso. Está tudo sob controle.
— Espero! Tenho que desligar. Resolva isso logo!

Samantha chega ao restaurante vestindo um vestido vermelho aveludado, colado em seu corpo, marcando todas as curvas, deixando à mostra suas longas pernas.

Um garçom se aproxima para lhe entregar o menu, ela percebe o olhar envergonhado daquele jovem, que tenta não olhar nos seios exuberantes quase saltando daquele decote.

Olha no relógio, já passam das 20h.
— Cadê aquele filho da puta?! – cochicha enquanto lê a carta de vinhos.

Ao levantar o rosto, se depara com um homem alto, parado ao seu lado.
— Samantha, tudo bom? Me desculpe, peguei um engarrafamento...
— Shiiiii... – Samantha põe o dedo sobre o lábio de Jorge. — Acabei de chegar.

Os dois conversam enquanto jantam. Samantha não perde a oportunidade de fazer perguntas sobre Verônica.
— Jorge, você trabalha lá há muito?
— Não, não. Há umas semanas só. Desde quando a senhorita Verônica retornou.

Samantha passa o pé por entre as pernas de Jorge, debaixo da mesa. Ele a olha esboçando um sorriso envergonhado.
— Preciso de um favor. – apoia os cotovelos sobre a mesa. — Preciso que me deixe entrar na casa de sua patroa.
— Eu não posso fazer isso.
— Eu não vou fazer nada de errado. Só preciso de umas fotos do local.
— Desculpe, mas não tenho como fazer isso. Posso perder meu emprego.
— Se me deixar entrar, prometo que terá uma noite inesquecível. – passa o pé sobre a coxa de Jorge, enquanto sorri.

— Eu posso tirar a foto pra você. – engole seco. — O que acha?

— Não! – fala firme. — Ou me deixa entrar, ou encerramos aqui e agora este jantar.

Jorge passa as mãos pela cabeça, respira fundo, dá várias goladas no vinho.

— Tá, mas tem que me prometer que será bem rápida.

Ela sorri e balança a cabeça em sinal afirmativo.

— Não estou mais com fome. Vamos sair daqui? – ela afunda mais ainda o pé entre as pernas dele.

— Por mim, tudo bem. – fala rápido, engolindo seco.

Ela pede a conta, e leva a garrafa de vinho. O manobrista chega com o carro de Jorge, é um Classic bem velho, ela olha para ele com olhar de desprezo, mas entra no carro sem fazer nenhum comentário.

Os dois seguem em direção ao hotel onde Samantha está hospedada. Jorge se incomoda com o silêncio, mas prefere ficar calado a estragar a chance de ter uma noite inesquecível com aquela deusa loira.

De repente, sente a mão de Samantha tocar sua coxa.

Ele põe a mão cuidadosamente sobre a dela, tentando impedi-la de subir mais.

— O que foi, gostoso? Não me deseja?

— Nossa, que pergunta. Sim, mas estou dirigindo. – gagueja ao falar.

Jorge se impressiona com a recepção do hotel, todo em madeira com uma luz baixa, trazendo a sensação de aconchego. Ele se sente um pouco desconfortável com a situação.

Os dois entram no quarto, Samantha segue em direção ao toalete, e pede para Jorge aguardar um pouco.

Jorge está bem nervoso, anda de um lado para o outro. Ele se olha no espelho, acerta sua gravata, senta-se em uma das cadeiras, então escuta a voz de Samantha. Mas não é possível compreender o que está dizendo, mas percebe que está um pouco alterada.

Ele se levanta e segue em direção ao banheiro com o intuito de entender o que estava acontecendo. E é surpreendido por ela.

Samantha havia tirado seu vestido, restando apenas sua sandália de saltos altos e sua lingerie preta de renda.

Jorge a olha de cima a baixo, reparando em cada detalhe. Samantha pega as mãos dele, as põe sobre seus seios avantajados, ele os acaricia e sente a maciez da renda e a rigidez de seus mamilos.

Ele desce as mãos pela cintura dela até as nádegas, onde para, acariciando. Ela vira de costas e segura os longos cabelos loiros com as mãos. Ele beija seu pescoço e acaricia seus seios por entre o sutiã.

Ela se vira e o empurra para a cama, jogando-o com força, então abre a blusa de botões dele e beija seu peito, ele tenta acariciá-la e ela bate na mão dele, e as coloca acima de sua cabeça.

Então Samantha arranca a calça dele, deixando-o exposto, e se senta sobre suas pernas nuas.

Ele abaixa as mãos, tocando suas coxas, podendo sentir as tiras da cinta-liga.

Jorge se senta e tenta beijá-la.

— Não, beijo na boca, não!

Então ele puxa a calcinha dela para o lado, pega-a pela cintura e a coloca sobre ele.

23

Os sons entram por seus ouvidos como zunidos de abelhas, tenta abrir os olhos, mas sente algo sobre eles, incapacitando-o de abri-los, ouve vários bipes vindos ao seu redor. O frio percorre seu corpo causando tremores, sente uma leve pressão em seu dedo indicador direito, seu peito sobe e desce, como se estivesse sendo inflado por algum tipo de máquina, o cheiro forte de éter entra por suas narinas, confirmando onde está. Seu corpo todo dói, grita pedindo ajuda, mas não é capaz de emitir um som sequer. Mais uma vez o sono o domina.

Sente como se tivesse dormido por algumas horas, a claridade transpassa por suas pálpebras, o incomodando, se sente um pouco melhor do que antes, as dores diminuíram um pouco, já não sente mais a pressão no peito, e no lugar do aparelho em seu dedo está uma mão leve e macia.

O local está bem silencioso, tirando o bipe ao fundo. De repente, ouve um som e a mão macia se desprende da sua, ouve um cochicho, tenta abrir os olhos, a claridade incomoda bastante, vê a silhueta de uma mulher à sua frente, a imagem está bem embaçada. Fecha e abre os olhos na tentativa de enxergar melhor. Então a voz da mulher aumenta ao falar no telefone.

— Mas que merda, mãe! Tenha mais respeito! – grita a mulher. — Não, eu não quero mais falar sobre isso.

Com a visão ainda turva, vê com dificuldade a mulher com uma das mãos segurando o telefone sobre a orelha e a outra mão na cintura.

— Mãe, se continuar falando desse jeito eu vou ser obrigada a desligar. – abaixa um pouco o tom, tentando se acalmar. — Mas que merda, mãe!

Eu já falei que não! Ele é o meu marido, e quem escolhi pra viver o resto de minha vida!

O silêncio toma conta daquele local frio, dando lugar ao barulho incômodo do bipe. Sente sua mão ser envolvida pelas mãos macias, agora úmidas pelas lágrimas que escorrem em seu rosto, o cheiro do éter é substituído pelo perfume doce e acalentador.

Tenta abrir os olhos, sua respiração que estava calma agora está ofegante, como de quem acabou de vencer uma corrida. Seu coração acelera, aumentando também a velocidade do bipe, tenta pedir ajuda, mas é incapaz de mexer um músculo sequer.

Sente como se alguém estivesse segurando um travesseiro sobre seu rosto. As mãos macias soltam as suas, ouve várias vozes e um choro desesperado. Seu corpo começa a enrijecer, e o tremor percorre por todo ele.

Ouve os gritos desesperados da mulher, o bipe está apitando a toda velocidade.

— Carlos! – grita a mulher.

Sente várias mãos sobre seu corpo, e as vozes agora não passam de sons fantasmagóricos.

Sente-se cada vez mais longe, sente seu peito ser apertado várias vezes com força. O ar entra por sua boca e é impedido de sair pelas narinas, que estão tampadas.

O bipe está cada vez mais fraco, sente uma explosão em seu tórax, seu corpo salta para fora da cama, mais uma vez sente o ar entrar por sua garganta, e de repente o bipe volta à frequência normal. A exaustão mais uma vez domina, fazendo-o dormir profundamente.

24

Verônica chega ao laboratório restando alguns minutos para a meia-noite. De repente, escuta alguns estalidos vindos da antessala, se assusta e corre para ver de onde estão vindo.

O som de engrenagens enferrujadas se propaga pelas paredes. Seu coração acelera ainda mais, sabe que Paulo pode surgir a qualquer momento de algum lugar.

Os barulhos se intensificam, e parecem vir de dentro do armário de metal colado à parede ao lado esquerdo da porta do laboratório. Verônica coloca as mãos nas fechaduras, e ao abri-las é surpreendida ao dar de cara com Paulo. O que a faz dar um passo brusco para trás, fazendo-a quase cair no chão.

Aquele homem grande sai de dentro do armário, com a cabeça meio abaixada, com um sorrisinho no rosto.

Verônica está séria, com um semblante assustado. Repara o armário por trás dele, com uma abertura no chão, como uma espécie de fosso, que começa a se fechar automaticamente, substituindo o acesso ao fosso pelo fundo metálico do armário.

— Boa noite, minha criança! – Paulo pega a mão de Verônica e a beija carinhosamente.

Verônica está parada em frente a ele, completamente perplexa. Não sendo capaz de responder ao cumprimento.

— Preciso lubrificar essas engrenagens. Quase fico preso. – ri baixinho, olhando para o armário com a mão sobre o queixo.

Alquimio - A descendente

Verônica ainda não emitiu um som sequer, abre o armário tentando entender o que acabou de presenciar. Então se vira para Paulo.

— Quem é você?! – Verônica grita com ele.

— Fique calma. – Paulo põe a mão sobre o ombro de Verônica. — Vou explicar tudo.

— Não te conheço! Quem é você? – Verônica empurra a mão de Paulo bruscamente.

— Vamos nos sentar, temos muito a conversar.

— Como sabe de tantas coisas?

— Calma. – Paulo põe novamente as mãos sobre os ombros dela, como se quisesse acalmá-la, e a direciona para o sofá velho.

Verônica está em choque. Deixa-se guiar por ele e se senta no sofá, obedecendo às suas ordens.

— Verônica, vou lhe contar tudo, mas preciso que tenha um pouco de paciência. Seu pai deu a mim a responsabilidade de cuidar de você, caso algo acontecesse a ele ou ao Frei Raul. Preciso que confie em mim. Pra eu poder trazer suas verdadeiras memórias de volta.

— Como assim, verdadeiras memórias? – Verônica fala alto. — Quer dizer que sou uma farsa?

— Não, criança. – Paulo sorri e fala com um tom de voz doce e sereno. — Você não é uma farsa. Mas ainda não é quem realmente deve ser.

— Você está me deixando confusa.

— Antes de me apresentar, vou lhe fazer algumas perguntas. Tudo bem pra você?

Verônica acena positivamente com a cabeça, seus olhos quase não piscam.

— Antes de começar, tenho que avisar que isso pode lhe trazer muita tristeza.

— Tudo bem, preciso saber a verdade.

— Você sabe o que realmente aconteceu com seus pais?

— Acho que sim. Recebi uma caixa do Frei Raul, e nela havia uma carta. E ao ler umas palavras que continham naquele papel, senti uma forte dor de cabeça e descobri que meus sonhos são, na verdade, lembranças do meu passado.

— Sim, criança. Seus pais não morreram de acidente como foi induzida a acreditar. Eles foram assassinados. E você presenciou tudo.

O emaranhado de sentimentos de tristeza, saudade, raiva faz com que as lágrimas escorram sem parar pelo rosto de Verônica.

— Imagino o que deve estar sentindo. Vamos resolver isso juntos. - Paulo pega a mão de Verônica. — Podemos continuar?

Verônica balança a cabeça, como um sinal para prosseguir.

— Você sabe que a história de adoção era mentira?

— Sim, estava na mesma carta. Mas no fundo eu sempre soube disso. - esboça um sorriso.

— Você deve saber também que foi hipnotizada.

— Sim. Mas não entendi como, por quem ou por quê.

— Você se lembra do que aconteceu com sua madrinha.

— Infelizmente, sim.

— Você se lembra do Giancarlo, da Faculdade de Yale?

— Como sabe dele?

— Ele foi seu guardião durante o tempo em que esteve nos Estados Unidos.

— Guardião? Como assim?

— Somos todos seus guardiões. Eu, ele, o Frei Raul, sua madrinha, alguns que você conhece e nem desconfia e outros que você ainda irá conhecer.

Verônica se levanta, põe as mãos sobre a cabeça, enterrando os dedos em seus cabelos.

Dá alguns passos para trás, se afastando de Paulo. Tentando compreender o que acabara de ouvir.

— Preciso que me responda uma coisa, e que seja totalmente sincero comigo. - fala firme.

— Diga.

— Abri cada livro que encontrei naquela saleta atrás da estante de livros, e em todos eles percebi que a letra era exatamente igual à do meu pai. Como pode isso?

— É porque a letra é dele.

— Mas como? São diários datados de séculos passados. - Verônica senta-se com força, como se seu corpo não a obedecesse. — Isso não é possível. - fala alto.

— É, sim, minha criança, e você é a prova viva disso.

— Do que está falando?

— Infelizmente não posso contar tudo ainda. – Paulo acerta seus óculos redondos. — Você precisa de tempo para absorver tanta informação, ou poderia ter um colapso.

— Mas preciso saber! Não aguento mais tanto mistério.

— Ainda não é o momento, há coisas mais importantes que isso no momento. E sugiro que não leia muito os diários de seu pai.

— Mas eu preciso saber.

— Lhe contarei tudo. Mas aconselho esperar um pouco.

— Não prometo que não lerei os diários. – bufa. — Mas o que seria mais importante do que saber sobre meu próprio pai?

— Saber sobre você! Segura a mão de Verônica suavemente. — Vou te hipnotizar, você precisa confiar em mim.

— Me hipnotizar?! – levanta-se bruscamente. — Pra quê?

— Preciso te mostrar algo muito importante.

— Então era você que me hipnotizava?!

— Não e sim.

Paulo se levanta, vai até o laboratório e volta com uma cadeira.

— Preciso que confie em mim! – põe a mão sobre o sofá, pedindo que ela se sente.

— O que vai fazer comigo?

— Vou lhe mostrar algo muito importante que deve saber. Mas preciso que se deite um pouco.

Mesmo muito desconfiada, Verônica segue as orientações de Paulo.

Paulo retira um pêndulo de dentro do bolso de seu casaco e o pendura próximo a Verônica.

— Preciso que se concentre nos movimentos deste pêndulo. – o pêndulo balança de um lado para o outro. — Siga o movimento do pêndulo com seus olhos.

Verônica segue a orientação.

— Agora eu vou contar até três, bem devagar, e quando eu falar três, você fechará seus olhos e seguirá apenas a minha voz.

— Um, você está ficando cada vez mais relaxada. Dois, seus olhos começam a ficar pesados. Três, agora feche os olhos e siga minha voz.

Verônica fecha os olhos e se deixa levar pela voz calma e acolhedora.

— Agora imagine que está em um parque. Um lugar arborizado, onde se pode escutar o som dos pássaros. Você tem apenas cinco anos. Como você se sente?

— Estou feliz, posso ver meus pais.

— Preciso que repare nos detalhes ao seu redor e me diga o que vê.

— Estou num parque, com árvores, posso ouvir o piar dos pássaros, o colorido das flores, é um lugar muito bonito. Meus pais estão sentados conversando e sorrindo pra mim.

— O que estão fazendo?

— Um piquenique.

— Quantos anos você tem?

— Tenho cinco anos. - sorri angelicalmente. — Mas meu aniversário é amanhã. Eu vou ganhar presentes. – sorri.

— Agora preciso que se concentre apenas em seu pai, e me diga o que está vendo de diferente.

Verônica olha para seu pai e percebe algo diferente, há uma luz colorida ao redor de seu pai, apenas nele.

— Meu pai está brilhando azul! – responde, assustada.

— Preciso que olhe para suas mãos e diga o que vê.

Verônica estende os braços e vê que está brilhando, como se estivesse emanando purpurina branca de seus poros.

— Estou brilhando! – passa as mãos sobre os braços como se tentasse retirar o brilho. — Papai, mamãe, o que está acontecendo comigo?

— Verônica, preciso que se concentre e me diga o que está acontecendo.

— Meu pai se levantou rápido, tirou todas as coisas de cima da toalha branca e a colocou sobre mim, deixando apenas um pedacinho do meu rosto.

— Preciso que relaxe, vou contar novamente e você irá para o dia seguinte. Um, dois, três.

Verônica relaxa sobre o sofá e tudo se torna escuro ao seu redor. Ao longe, escuta uma voz calma dando as coordenadas para onde ir.

Alquimio - A descendente

— Agora me diga onde está.
— Estou em minha cama, me espreguiçando.
— Tem alguém com você?
— Não, mas estou escutando a voz de meus pais cantando parabéns. Eles acabaram de entrar em meu quarto, segurando um pequeno bolo com uma velinha de ovelha segurando o número seis.
— Você ganhou algum presente?
— Sim, meu pai está me entregando uma caixinha dourada.
— O que tem dentro dela?
— Meu colar. – sorri de orelha a orelha. — Ele é lindo!
— Olhe para seus braços e mãos. O que você vê?
— Estou brilhando.
— Onde está o colar?
— Minha mãe retirou da caixinha e está colocando em meu pescoço.
— O que vê agora?
— Eles estão me abraçando, os dois juntos. É tão bom.
— Você ainda está brilhando?
— Não, o brilho da minha pele sumiu.
— Preciso que se concentre em minha voz, quando eu contar três, você retornará.

Escuta a contagem ao longe, e aos poucos aquele abraço vai se tornando apenas uma lembrança. Acorda com seus braços entrelaçados, como se ainda estivesse abraçando seus pais, as lágrimas escorrem no canto de seus olhos.

Paulo põe sua mão sobre os braços dela, como uma forma de apoio naquele momento. Por uns instantes, o silêncio domina o local.

— Paulo, o que foi aquilo? – ela se senta, colocando a mão sobre a cabeça, sentindo-se um pouco tonta.

— Essa é uma lembrança muito importante. – retira de seu dedo um grande anel de ouro com uma pedra amarela. — É o principal motivo para te pedir que nunca retire seu colar.

Verônica o encara com o olhar assustado, coça os olhos com as mãos.

— Puta que pariu!!! – grita. — Você está brilhando amarelo.

Paulo recoloca o anel e, no mesmo instante, o brilho some.

— O que é isso?! – fala alto.

— Ainda não é o momento pra te explicar o que é isso exatamente. Só peço que nunca tire seu colar, ou não poderemos te proteger.

— Mas preciso saber.

Ela tira seu colar imediatamente. O brilho diamantado é intenso. Paulo sorri, e pede que recoloque seu colar.

— O que é isso?! Você precisa me dizer!

— Ainda não, criança, tudo no seu tempo. Agora eu preciso ir. – ele se levanta em direção ao armário de ferro.

— Você não pode ir embora agora. Tenho muitas perguntas. – Verônica segura forte o braço de Paulo. — Você precisa me explicar o que é isso! – aponta para seu brilho.

— Desculpe, mas você precisa ir devagar, ou não suportará.

— Você não pode ir assim! Me deixar cheia de dúvidas.

— Fique tranquila, não vou sumir. Não conte a ninguém sobre mim ou sobre o que viu. Ninguém!

Paulo abre as portas do armário, coloca o pé sobre o fundo dele, o tampo começa a se mover, dando lugar ao fosso com uma escada de pedras indo em direção a uma espécie de túnel.

Os dois se despedem e Paulo desce pelas escadas.

— Paulo! – Verônica grita se agachando no chão. — Onde esse túnel vai dar?

— Isso é assunto para outro dia, criança.

As roldanas enferrujadas selam a passagem.

25

— Ei, gostoso! Preciso te ver!

— Oi, Samantha, não posso falar com você agora, estou trabalhando. – Jorge fala baixinho ao telefone. — Não posso atender ligação no trabalho.

— Vai me ignorar?

— Me desculpe, preciso desligar.

Jorge desliga o telefone sem dar chance para Samantha se despedir.

— Filho da puta! – Samantha joga o celular sobre a cama. — Como tem coragem de desligar o telefone na minha cara?!

Samantha se assusta com o toque do telefone de seu quarto.

— Senhorita, boa tarde! Sou Karen, da recepção. Tem um senhor chamado Ben pedindo pra subir, posso autorizá-lo?

— Claro!   Samantha fica surpresa com a notícia.

Desliga o telefone, tira toda sua roupa, prende seus cabelos com um coque, deixa a porta entreaberta e se deita de bruços na cama com as pernas para cima entrelaçadas.

A porta é aberta vagarosamente. Ben entra e põe seu casaco e pasta sobre a primeira cadeira que avista.

— Sua safada! – Ben bate com força na nádega de Samantha. — Vem aqui, sua piranha!

Ele a puxa para si, joga o jarro de flores que estava na pequena mesa redonda, ao chão.

Segura Samantha pelo coque, a empurra com força sobre a mesa, encostando seu rosto sobre o tampo. Com uma das mãos, segura os punhos de Samantha sobre suas costas.

Ben abre a braguilha, enfiando com força em Samantha, fazendo-a gritar.

Ela tenta sair debaixo dele, mas mal consegue se mexer.

— Me larga! – Samantha grita, tentando se defender.

— Não era isso que você queria? Sua piranha! – Ben bate com força na nádega de Samantha. — Da próxima vez que me ligar durante meu horário de trabalho, será bem pior.

— Ben... – Samantha murmura com dificuldade.

— Cala a boca!

Samantha fecha os olhos e mais uma vez segura sua raiva, pensando em tudo que conquistou.

Ele sai de cima dela e puxa o coque soltando os cabelos, fecha sua braguilha e segue em direção à varanda.

— Vista-se! É uma ordem! – fala rispidamente, sem olhar para trás.

Samantha se levanta, passa as mãos em seus punhos, que latejam por causa da brutalidade. Sente a ardência de suas nádegas rosadas, marcadas pela mão exagerada de Ben.

Ela veste o roupão e se ajoelha sobre o tapete próximo à cama, com a cabeça abaixada.

— Levante-se! – ordena Ben.

Ela se levanta ainda com a cabeça baixa, sem dirigir o olhar para Ben.

Ele põe o dedo carinhosamente no queixo de Samantha, levantando seu rosto.

— Você sabe que fiz o que tinha que ser feito. – Ben fala com voz calma. — Não quero te machucar.

Samantha o olha em silêncio. Ele acaricia com os nós dos dedos a bochecha ainda marcada pela mesa.

— Você é muito importante para mim. Não quero que tenha que repetir isso.

— Me desculpe! – fala firmemente, ainda consumida pela raiva.

— Você precisa concluir sua missão. Não quero que tenha que voltar para lá. Você sabe melhor que eu o que fariam com você. – Ben a abraça. — Não é o que quero pra você. – acaricia os longos cabelos de Samantha.

Samantha não retribui o abraço, permanecendo com os braços estendidos.

— Vou concluir minha missão. Você não vai se arrepender de ter me tirado das garras dele.

— É assim que gosto de ver, minha menina! – acaricia a bochecha de Samantha com os nós dos dedos.

Ben enfia a mão no bolso de sua calça, pegando o celular para atender a ligação.

— Pronto!

Samantha escuta uma voz familiar que lhe provoca calafrios.

— Já estou indo. Pode contar comigo!

Desliga o celular, e se despede de Samantha, dando-lhe um beijo em sua testa com carinho.

— Por favor, pense no que conversamos. Não quero que sofra mais do que já sofreu.

Ele pega sua pasta e vai embora.

Samantha continua inerte, em pé próximo à cama.

— Filho da puta! – então grita, soltando toda a raiva acumulada.

Samantha coloca as mãos sobre a nuca, a raiva é tanta que sua cicatriz começa a latejar.

26

Sua respiração está tranquila, seu corpo está imóvel, sente-se leve, os sons embaralhados entram por seus ouvidos como se estivesse debaixo d'água. Suas pálpebras estão coladas, sente muita dificuldade em abri-las.

Sente que consegue mexer os dedos, e no mesmo instante percebe um vulto se aproximar.

— Carlos! Consegue me ouvir?

Aquela linda voz que se mistura ao cheiro doce de paz, que invade seus pensamentos trazendo boas recordações.

Esforça-se para se mexer, abrir os olhos. Sente sua mão ser acalentada por mãos macias.

Com muita dificuldade, consegue ver o rosto da pessoa que mais amou em sua vida, sua bela Luísa.

Ela está em prantos, sua pele branca marcada pelas olheiras, com bochechas rosadas pelo choro.

— Carlos, achei que fosse perdê-lo. – fala aos prantos, a voz trêmula se mistura aos soluços.

Ele simplesmente a admira, esboçando um sorriso de gratidão.

— Me perdoa?! – coloca para fora a única frase que levou anos para conseguir falar para sua amada.

Ela se joga sobre seu peito. As lágrimas escorrem.

— Te perdoo! Eu te amo! Nunca deixei de te amar.

Com muita dificuldade, retribui o abraço. Não consegue conter o choro. E repete a mesma frase por várias vezes.

— Me perdoa?! Eu te amo!

Um casal vestido de branco entra no quarto. O senhor de branco põe a mão sobre o ombro de Luísa, a afastando dos braços de Soares.

— Senhor, sou o Dr. Breno.

A moça de branco retira a agulha que estava enfiada em uma de suas mãos.

Ouve a voz do médico, mas continua olhando firmemente para Luísa, que sorria para ele enquanto enxugava as lágrimas com um lenço.

— Senhor, preciso que me responda a algumas perguntas. Sabe qual é o seu nome?

— Sim, Carlos Augusto Soares.

— Tem ideia do que aconteceu?

— Sim, eu bati com o carro. – sua voz sai um pouco fraca.

— Havia alguém com você?

— Não.

— Tem ideia de que ano estamos?

— Sim, 2018.

O médico seguia com as perguntas, enquanto a enfermeira o ajudava a se recostar.

Ao final de todas as perguntas, descobriu que havia passado vinte e sete dias naquele hospital.

— Vou deixá-los a sós. Só peço que não fale muito, para evitar possíveis dores.

Os dois sacm da sala.

— Luísa, você está linda!

— Oh, meu bem, estou acabada. – sorri, passando a mão sobre o rosto de Soares. — Você quase me matou de susto e preocupação.

— Me desculpe, Luísa! Foi uma estupidez, que garanto que nunca mais acontecerá.

— Tudo bem, graças a Deus passou. E Ele trouxe você de volta para mim.

Sente seu corpo ainda muito dolorido, com algumas limitações nos movimentos.

— Eu devia ter morrido! – as lágrimas escorrem por seu rosto. — Fui um babaca pra tanta gente.

— Carlos, não fale assim.

— Meu amigo, meu único amigo, morreu. E eu nunca fui capaz de agradecê-lo por estar sempre ao meu lado, mesmo sendo do jeito que fui. E, ao final, nem sequer pude me despedir.

— Não fique assim. Ele sabia que você gostava dele. Assim como eu sempre soube que ainda me amava, mesmo sendo aquele cachorrão que se tornou.

Eles riem, e conversam por horas. Mesmo sabendo que não era recomendado. Afinal, seu amado havia voltado dos mortos.

27

Verônica grita, mas ninguém é capaz de escutá-la. Suas lágrimas escorrem, se misturando às gotas de chuva. Suas mãos estão machadas pelo sangue que ainda escorre do pescoço de sua mãe, e sua infância é marcada pela dor.

O assassino ainda está ali, ela o encara, mas o rosto é tampado pelo capuz da veste de monge.

Ele segura o punho de Verônica com força, é possível observar uma marca sobre a mão dele. Ela o morde e sai correndo e gritando.

Verônica acorda encharcada pelo suor e lágrimas. De todos os sonhos que tivera, aquele fora o mais real, doloroso e repleto de detalhes.

Ela se levanta, pega um papel e um lápis e começa a desenhar a marca que havia visto na mão daquele homem sem face, que tirou dela as pessoas mais importantes de sua vida.

Verônica risca uma reta na vertical, e faz um pequeno traço próximo ao final da ponta inferior, cortando a reta, formando uma cruz de cabeça para baixo. Na parte superior da linha vertical, ela desenha dois círculos, sendo um em cada lado da reta, com uma pequena abertura voltada para a linha, quase se fechando próximo à reta vertical.

A cicatriz era em alto-relevo, provavelmente feita com ferrete.

Um grito estridente ecoa por todas as paredes. Ela se levanta rapidamente, apagando a luz de seu quarto. Sai vagarosamente do quarto, seus olhos começam a se adaptar à escuridão, observa o corredor com dificuldade, tentando identificar se há alguém por ali.

Ao descer as escadas, vê a porta da sala sendo fechada com força, Verônica se assusta, tropeçando no último degrau.

Corre até a porta, abrindo-a rapidamente, mas não avista ninguém.

Fecha a porta com a chave, ao se virar, vê Dona Rosa caída próxima à porta da cozinha. Verônica corre até ela.

— A senhora está ferida? O que aconteceu? – Verônica ajuda Dona Rosa a se levantar.

— Estou bem. Precisamos sair daqui! – responde Dona Rosa, muito assustada.

As duas vão para a biblioteca, trancando as portas.

— O que aconteceu com a senhora?

— Eu acordei assustada com o barulho de vidro se quebrando, levantei rapidamente achando que poderia ter acontecido alguma coisa com você, quando cheguei próximo à cozinha, fui atropelada por uma pessoa toda vestida de preto, foi quando caí no chão.

— Ele fez alguma coisa com a senhora?

— Não, parecia que estava assustado. Saiu correndo pela porta da frente.

Verônica acessa o serviço de segurança em seu computador. Seu coração dispara ao ver todos os seguranças caídos no chão.

Suas mãos tremem tanto que quase não consegue discar para a polícia.

As duas permanecem ali, trancadas, o silêncio é ensurdecedor, até ser quebrado pelo forçar das maçanetas.

— Quem está aí?! – grita Verônica.

— Verônica, sou eu, Rosenberg.

Verônica abre as portas, abraçando-o com muita força.

— Como soube que precisava de ajuda?

— Eu estava indo para casa e tenho o costume de ouvir o rádio da polícia, quando ouvi o endereço, vim correndo pra cá.

— Tinha alguém dentro da casa! – Verônica fala assustada. — Como você entrou?

— Quando cheguei, o portão principal estava aberto. Os dois seguranças estavam caídos no chão.

— Eles estão...

— Eles estão bem. – Rosenberg interrompe Verônica. — Agora preciso que fiquem aqui, se tranquem e só abram a porta quando eu retornar.

Verônica e Dona Rosa voltam para a biblioteca enquanto Rosenberg inspeciona o local.

Verônica acompanha cada passo de Rosenberg pelo vídeo de monitoramento.

Minutos depois, algumas viaturas policiais entram na propriedade.

— Verônica, pode abrir a porta. – Rosenberg bate na porta.

As duas passam o restante da madrugada prestando depoimentos à polícia.

28

Verônica segue pela estrada em sua moto. O vento bate em seu corpo assim como as lembranças da noite passada martelam em sua mente. Lembra-se do sonho que tivera com o assassino de seus pais, da marca estranha na mão dele e de Dona Rosa caída no chão.

Fica se perguntando como Rosenberg chegou tão rápido em sua casa. Como os seguranças foram dopados? São tantas perguntas.

Chega ao centro da cidade, passa vagarosamente pela Praça da Liberdade, admirando-a, e segue em frente.

Desce da moto e fica parada por alguns minutos em frente àquela casa colonial com telhados vermelhos, portas e janelas em formato de arco.

O gramado verde ainda abriga aqueles duendes de cerâmica esquisitos.

Toma coragem e toca a campainha. Aguarda por alguns instantes, a porta se abre, e ali está outra pessoa que havia guardado no fundo de sua memória aquela senhora negra, baixinha, gordinha, de sorriso cativante, que agora colecionava diversos cabelos grisalhos em sua cabeça. Alguém que nem imaginava rever novamente.

— Verônica, é você mesma? – sorri com a mão em frente à boca, enquanto se aproxima de Verônica.

— Sim, Dona Tereza. Mudei tanto assim? – dá um risinho.

— Meu Deus, como está linda! – acaricia os cabelos de Verônica. — Uma linda mulher. – os olhos se enchem de lágrimas.

Verônica agradece enquanto a abraça. Dona Tereza põe as mãos com ternura sobre o rosto dela, admirando-a.

Alquimio - A descendente

— Entre, Luana, ficará muito feliz com sua visita.

Ao entrar na casa, sente mais uma vez aquela nostalgia batendo forte. Os móveis, quadros, objetos, tudo estava do mesmo jeito que se recordava.

De repente, escuta sons de alguém descendo rápido as escadas de madeira.

— Nica! – grita do meio da escada.

As duas se abraçam, como se tivessem passado anos desde o último encontro.

— Achei que não quisesse mais falar comigo. – os olhos brilham em meio às lágrimas.

— Senti muita falta desse seu abraço apertado.

As duas riem juntas.

— Lu, vim te buscar para irmos naquele *pub*. E não aceito um não como resposta.

— Eu negar um convite de minha melhor amiga? Nunca!

As duas sobem para o quarto de Luana. Verônica repara em cada detalhe, fica pensativa. O quarto estava bem diferente da última vez em que esteve lá. Já não havia mais os ursos de pelúcias nem os quadros da banda favorita de Luana.

— O que foi? – pergunta Luana, enquanto calça o sapato.

— Estou vendo que estamos ficando velhas, pra onde foram os bichinhos de pelúcia? – riem juntas.

As duas descem as escadas e Verônica de despede de Dona Tereza com um abraço carinhoso.

— Tomem cuidado e não voltem tão tarde. – recomenda Dona Tereza, se despedindo das duas.

— Vamos em cima disso? – Luana aponta para a moto de Verônica.

— O que foi? Não confia na melhor piloto do Brasil?

— Sua boba!

Colocam os capacetes e seguem em direção ao Rio de Janeiro.

Verônica reduz a velocidade, contemplando o lindo mar de Copacabana. O sol começa a se pôr.

Chegam ao barzinho que costumavam ir quando jovens. Um garçom as recepciona, lhes entregando o cardápio.

O ambiente é bem confortável, misturando o rústico e o moderno, com uma iluminação amarelada.

As duas conversam, colocando os assuntos em dia. Verônica fala sobre seu doutorado.

Luana conta sobre a dificuldade que teve em se formar em Educação Física e concluir seu doutorado em Lutas, Artes Marciais e Esportes de Combate, já que sua mãe não concordava. Não queria que ela seguisse o mesmo destino de seu pai, que passou a se dedicar ainda mais ao mundo das artes marciais após perder seu melhor amigo, pai de Verônica, e morrera após tentar se defender de um assalto.

Luana muda o assunto e começa a lembrar de algumas coisas da infância, o que as faz rir com algumas de suas travessuras juntas.

De repente, dois rapazes bem-vestidos se aproximam da mesa. Elas os encaram com olhar de desaprovação.

— Hum, que delícia! – o loiro fala, puxando a cadeira para perto de Luana. — Tenho o maior tesão por uma mulata.

— E essa gostosa aqui? – o moreno com *piercing* no nariz também puxa uma cadeira para próximo de Verônica.

Verônica se irrita com a situação.

— Por favor, saiam daqui! – Verônica pede com educação.

— Huuum, não tá a fim de mim? Prefere um loirinho? – aponta para o amigo ao lado.

— Ei, saiam daqui! – Luana grita, irritada.

— Nossa, adoro dominar mulheres bravas.

Verônica segura na mão de Luana tentando acalmá-la.

— Nossa, tô doido pra abrir essa sua blusa de botões. Fico de pau duro quando vejo mulheres que usam calça de couro. – fala o rapaz de *piercing*, colocando a mão sobre a coxa de Verônica.

Luana se levanta no mesmo instante, com a mão direita puxa o braço do rapaz para trás e com a mão esquerda empurra a cabeça dele sobre a mesa.

O rapaz que estava sentado na outra cadeira tenta se levantar assustado e acaba caindo no chão.

Todos do restaurante param olhando para aquela cena. Um dos garçons se aproxima, perguntando o que estava acontecendo.

Alquímio - A descendente

Verônica fica sentada totalmente sem reação. O garçom segura o outro rapaz que tenta fugir, um dos donos do *pub* segura o rapaz de *piercing*, enquanto liga para a polícia.

Em poucos minutos, o barzinho está vazio, restando apenas os donos, os garçons, os rapazes e as duas prestando depoimentos à polícia.

Os rapazes são liberados com apenas uma advertência.

— Senhoritas, me desculpem. Isso nunca aconteceu por aqui. – fala um dos donos.

Verônica e Luana agradecem o apoio de todos e saem do barzinho, que voltava a encher de clientes.

— Luana, não é à toa que sua mãe não concordou com sua escolha para a faculdade.

— Nica, meu pai me introduziu nesse mundo e me mostrou a importância para meu futuro. Quando ele partiu, assumi seu lugar e agora estou preparada para lidar com tudo o que for necessário.

— Do que está falando, Lu?

— Isso é uma conversa pra um outro momento. Agora estou cansada. Vamos embora?

Verônica acena com a cabeça positivamente. As duas sobem na moto e pegam a estrada de volta para casa.

29

Abre os olhos e vê os balões ainda flutuando no ar, além de algumas flores de plástico que enfeitam o quarto.

Senta-se, com um pouco de dificuldade, seu corpo ainda dói.

— Bom dia! Vamos pra casa? – Luísa acaricia o rosto de Soares.

Levanta-se com dificuldade, sua perna não obedece tão bem. Ainda seriam necessárias muitas fisioterapias para voltar ao normal.

— Graças a Deus ganharei a liberdade. Não aguento mais usar esses vestidos. – ri, apontando para o avental verde sobre seu corpo.

Ao chegarem em casa, repara que o local está mais iluminado, com um ar puro de casa nova. Entra mancando com ajuda de Luísa e se apoiando na muleta. Apesar da dor, sente-se feliz e renovado.

Luísa o acomoda no sofá, colocando uma almofada debaixo da perna esquerda para evitar o inchaço.

— Não saia daí! – sorri para ele. — Só vou retirar as coisas de dentro da mala.

Soares fica um tempo sozinho e não consegue conter as emoções e cai em prantos.

Ele se recorda de seu passado, de todos que havia maltratado, de ter feito da vida de Luísa um completo inferno.

Lembrou-se de quantas vezes distratou Antunes, e mesmo assim ele sempre continuou ao seu lado.

Seu coração doía de tanto arrependimento, de tudo que havia feito e já não era mais possível consertar. Então pega a bengala e joga com força no chão.

— O que aconteceu? – Luísa corre até Soares preocupada. — Está sentindo dor?

— No coração. – fala, soluçando.

— Meu Deus!

Luísa pega o celular para ligar para ambulância.

Ele pega a mão dela com ternura.

— Minha dor é de tristeza! De arrependimento. Me perdoa?!

— Carlos, assim você me mata do coração. – as lágrimas escorrem pelo rosto.

— Eu fui um péssimo marido para você por anos. – as lágrimas escorrem, fala com voz trêmula entre soluços. — Não sei por que diabos eu fiz isso.

Ela tenta falar, mas é interrompida.

— Por favor, querida, preciso falar. Você foi o maior presente que pude ganhar em toda a minha vida e, em vez de cuidar desse presente, larguei de lado, e quase o perdi. Não consigo entender por que ainda está comigo. Você não merece o homem com quem se casou.

Ela coloca as mãos sobre o rosto de Soares, retirando as lágrimas que continuam a escorrer.

— Estou com você porque te amo. Sei que continuou me amando mesmo com o acontecimento de anos atrás. E tinha certeza de que um dia Deus o traria de volta para mim.

— Eu te amo!

Os dois se abraçam e choram, colocando para fora todos os sentimentos que estavam presos por todos aqueles anos.

— Prometo a você que nunca mais te tratarei mal. Serei aquele marido com quem se casou. Nunca mais te farei chorar.

— Eu sei, meu amor.

— Queria poder pedir perdão a Antunes. – fala entre os soluços. — Ele foi um bom amigo e talvez o único.

— Converse com Deus. Peça perdão a Ele.

Ele coloca a mão sobre o rosto de Luísa.

— Você é linda! Muito obrigado por continuar a me amar.

Ela o abraça e beija enquanto as lágrimas escorrem por seu rosto.

30

As leves batidas na porta invadem seus sonhos assim como aquela doce voz chamando por seu nome.
Verônica se vira de um lado para o outro e se esconde debaixo do edredom.

— Verônica, acorde! – fala Dona Rosa, pela greta da porta. — Você tem visita.

Verônica joga o edredom com força para fora da cama, e abre a porta do quarto bastante irritada. Agindo como uma adolescente.

— O que que foi?! Não percebe que quero dormir? – dá as costas, deixando a porta aberta e retorna para a cama.

— Me desculpe. – fala com a cabeça abaixada, em sinal de respeito. — Mas é que ele insistiu muito.

— Ele quem, Dona Rosa? – fala com voz de deboche, voltando para debaixo do edredom. – Não quero falar com ninguém, só quero dormir.

— É o Dr. Rosenberg que tá aí. – fala meio sussurrando com a mão direita próxima ao lábio.

— Quem?! O policial? – levanta-se na mesma hora. — O que ele quer comigo? – as palavras saem em alta velocidade.

— Não sei, mas ele insistiu muito em falar com você.

Verônica pega o celular, olha a hora, está marcando 10h38.

— Por que não falou isso logo?! – corre para o banheiro e se olha no espelho. – diz a ele que já desço.

Alquímio - A descendente

Ajeita o cabelo, lava o rosto com água gelada, escova os dentes para tirar o gosto de cabo de guarda-chuva e descobre que no meio de sua bochecha há uma marca enorme de quem acabou de acordar.

Corre até seu *closet*, coloca um vestido amarelo florido de alcinha e desce para encontrar Rosenberg com a mão sobre a bochecha no intuito de esconder o amassado.

Ela chega próximo à sala e percebe que ele está sentado no sofá branco, com o tornozelo sobre o joelho, enquanto lê um jornal.

— Bom dia! – diz Verônica, estendendo a mão e virando o rosto um pouco para o lado na tentativa de esconder o amassado de seu rosto.

— Verônica, bom dia! – ele se levanta, colocando o jornal sobre a mesa de vidro à sua frente. — Me desculpe por tê-la acordado. – segue em direção à Verônica para abraçá-la.

— Não me acordou, eu só estava deitada. – sorri meio envergonhada com a situação.

— Verônica, aceita um suco de laranja? – Dona Rosa se aproxima com uma bandeja, dois copos e uma jarra de suco.

— Pode deixar aí, Dona Rosa. – aponta para a mesa de vidro.

Verônica percebe que as funcionárias passam de um lado para o outro. Uma delas para num aparador próximo e começa a espanar.

Verônica, se sentindo intimidada com a situação, segura na mão de Rosenberg e o leva para o jardim.

— Pronto, aqui temos mais liberdade.

Em questão de segundos, Dona Rosa se aproxima com a bandeja de suco e copos.

Verônica pega a bandeja e agradece, falando entre os dentes.

— O que foi? Por que está rindo? – pergunta Verônica à Rosenberg, enquanto coloca a bandeja sobre a mesa branca de metal.

— Não foi nada. – coloca a mão sobre a boca, tentando disfarçar o riso.

Verônica se senta na cadeira de metal de frente pra Rosenberg. — Às vezes sinto que sou vigiada o tempo inteiro.

— Isso é normal. Afinal, você é a dona da maior indústria de medicamentos e cosméticos do país.

Os dois conversam por um tempo. Riem e se conhecem um pouco melhor.

Verônica o interroga sobre a inspeção que fizeram em sua casa dias antes, mas ele não lhe dá muitas informações, apenas informa que faz parte da investigação do assassinato de Frei Raul.

— Posso te levar a um restaurante?

— Sim, claro. Mas preciso me trocar.

— Você está linda!

— Obrigada, mas não vou sair assim. Volto em cinco minutos.

Ao passar em frente à janela da sala, percebe várias cabeças próximas ao vidro.

Abre a porta da entrada com raiva e grita para quem pudesse ouvir.

— Puta que pariu, hein! Não posso nem conversar com uma pessoa. – as funcionárias se dispersam no mesmo momento.

Ao chegar ao quarto, percebe que seu celular está caído no chão. Há vinte e três chamadas perdidas de um número desconhecido. Ela tenta retornar, mas a mensagem informa que o número chamado não existe.

— Eu, hein, estranho!

Mantém o vestido amarelo, o dia estava bem quente e o vestido, além de fresco, era bem bonito. Calça suas sandálias salto 12 cm para se sentir um pouco mais alta quando estivesse ao lado de Rosenberg. Passa uma maquiagem leve e desce.

Ao descer as escadas, percebe que Rosenberg está encostado no corrimão, com um pé sobre o primeiro degrau, sorrindo para ela.

Seu telefone toca. Novamente aquele número desconhecido. Ela se desconcerta, não sabe se atende ou ignora. Então decide atender.

— Alô!

— Verônica, finja que estou vendendo um serviço. – fala uma voz ainda não identificada.

— Com quem eu falo? – olha para Rosenberg, sorri e pede para aguardar.

— Estarei na sua casa hoje, no mesmo horário e local, e caso eu não possa ir, diga que não quer comprar.

— Sim, tenho interesse. – responde positivamente ao identificar a voz de Paulo. — Mas poderia me retornar num outro horário?

— Me encontre lá. – desliga.

Ela fica parada por alguns segundos, olhando para o celular sem reação.
— Está tudo bem? – Rosenberg toca no braço de Verônica.
— Sim. – sorri. — Podemos ir.
Os dois almoçam em um local bastante arborizado, envolto pela natureza, cercado por flores e móveis rústicos.

Durante o almoço, Rosenberg pega nas mãos de Verônica e a olha no fundo de seus olhos.
— Vi algo em você desde o primeiro dia em que nos conhecemos.
Ela fica parada, sem reação, apenas ouvindo aquelas doces palavras.
— Gostaria muito de te conhecer melhor. Você me permite?
Verônica coloca uma das mãos sobre as mãos dele, sorrindo carinhosamente.
— Senti o mesmo por você. Sim, quero muito te conhecer melhor.
Rosenberg conta a ela como entrou na polícia, que havia realizado o sonho de seu pai. Contou que nascera numa família bem humilde e que era filho único.
— Mas e sua mãe?
— Ela morreu durante o parto.
Verônica se espanta com a resposta.
— Não se sinta mal por isso. Ela não me queria, então Deus foi justo. – ele acaricia o braço de Verônica enquanto fala. — Mas meu pai foi o melhor que pude ter.
Depois de algumas horas, os dois saem do restaurante.

A tarde estava linda, Rosenberg para o carro próximo à Praça da Liberdade e os dois seguem em direção ao chafariz.
Verônica se senta na beirada do chafariz e puxa Rosenberg, o obrigando a se sentar ao seu lado. Ele sorri, envergonhado.
— Minha mãe me trazia aqui, quando eu era criança. – sorri carinhosamente para Rosenberg.
— Aqui é bem bonito. Sempre que posso, faço uma visita à cidade. Gosto muito do clima daqui.
— Eu não sei como suporta morar no Rio de Janeiro. O calor é insuportável. – ela ri, olhando profundamente nos olhos de Rosenberg.
— Pra isso temos essa cidade pra nos refrescar. – os dois riem juntos.

Uma jovem cigana se aproxima e pede para ler a mão de Verônica.

Ela olha para cima, colocando a mão sobre a testa para tampar o sol, se levanta, dá de ombros, sorri e estende a mão para a cigana.

Rosenberg tenta impedi-la, mas ela leva na brincadeira e deixa a moça ler.

A moça de sorriso dourado pega a mão de Verônica delicadamente e começa a passar o dedo sobre as linhas da palma da mão de Verônica.

— Você é especial. E tem uma aura muito forte.

Verônica sorri e olha pra Rosenberg, que a encara estranhamente.

— Você sofreu muito em sua vida, mas vejo que cresceu com suas vitórias.

O sorriso dourado da moça começa a ser substituído por uma expressão de preocupação.

— Você está correndo risco! – passa o dedo sobre a linha da vida. — Tem pessoas querendo te matar.

— Como assim? – Verônica se assusta.

Rosenberg pega o braço de Verônica e puxa, tirando a mão dela das mãos da cigana.

— Deixa ela terminar de ler. – estende o braço novamente.

A cigana encara Rosenberg com olhar assustado e começa a gritar.

— Cuidado moça! Fuja enquanto dá tempo! – sai correndo, segurando sua longa saia colorida sem sequer cobrar pelo serviço.

Verônica fica parada, olhando para sua mão.

— Você está bem? – Rosenberg a segura com uma mão em cada braço.

Verônica balança a cabeça em sinal positivo, mas não fala nada.

— É cada doido nesse mundo. – Rosenberg sorri na tentativa de amenizar a situação. — Você não acredita nessas coisas, né?!

— Podemos ir embora? – Verônica já não sorri mais.

31

Acorda assustado, com o coração acelerado, se levanta apoiando as mãos no chão de terra batida. Está tudo muito escuro, tenta gritar, mas não é capaz de emitir um som qualquer.

Ao andar, sente uma forte dor em sua perna esquerda. Anda vagarosamente por aquela estrada escura rodeada de árvores.

Escuta alguns gritos longe dali. Apressa o passo, mesmo com a dor. A voz masculina se perde por entre as árvores.

Após passar pela curva da estrada, avista uma luz no meio das árvores. Para na beira da estrada, de frente para as árvores, e tenta gritar, mas novamente percebe que está completamente mudo.

Decide então entrar na mata, afinal, era um policial condecorado. Anda com dificuldade, arrastando a perna esquerda.

Os gritos por ajuda ficam cada vez mais próximos. De repente, escuta um barulho de galhos se quebrando, então se esconde atrás de uma árvore de tronco largo, para não ser percebido.

O barulho se afasta, e logo aproveita o momento para se aproximar da luz que vem de uma pequena fogueira, próximo a ela há um homem deitado no chão completamente amarrado.

Ele se aproxima do homem com bastante cuidado, encosta no ombro da pessoa e o vira para sua direção.

— Antunes?!

Acorda gritando, seu coração está acelerado. Luísa acorda assustada, sentando-se na cama.

— Carlos, o que aconteceu?

— Tive um pesadelo. – fala com a mão sobre o coração. — Preciso de um copo d'água.

— Vou pegar pra você.

— Não precisa. Volte a dormir.

— Mas você não pode ficar se esforçando assim.

— Por favor, Luísa, já estou melhor o suficiente pra poder pegar minha própria água.

Ela abaixa a cabeça, e não responde nada.

— Desculpe. - ele coloca a mão no queixo dela. — Não quis ser ignorante. Mas é que preciso me sentir útil. Volte a dormir. Eu já volto pra cama.

Ele a beija e se levanta, apoiando-se nas muletas.

Chega à cozinha, onde toma sua água e se pega pensando nos detalhes do sonho que acabara de ter. Senta-se na banqueta vermelha, apoiando seu cotovelo na bancada de granito. Fecha os olhos, como se quisesse retornar ao sonho. Encara aquele sonho como um sinal do que poderia ter acontecido com seu amigo.

Decide que não poderia mais ficar parado, que precisava saber o que realmente aconteceu com Antunes.

Caminha se equilibrando sobre as muletas em direção ao escritório, passa em frente ao quarto proibido. Abre vagarosamente a porta, coloca a mão no interruptor, mas desiste de entrar e fecha a porta.

Acende a luz do escritório e percebe que tudo está como havia deixado. Uma pilha de papel sobre sua mesa de madeira com tampo de vidro, alguns livros caídos na estante, alguns empilhados uns sobre os outros, uma total bagunça. Como sempre foi sua vida.

Senta-se na cadeira de couro rasgada. Liga seu *notebook* e inicia suas pesquisas.

Lê cada matéria publicada na época, vê algumas fotos do local, assiste aos vídeos de alguns jornais, mas tudo é muito superficial. Sabe nesse momento que deve retornar ao trabalho.

— Carlos, o que está fazendo aqui? – a porta é aberta.

Soares se assusta com aquela figura de roupão branco, colada à porta, e fecha imediatamente a tela do computador.

— Luísa, perdi o sono.

— Você precisa descansar. Deveria estar na cama. Sabe que não pode ficar com a perna dobrada.

Ele se levanta apoiado na muleta. Ela se aproxima para ajudá-lo.

— Quem precisa descansar é você! – passa a mão sobre o rosto de Luísa. — Que passou tantos dias sem dormir por minha culpa.

— Vamos, eu te ajudo.

Para não desapontar Luísa, ele resolve acompanhá-la de volta para a cama.

32

Verônica toca a campainha, mas ninguém atende. Liga para o celular de Luana, que toca até cair a ligação. Então perde a paciência por esperar. Ao entrar no carro, escuta alguém gritando seu nome.

Luana está na porta da casa com um sapato no pé e outro na mão, tentando calçá-lo enquanto anda tropeçando.

— Luana, sabe que não gosto de esperar! – grita, ao sair do carro, em advertência.

Luana chega ao portão com um sorriso de desculpas, encaixando o outro sapato no pé.

— Me desculpa, acabei pegando no sono depois que me ligou. – esboça um sorriso forçado, mostrando os dentes.

Luana entra no carro, sentando-se ao lado de Verônica, recosta a cabeça no encosto e respira fundo.

— Tenho que me acostumar novamente com seu jeitinho de doida. – olha para Verônica, abrindo os braços para um abraço. — Pra onde vamos?

— É segredo!

— Poxa, Nica, sabe que sou curiosa. Vai fazer isso comigo?

Verônica balança a cabeça positivamente, sorrindo.

— E por que o motorista? Achei que eu fosse passear de moto de novo. – sorri.

— Gostou do passeio aquele dia, né?! Vamos deixar pra um outro dia.

As duas conversam e riem ao recordar de alguns acontecimentos da infância e outros da adolescência. Verônica percebe que em certos momentos o motorista as olha pelo retrovisor e disfarça ao ser percebido.

Em pouco tempo, estão no Rio de Janeiro, seguindo pela Avenida das Américas. No momento em que o carro entra em direção à concessionária, Luana dá um grito.

— Nica, você vai comprar um Porsche? – fala, batendo palmas e pulando sobre o banco.

Verônica não fala nada, apenas balança a cabeça positivamente, esboçando um belo sorriso de felicidade.

Entram na concessionária e logo são atendidas.

Verônica conversa com a recepcionista, que a leva até o vendedor.

— Senhorita Verônica, seu carro já está separado, estávamos apenas aguardando sua chegada.

Ao concluir toda a burocracia, as duas entram no automóvel, Verônica dá a partida no carro, acelerando apenas para sentir o ronco do motor. Olha para o lado e percebe a empolgação de Luana.

— Nica, nunca imaginei que andaria num carro desses.

— Pode dirigir, se quiser, eu deixo.

— Sério? – os olhos estão cheios de água.

— Claro.

Verônica segue pela Avenida das Américas, tentando moderar a velocidade, de forma a evitar chamar a atenção.

Já chegando a Petrópolis, Verônica para o carro e passa a direção para Luana.

— Todo seu! Só não exagera no pé.

Luana bate palmas e sorri mostrando os dentes travados, como uma criança que acabara de ganhar um presente. Ela se sente majestosa ao sentar-se no banco do motorista.

Mais à frente, para em um semáforo, rente a uma picape com som alto e dois rapazes, bem ao lado do carro.

— E aí, gatinha, carrão, hein?! – fala o rapaz do carona com Luana.

Luana abaixa o vidro e sorri.

— Luana, o que está fazendo? – Verônica se assusta com a atitude da amiga.

O rapaz buzina acelerando, como se quisesse bater racha. Luana coloca a marcha no neutro e começa a pisar no acelerador, fazendo o motor roncar alto. Os rapazes se empolgam e falam qualquer coisa, inaudível devido ao barulho.

— Luana, para com isso! – Verônica fica ainda mais assustada, coloca a mão sobre o braço de Luana.

Quando o sinal abre, a picape sai a toda velocidade e Luana mantém os 40 km/h.

Verônica afunda no banco.

— Achou que eu fosse bater racha com eles. – abre uma gargalhada. — Tá doida?!

— Você quase me mata de susto, sua louca! – dá um tapa na coxa de Luana.

— Mas foi divertido ver aqueles idiotas caindo na minha. – as duas riem.

33

Samantha para o carro em frente ao portão de entrada da casa de Verônica. Desce vagarosamente do carro, ajeitando a saia vermelha que aperta seu quadril. Toca o interfone e passa um batom vermelho enquanto aguarda.

— Sou Samantha Albuquerque. Vim falar com a srta. Verônica. – mostra a carteira de jornalista pela câmera.

— Senhora, não temos autorização para permitir sua entrada.

— Então informe a sua chefinha que não saio daqui enquanto ela não aparecer.

Um segurança se aproxima do portão com a mão por cima da arma.

— Senhora, exijo que retire seu carro daqui. Saiba que a polícia será acionada.

— Ok! Vou aguardar a polícia chegar. – dá as costas ao segurança e se senta no carro.

Outro segurança se aproxima, cochicha algo no ouvido e o primeiro segurança se afasta do local.

Então ele acena para Samantha, que sai imediatamente do carro e corre até o portão.

— O que está fazendo aqui? – fala por entre os dentes.

— Jorge, você está muito gato nesse terno azul-marinho. – ela passa a mão por entre as grades acariciando o peito de Jorge. — Foi promovido?

— O que você fez naquela noite que te deixei entrar? – segura com força a mão dela. — Você disse que só ia tirar algumas fotos.

— Mas eu tirei algumas fotos. – ri cinicamente.

— Dopou todos os guardas, não sei mais o que fez. – grita baixo. — Você é uma puta! E eu um burro que caí na sua.

— Nossa, que bruto. – fala melosamente.

— A polícia já foi acionada. A srta. Verônica tem muita influência e você pode acabar se dando mal.

— Huuum... tá preocupadinho comigo? – passa a mão no rosto dele.

— Não faça isso! – ele segura o punho dela com força. — Agora vá embora. – aumenta a voz.

— Nossa, tô vendo que a promoção subiu à cabeça. – passa a mão no punho. — Nem parece aquele homem gostoso que conheci.

Um Porsche preto com detalhes em vermelho se aproxima do portão, estacionando bem atrás do Civic de Samantha, e começa a buzinar insistentemente.

— Huum, olha quem chegou! – fala, indo em direção ao Porsche.

Jorge aponta a arma para Samantha, outros três seguranças se aproximam, igualmente armados, abrem o portão, gritando para Samantha ficar parada.

Ela permanece de costas para os seguranças, levanta os braços e sorri ironicamente para Verônica, que desce do carro assustada com a cena.

— Não quero confusão. – segue em direção à Verônica.

— Fique parada, a polícia já deve estar chegando.

— Eeeei... – grita Verônica. – abaixem as armas e nada de polícia por enquanto!

— Mas senhorita... – um segurança tenta explicar.

Todos os seguranças abaixam as armas, permanecendo com o dedo no gatilho.

Samanta abaixa os braços, olha para trás e dispara um sorriso triunfante para os seguranças.

— Agora me responda, quem é você e o que quer? – Verônica fala, gritando.

— Meu nome é Samantha Albuquerque. – ela se aproxima de Verônica e apresenta o documento. — Vim apenas fazer uma entrevista com a senhorita.

Verônica bufa em desaprovação.

Alquímio - A descendente

— Sei quem você é!

— Não quero problemas, mas se não me conceder a entrevista, vou publicar tudo aquilo que sei.

— Concedo a entrevista. – fala enquanto entra no carro.

— Escolheu o certo!

— Agora tire seu carro da minha frente e me deixe passar. – fala através da janela do carro. — Outra coisa, só você vai entrar, deixe seu carro do lado de fora. Nada de dispositivos móveis. Somente papel e caneta.

Samantha manobra o carro, colocando-o de forma que Verônica consiga passar com seu. Verônica para na guarita e repete as orientações aos seguranças.

— Quero que façam uma inspeção nela. Ela só poderá entrar portando papel e caneta! Aguardarei no jardim.

Verônica estaciona o carro na garagem e segue em direção ao jardim. Escuta uns passos apressados em sua direção.

— Verônica. – grita Dona Rosa quase sem fôlego.

Verônica olha para trás e vê Dona Rosa, correndo em sua direção.

— Verônica... – respira fundo, buscando fôlego. — A Dra. Helena nos passou ordens expressas de que não era para permitir a entrada dessa jornalista em sua casa.

— Dona Rosa, as ordens da Dra. Helena só servem na minha ausência. Enquanto eu estiver aqui, quem manda sou eu!

— Tudo bem, peço desculpas.

— Não precisa se desculpar. – põe as mãos sobre as mãos de Dona Rosa. — Por favor, peça pra alguém trazer um suco e uns biscoitos.

— Tudo bem, Verônica, pedirei. Tome cuidado!

Verônica senta-se à mesinha redonda, passa o dedo pelos desenhos da mesa de ferro, enquanto aguarda Samantha. Avista de longe a mulher vestida com sua saia apertada e a blusa de cetim quase transparente, enfiando os saltos de agulha por entre as pedras do chão. Verônica coloca a mão na boca e ri baixinho.

Samantha senta-se junto à Verônica, abrindo um caderno.

— Verônica, peço desculpas por minha intromissão. Mas esse é meu...

— Vamos logo com isso. - Verônica a interrompe. — Te dou 15 minutos do meu tempo.

Verônica coloca seu celular sobre a mesa de forma a gravar a conversa.

— Tudo bem. - então, dispara a primeira pergunta. — Por que exatamente voltou para o Brasil?

— Porque eu quis voltar!

— Mas não foi por causa daquele frei que morreu no Espírito Santo?

— A princípio, não.

— E por que foi envolvida nesse crime?

— Não sei! Minha advogada já está trabalhando nisso.

— Pretende ficar no Brasil por muito tempo?

— Talvez.

— Qual sua relação com o Frei?

— Nenhuma.

— Então por que recebeu uma herança dele? - faz um gesto de aspas com os dedos na palavra herança.

— Não sei do que está falando.

— Esteve no Santuário do Caraça para receber essa herança. - fala em tom de deboche. — Como não sabe do que estou falando?

— Já disse, não existe ligação nenhuma entre mim e esse frei que faleceu.

— Faleceu, não! Assassinaram! - Samantha aumenta a voz.

Verônica começa a perder a paciência, olha para o relógio e percebe que não haviam passado nem cinco minutos.

— Você afirma que nunca existiu nenhuma relação entre você e o frei?

— Sim.

— Maaaas... - põe a borracha do lápis sobre o lábio. — E se eu disser que sei que ele era amigo de seu pai?

Verônica se levanta nervosa.

— O que está insinuando?

— Era o Frei Raul naquela foto, de quando você era criança, não era?

— Como sabe dessa foto? - fala alto, apoiando suas mãos sobre a mesa.

Um dos seguranças que estava próximo coloca a mão sobre a arma.

— Sei de muitas coisas, minha querida. - fala com deboche.

— A entrevista acabou! Vá embora! - aponta com o dedo para o portão.

— Mas senhorita, acabamos de começar.

— Já disse, acabou! Vá embora. – grita.

Samantha enfia o lápis pontiagudo sobre o antebraço de Verônica, perfurando a pele, formando um pequeno rasgo.

O segurança se aproxima correndo.

— Sua vagabunda!! – grita, enquanto tenta puxar o cabelo de Samantha.

— Para! Eu não fiz nada. – encena uma voz de medo enquanto levanta as mãos para cima.

— Tire essa piranha daqui! – grita com o segurança. — Eu vou te processar, sua vagabunda!

Verônica pega o celular sobre a mesa e segue em direção à sua casa.

O segurança pega Samantha pelo braço e a leva para fora da propriedade.

Ao entrar em casa, olha por entre as cortinas da janela e vê Samantha saindo pelo portão.

Vai até banheiro, enfia o braço debaixo da torneira, para retirar o sangue que havia escorrido.

Sente uma vibração em seu bolso da calça, e dá um pulo de susto.

— Verônica, está tudo bem? – Dona Rosa aparece na porta do banheiro.

— Sim. – pega o celular em seu bolso.

— O que ela fez com você? – tenta tocar no braço de Verônica.

— Nada, estou bem. – desvia de Dona Rosa. — Licença, preciso atender essa ligação.

Ela se afasta de Dona Rosa e se tranca na biblioteca.

— Alô!

— Verônica, sou eu, Paulo.

— Paulo?! Fiquei te esperando aquela noite e você não apareceu. – fala com raiva.

— Me desculpe, tive que fazer uma viagem às pressas. Tentei falar com você, mas não consegui. Estou ligando pra te dizer que estarei ausente por uns dias. Então não poderei te encontrar nesta semana.

— Entendo.

— Podemos deixar marcado para a próxima quarta-feira no mesmo horário.

— Pode, sim.

Verônica se despede desligando a ligação.

34

Quase não é possível ver a mesa que está completamente coberta por papéis impressos de publicações e fotos do assassinato de Antunes. Soares retira alguns papéis de cima do teclado do *notebook* para realizar novas pesquisas.

Lê cada artigo que encontra sobre o assassinato, imprime mais notícias, marcando os detalhes com caneta vermelha.

— Carlos, você não pode ficar o dia todo sentado aí! – Luísa aparece na porta do escritório.

— Já estou melhor, Luísa. Não aguento mais ficar deitado de pernas pra cima.

— Você precisa descansar.

— Já descansei demais. – fecha a tela do computador, se levanta e vai até Luísa.

— Acho que devia seguir as recomendações do seu médico.

— Não se preocupe comigo. Já tô bem melhor. – abraça Luísa e saem do escritório. — Tô até pensando em voltar a trabalhar.

— Está doido?! – ela olha furiosa para ele.

Ele sorri para ela e se senta no sofá.

— Vou fazer um café pra gente. – segue em direção à cozinha.

Liga a televisão, em um canal de notícias, como de costume. Fecha os olhos e se recorda da cena macabra de seu amigo no chão.

— Luísa, sabe me dizer onde está meu relógio de pulso? – fala alto. — Desde quando retornei pra casa que não o vejo.

— Sim, ficou no saquinho de objetos pessoais que o hospital me entregou. – retorna à sala com duas xícaras de café e as coloca sobre a mesa de jantar. — Não tive coragem de mexer nele. – fala baixo.

— E onde está?

— Dentro do seu criado-mudo.

Ele se levanta para ir até o quarto, mas ela o impede, segurando carinhosamente em seu braço.

— Por favor, coma alguma coisa antes.

— Tudo bem.

Soares se senta à mesa, junto com Luísa, e percebe que perdera muitos anos em sua vida.

Os dois conversam por algum tempo, como um casal de adolescentes apaixonados.

Luísa se levanta, retirando as coisas da mesa, e quando retorna coloca um saquinho verde-claro sobre a mesa com o nome Carlos Augusto Soares, escrito em preto.

— Seus pertences, que não eram muitos.

Ele rasga o pacote e lá estava o relógio de pulso que ganhara de seu pai, sua carteira e uma pequena caixinha quadrada de madeira.

Ele pega a caixinha e a examina detalhadamente.

— O que é isso? – Luísa se senta à mesa.

— Não sei. Nunca vi.

Ele tenta abrir, mas a tampa está colada.

— Luísa, pega uma faca pra mim.

Ele enfia a ponta da faca na tampa, mas nada acontece.

Luísa pega a caixinha e tenta abri-la, mas também não consegue.

Os dois ficam parados olhando um para o outro, sem entender o que poderia ser aquilo.

Soares pega a caixinha e vai para o escritório.

— O que você vai fazer?

— Tentar descobrir que diabos tem nessa caixa.

Ele a coloca por cima da papelada que estava espalhada sobre a mesa do escritório.

Luísa se aproxima e passa o dedo sobre a tampa, onde há o desenho de um caduceu talhado.

— Tive uma ideia. – Luísa sai correndo do escritório.

Soares crava as unhas sobre o ressalto entre a caixa e a tampa, esforçando-se até ficar vermelho.

— Não dá! É impossível abrir essa porra de caixa.

Luísa retorna com o celular na mão.

— Já reparou no desenho da tampa?

— Fiquei tão obcecado em abrir a caixa que nem dei atenção a isso.

Luísa bate uma foto da tampa da caixa e joga a imagem em um aplicativo para descobrir do que se tratava aquele símbolo.

Em questão de segundos, o símbolo é encontrado pelo aplicativo.

— Olha isso, Carlos! - fala eufórica. — É um símbolo alquímico.

— Como assim?! Do que tá falando?

— De acordo com as informações, esse símbolo tem a ver com Nicolas Flamel, e hoje é utilizado pela Medicina.

— Isso só pode ser brincadeira de uns filhos da puta que não têm porra nenhuma pra fazer.

— Tá, vai tentando abrir, que vou ver se consigo mais informações.

Soares vai até Luísa, retira o celular carinhosamente das mãos dela e o coloca sobre a mesa.

— Luísa, não quero que se preocupe. – pega as mãos dela.

— Fiquei curiosa. - solta as mãos e pega o celular. — Que tal ligar pro hospital?

— Não! – fala alto.

— E por que não?

— Vou tentar descobrir o mistério dessa caixa. – pega o saco verde com seu nome. — Afinal, isso pertence a mim.

O telefone de Luísa toca e ela quase o deixa cair no chão.

— Oi, mãe... - sai do escritório.

Soares pega a caixinha, passa os dedos sobre o símbolo, sobre o ressalto entre a tampa e a caixa, analisa calmamente os detalhes, abre a gaveta de sua mesa e a joga dentro, fecha a gaveta com força e a tranca com chave.

— Essa porra vai me tirar do sério! – fala sozinho. — Tenho coisas mais importantes pra fazer.

35

Verônica nada intensamente, indo de um lado ao outro da piscina. Em uma das viradas, percebe uma figura estranha por entre as ondas da água, na beirada da piscina.

Emerge retirando os óculos de natação e repara naquele rapaz branco, ajeitando os cabelos negros por entre os dedos e acertando os óculos.

— Diego?! – fala assustada.

— Quantos anos, hein?!

Sai da água e veste o roupão azul-marinho que estava sob a espreguiçadeira, tampando o maiô de estampa floral.

— O que está fazendo aqui?!

— Vim te ver. – sorri.

— Me desculpe, mas não vou poder te dar atenção. – retira a touca, deixando os longos cabelos negros escorrerem pelos ombros.

— Você continua linda. Parece que os anos nem passaram pra você. Diferente de mim. – ri, batendo na barriga saliente.

— Obrigada. – as bochechas ficam coradas. — Você só ganhou um pouco mais de barba e cabelo.

Os dois riem.

— Me desculpe, Diego, mas tenho compromisso. Não posso te dar atenção agora.

— Tudo bem, entendo. – fala cabisbaixo. — Eu deveria ter ligado antes. – entrega um cartão de visita. — Liga pra mim se tiver um tempo na sua agenda.

– sorri, enquanto joga os cabelos para trás com os dedos, como fazia quando ainda era adolescente.

— Combinado. – mostra o cartão por entre os dedos.

Verônica o acompanha até a entrada principal. O rapaz pega sua bicicleta, que estava apoiada sobre uma pilastra próxima à escada da entrada. Os dois se despedem e ele segue em direção ao portão. Verônica entra, bate a porta com força e bufa de raiva.

— Srta. Verônica, está tudo bem? – pergunta uma jovem que nunca tinha visto antes.

— Não! – demonstra toda irritação em seu tom de voz. — Onde está a Dona Rosa?

— Vou chamar pra senhorita. – sai rapidamente.

— Estarei no meu quarto. – fala alto.

Verônica sobe as escadas com raiva, batendo os chinelos com força sobre os degraus. Senta-se na cadeira de couro rosa, colocando as mãos sobre a testa, apoiando os cotovelos sobre a escrivaninha.

Sua mente é inundada de lembranças e sentimentos, fecha os olhos com força e pode até ouvir a voz doce e meiga de sua madrinha.

— Verônica, está tudo bem? – Dona Rosa acaricia as costas de Verônica.

— Não, Dona Rosa! – ela se levanta furiosa. — Não está nada bem!

— O que aconteceu? – dá um passo para trás, arregala os olhos, colocando a mão sobre o coração.

— Alguém permitiu a entrada de uma pessoa sem minha autorização. – anda em direção à cama.

— Achei que seria bom pra você...

— Não quero que ache! – interrompe com ignorância. — Quero que me pergunte!

— Me desculpe, Verônica. Só queria...

— Por favor... – respira fundo, controlando a raiva. — Enquanto eu estiver aqui, não faça nada sem me consultar. – abaixa a voz.

— Tudo bem. – abaixa a cabeça.

— Obrigada! – aponta para a porta do quarto.

Dona Rosa sai do quarto fechando a porta.

Alquímio - A descendente

Verônica não consegue controlar as lágrimas que escorrem por suas bochechas. Corre para o banho, retirando apenas o roupão. Enfia a cabeça debaixo da água morna, que mistura às lágrimas, escorrendo por seu corpo.

Apoia as costas sobre a parede azulejada, escorrendo até o chão, onde fica sentada abraçada às pernas com a cabeça entre os braços, enquanto a água jorra sobre seus pés.

Soluça de tanto chorar, enfia os dedos em seus cabelos, puxa com força e grita de raiva e dor.

— Por que vocês me deixaram? – fala entre os soluços. — Não podiam. Eu era só uma criança.

36

Chega ao hotel radiante, sorrindo para todos, e descobre que alguém a aguarda em seu quarto.

O sorriso já não está mais presente em seu rosto. A tensão percorre todo seu corpo.

Encosta o cartão sobre a maçaneta e se depara com Ben sentado à mesa com uma taça de vinho branco.

— Ben, o que faz aqui? – pergunta enquanto a fecha a porta.

— Vim comemorar sua vitória com Verônica.

Samantha abre um sorriso.

— Eu consegui! – coloca a bolsa sobre a cadeira.

— Eu sabia que conseguiria!

Ele se aproxima dela, enfia os dedos por entre os cabelos de Samantha, próximo à nuca e a puxa com força.

— Sempre soube que você tinha potencial. – fala colado à orelha dela, mordiscando.

Ele a beija intensamente, ela retribui, se entregando às carícias.

Ele segura os braços dela e os abaixa, ela o olha atentamente, sabe que precisa obedecer. Ele levanta o queixo dela para cima delicadamente e lambe o pescoço.

A respiração dela começa a ficar cada vez mais intensa.

Ele enfia os dedos nos buracos entre os botões da camisa de cetim puxando com força, expondo a lingerie branca de renda.

Então beija lentamente os ombros dela, descendo lentamente até o seio, onde o mordisca.

Alquimio - A descendente

Ela geme e abaixa o rosto, ele segura o pescoço dela e adverte com o olhar. Levanta novamente o queixo dela de forma que ela não consiga ver o que ele está fazendo.

Ele vai por trás dela e solta o sutiã, deixando-o escorrer por seus braços.

Abre lentamente o zíper da saia que marca todas as curvas, deixando-a escorrer sobre as pernas.

Então bate com força a nádega nua dela. Ela abaixa a cabeça e ele puxa com força os cabelos para trás, forçando-a a olhar para cima.

— Da próxima vez que sair sem calcinha, vou castigar você! – fala sussurrando, colado à orelha dela.

Ele segura com força os braços dela para trás, e a leva até a cama, empurrando-a com força sobre ela.

Bate ainda mais forte nas nádegas dela.

— Abra as pernas! – bate na coxa dela.

Ela permanece de bruços com as pernas abertas, apoiando os altos das agulhas sobre o chão.

Ele retira a gravata e amarra os punhos dela sobre as costas, batendo novamente com força na nádega já vermelha.

Ela grita baixinho e ele adverte, tampando a boca dela.

— Shiiii... Quieta!

Então retira as calças, agarra os quadris, puxando-a para si, enfia com força fazendo-a gritar.

Enfia uma das mãos sobre os cabelos dela, puxando enquanto aperta a cintura, e enfia cada vez mais forte, até atingir o clímax.

Termina com mais um forte tapa sobre as nádegas já marcadas pelos longos dedos.

Ele solta o nó da gravata e se deita na cama com a cabeça sobre os braços.

Ela se senta na cama ao lado dele e o acaricia sobre o peito.

— Gosto de quando me trata com carinho. – ele segura a mão dela.

— Faço isso quando você merece. – beija o punho dela ainda vermelho, marcado pela gravata. — Por falar nisso, quero que volte amanhã para Vila Velha.

— Mas...

Juliana Weyn

— Sem mas! Só obedeça! – fala rudemente. — Passo as instruções depois.

Ela sacode a cabeça positivamente e se deita ao dele.

37

— **B**om dia, querido! Dormiu bem? – passa a mão sobre a barba por fazer e o beija. — Esqueceu isso lá no nosso quarto. – apoia a bengala sobre o sofá.
Soares fecha o jornal que estava lendo e o coloca sobre a mesa de centro.
— Luísa, já estou bem. – ele a puxa para seu colo. — Viu, estou até te aguentando.
— Seu idiota. – bate no braço dele. — Tá me chamando de gorda?
— Jamais!
Os dois riem.
— Mas estou falando sério, Luísa. Estou bem. – ela o beija e se levanta. — Não aguento mais ficar em casa.
— Isso é normal.
— Vou voltar ao trabalho.
— O quê?! – ela se senta com força no sofá. — Tá ficando louco?! Não vou permitir que faça isso!
— Eu preciso. – segura as mãos dela.
— Seu médico não vai aprovar.
— Eu não consigo dormir direito. Preciso descobrir o que aconteceu com Antunes.
— Mas eles estão trabalhando nisso. Não precisam de você lá.
— Não querida, eu preciso. Já juntei todas as informações que poderia aqui em casa, mas preciso ter acesso aos documentos, às provas.
— Você ainda não está liberado.

— Já conversei com o Dr. Breno. Ele concordou em me liberar para voltar ao trabalho.

— Mas você ainda não tá bem.

— Fique tranquila. Eu já tô bem o suficiente para voltar. Vou seguir todas as recomendações do Dr. Breno.

— Tá! – ela se levanta. — Não vou discutir com você.

— Não fique chateada! – fala alto, enquanto ela entra na cozinha. — Preciso descobrir quem matou meu amigo. – fala baixinho.

Ele se levanta e vai até a cozinha, fica parado na porta, olhando-a preparar o café com leite.

— Você é linda.

Ela olha para trás e sorri.

— Sei que precisa voltar. Não vou te impedir, mas com uma condição. – ela sai da cozinha.

— Que condição?

— Que use isto. – entrega a muleta a ele.

— Fechado. – sorri.

Ela pega as duas xícaras apoiadas sobre o pires e leva para a sala de jantar.

Os dois se sentam à mesa.

— Você conseguiu descobrir algo sobre a caixinha?

— Ainda não.

— Estou curiosa. Por que não me deixa tentar abrir?

— Acho melhor não.

— Mas por que não?

— Eu não sei o que pode ser aquilo. Não quero que se machuque.

— O que acha que pode ter lá dentro?

— Não faço a menor ideia. Mas depois que fez aquelas pesquisas sobre alquimia, fiquei meio encabulado.

— Não achei nada sobre esse tipo de caixa.

— Não procurei saber. Estou juntando informações que possam me ajudar a descobrir o que aconteceu com Antunes.

— E conseguiu alguma coisa?

— Não muita. Por isso preciso retornar ao departamento.

Alquímio - A descendente

— Entendo. – ela se levanta, juntando as coisas para levar de volta à cozinha. — Se é isso que precisa fazer, então te apoiarei.
— Obrigado! – acaricia o braço dela.

38

Mais um dia de chuva, as gotas caem com força sobre a piscina formando pequenas ondas, o céu é iluminado e em segundos o estrondo sacode Verônica de seu transe.

Então se dá conta de que, mesmo estando ali fisicamente, sente-se tão longe quanto as nuvens cinzas que descarregam os raios sobre a terra.

Percebe então que está com as pernas e pés molhados pela chuva, que invade sua varanda. Retorna a seu quarto, fechando a porta da varanda, vê pela porta de vidro um novo clarão iluminar o céu e fecha as cortinas.

— Não posso ficar parada! – fala sozinha. — Todos aqueles diários e eu aqui sem saber minha própria história.

Então decide contrariar as orientações de Paulo.

Pega o celular que estava na mezinha e desce.

Vai até a cozinha preparar algo para comer.

— Bom dia, srta. Verônica. – duas jovens falam assustadas.

— Bom dia! Não conheço vocês.

— Somos novas aqui. – responde uma jovem com aparência da Branca de Neve ainda criança.

— Não precisam ter medo de mim. – abre a geladeira e pega uma pera. — Eu não mordo. – morde com força a pera e sorri para as funcionárias.

Elas riem de volta.

— Senhorita, posso colocar o café da manhã na mesa. – pergunta a morena, sorridente.

Alquimio - A descendente

— Não. – acena com a mão. — Não é necessário. – fala enquanto mastiga e enche o copo com iogurte. — Sejam bem-vindas!

Sai da cozinha e escuta os cochichos das duas. Sorri sozinha enquanto se dirige à biblioteca.

— Bom dia, Verônica.

— Bom dia, Dona Rosa.

— Vou servir seu café.

Verônica mostra as mãos ocupadas pela pera e o copo com iogurte.

— Não é necessário. – responde, entrando na biblioteca e trancando as portas com chaves.

Insere seu pingente na fechadura secreta. Desce as escadas segurando firme o copo.

Ao chegar ao laboratório, coloca o copo sobre a mesinha. Pega o porta-retratos, passa os dedos sobre o rosto de seus pais, abraça, beija e põe de volta sobre a mesa.

— Paulo não vai gostar. – pega o primeiro diário da prateleira e o coloca sobre a mesinha, ao lado do copo com iogurte. — Mas quem mandou viajar e não cumprir a palavra de me ajudar. – dá de ombros. — Tenho certeza de que esses diários vão me ajudar mais do que ele.

A dificuldade é enorme em entender aquela escrita, já que havia muitos anos sem contato com a língua francesa. Lembrou da última vez que havia traduzido parte daquele diário. Percebeu que demoraria muito tempo para concluir a leitura, então decidiu inverter a ordem dos diários. Começaria a ler do mais recente, já que estava em português, para o mais antigo.

"Brasil, 10 de outubro de 1996,

Hoje foi um dia muito especial, minha princesinha completou quatro aninhos. Ela estava muito feliz na festinha. (...)

(...) Hoje Beatriz teve uma recaída. Tenho percebido que ela está ficando cada vez mais fraca. Infelizmente a vacina não deu certo. Amanhã vou tentar uma nova fórmula. (...)"

— Minha mãe estava doente? O que será que ela tinha?

Verônica caminha para o sofá com os olhos presos ao diário. Ela se deita apoiando a cabeça sobre o braço do sofá, com os joelhos dobrados, onde apoia o diário sobre suas pernas.

"(...) Verônica está cada dia mais esperta, conversa em inglês como se fosse sua língua nata. Os resultados dos exames dela ainda não saíram, mas infelizmente ela já está apresentando alguns aspectos do meu DNA. Tenho muito medo do que possa acontecer. (...)"

— Do que ele está falando? Que sinais são esses?

"(...) Hoje peguei o resultado dos exames. A princípio não tive coragem de abrir, mas precisava confirmar minhas incertezas para saber como lidar com o futuro. Ao abrir o envelope, me deparei com todos os resultados positivos. O DNA dela sofreu mutações.

No momento estou lendo alguns diários de Flamel, para tentar saber o que vem pela frente, tentando encontrar maneiras de amenizar os efeitos. (...)

(...) Hoje acabei de ler os dois diários de Flamel que me restaram. Resolvi destruí-los, mas Pedro achou melhor mantermos guardados, então guardei um comigo e o outro entreguei a Pedro, para esconder em um lugar que ninguém possa ter acesso. (...)

(...) Ontem Beatriz pegou Verônica no jardim de nossa casa transformando uma flor em pó, fazendo-a retornar ao pólen. Estou muito preocupado com essa situação. Preciso conseguir uma forma de segurar a afloração dessas habilidades. (...)"

— Como assim?! – fecha o diário com força. — Isso é loucura! Isso não existe!

Ela se levanta com raiva, guarda o diário na saleta, pega o copo que estava sobre a mesinha, apaga as luzes e resolve dar uma volta para espairecer.

39

O cheiro do sangue invade suas narinas, força a vista para tentar descobrir onde está, mas não consegue enxergar absolutamente nada. Sente o mato espetar seus pés, então descobre que está descalço em meio a um local aberto.

Coça os olhos na tentativa de melhorar a visão, mas de nada adianta. Anda com os braços abertos, em busca de uma parede ou qualquer tipo de apoio.

Tropeça em algo, que o derruba sobre um líquido viscoso.

Tenta se levantar, mas escorrega caindo novamente sobre o líquido viscoso e fétido.

— Que porra é essa?! – grita.

Sente que sua visão começa a voltar, anda ajoelhado sobre o líquido, apalpando tudo à sua frente, até sentir algo estranho em sua mão direita.

Passa o braço sobre seus olhos sujando seu rosto com o líquido viscoso. E dessa vez sua visão retorna por completo, mostrando o que não queria ver.

Percebe então que está envolto pelo sangue espalhado sob uma lona preta que envolve o corpo nu de Antunes.

Soares acorda sentado na cama, deslizando os pés sobre o colchão, como se quisesse andar para trás.

— Querido, calma! – Luísa acorda assustada e o abraça.

A respiração ofegante o impede de falar. Ele a retira de cima de si e se levanta sem falar nada.

— Carlos. Fala comigo. – ela segura a mão dele.

— Preciso de ar puro. – fala ainda ofegante. — Volte a dormir.

Soares sai do quarto, toma um copo d'água e se senta na cadeira de madeira estofada na varanda.

As lágrimas escorrem, chora de soluçar, passa as mãos sobre o rosto enxugando as lágrimas.

Luísa se aproxima, colocando as mãos sobre os ombros dele. Ele encosta a cabeça sobre a barriga dela e chora intensamente.

Ela puxa a outra cadeira para perto dele e acaricia seu rosto.

Os dois permanecem calados, por um tempo, até Soares conseguir controlar todo aquele sentimento.

— Teve outro pesadelo? – ela segura nas mãos dele.

— Do que está falando? – fala ainda com um pouco de dificuldade.

— Sei que tem tido pesadelos. Não é a primeira vez que acorda assustado.

— Não quero que se preocupe.

— Tem a ver com o Antunes?

— Não quero falar sobre isso.

— Você sempre fala o nome dele quando acorda assustado.

Ele a olha sem emitir um som sequer. Abaixa a cabeça e evita entrar no assunto.

— Sei que os pesadelos são com ele. Acho que deveria parar de procurar informações sobre isso.

— Luísa, eu não posso! – ele se levanta.

— Isso tá te fazendo mal. – ela se levanta e segura na mão dele. — Aonde vai?

— Não quero discutir com você.

— Sente aqui, por favor.

Ele se senta, acaricia o rosto de Luísa e sorri.

— Você está sendo muito importante pra mim nessa fase.

— Você sempre foi importante pra mim. – ela beija a mão dele. — Por favor, me conte como são esses sonhos.

Ele respira fundo e conta cada detalhe dos sonhos. Ela escuta atentamente cada palavra.

— Acho que ele tá querendo se comunicar comigo de alguma forma.

— Isso é impossível!

— Tá vendo por que eu não queria contar?! – ele se levanta. — Você não acredita. – aumenta a voz. — Nem eu acreditaria numa porra dessas, se alguém me contasse.

Ela agarra a mão dele e o puxa.

— Desde quando começou a ter esses sonhos?

— Não sei, por quê?

— Lembra de ter tido algum sonho assim quando estava no hospital?

— Não. Em que está pensando? – ele se senta novamente para olhar melhor no rosto de Luísa.

— Vai achar que é besteira.

— Fala!

— E se esses sonhos estão ligados àquela caixinha de madeira?

— O que isso tem a ver? Quando tive o primeiro sonho, eu nem sabia que essa porra tava aqui em casa.

— Mas sempre esteve aqui. – respira fundo. — Não sei, aquele símbolo me intrigou. Você passou dias no hospital e não teve nenhum desses sonhos.

— Não sei, não quero pensar nisso agora. Precisamos dormir. – olha no relógio de pulso. — Já são quase meia-noite e amanhã vou ao Departamento pra ver sobre meu retorno.

40

Caminha por um campo verde repleto de margaridas, abaixa os braços e toca nas flores, sente a brisa levantar seus cabelos e empurrar o leve vestido branco com flores amarelas por entre suas pernas.

O dia está lindo, sem nenhuma nuvem no céu. Alguns pássaros passam próximos a ela brigando por um pedacinho de planta.

Anda observando tudo à sua volta, tentando descobrir onde está.

Ao longe avista um casebre e segue em sua direção.

Caminha até chegar à casinha rústica toda em madeira, não há cerca, nem nada que delimitasse o local.

Ela se aproxima e percebe que na lateral da casa há um poço de água feito com pedras e ao lado dele um grande balde de madeira caído no chão com uma corda grossa amarrada sobre a alça, parte da terra ainda está molhada. Demonstrando que alguém havia passado por ali há pouco tempo.

Anda pelo caminho de pedras que a leva até a porta da casa. Aproxima-se da porta com o intuito de bater, então sente uma mão sobre seu ombro direito.

— Verônica. – escuta uma voz que não ouvia desde criança.

Ao se virar, se depara com seu pai, um pouco mais velho, grisalho e barbudo, mas com o mesmo sorriso cativante.

— Pai?! É você?!

Emociona-se ao ver seu pai depois de tantos anos.

— Você está linda, minha filha! Se tornou uma linda mulher.

— Pai?! É você mesmo?! – não consegue acreditar no que está vendo.

Ele abre os braços e a acolhe em seu peito. Ela chora intensamente. Ele a abraça com força, lentamente a solta e segura em seus braços, a olha profundamente em seus olhos, a beija na cabeça e a abraça novamente.

Verônica acorda abraçada a seu travesseiro, chorando de soluçar. Senta-se na cama, respira fundo, seca as lágrimas com as mãos. Pega o celular em cima do criado-mudo e salta para fora da cama ao olhar para a hora.

— Meu Deus! Quase meia-noite!

Recompõe-se rapidamente, veste um roupão cor de creme, de forma a tampar sua roupa de sair, coloca uma sapatilha e desce as escadas vagarosamente em direção à biblioteca.

Ao entrar na biblioteca, tranca as portas imediatamente, abre a porta que dá acesso ao laboratório, desce as escadas ainda meio cambaleante de sono. No meio do caminho, escuta vozes masculinas, seu coração dispara. Encosta as costas sobre a parede gelada de pedra e se concentra na conversa dos dois.

Engole seco ao reconhecer as vozes. Desce rapidamente, parando no último degrau da escada. Apoia-se na quina da parede, colocando apenas a cabeça para fora do corredor da escada.

A porta do laboratório está aberta e as luzes estão acesas.

Ela segue até a porta e se assusta ao confirmar sua suspeita.

— Giancarlo?!

Fica paralisada olhando para aquela pessoa, que jamais imaginaria rever.

— Verônica, quanto tempo. – fala com sotaque de português lusitano.

— O que... – não consegue completar a frase.

Giancarlo se aproxima e estende a mão. Ela permanece inerte, com os braços estendidos. Ele sorri.

Atrás de Giancarlo está Paulo, rindo com a situação.

— Calma, minha criança! – Paulo a abraça e segurando sobre o ombro a direciona até o sofá. — Vamos explicar tudo.

— Não estou entendendo! O que Giancarlo faz aqui?

— Sente-se, vamos conversar.

Giancarlo arrasta a cadeira de rodinhas do laboratório até próximo ao sofá.

— É muito bom te ver novamente. – fala Giancarlo, sentando-se na cadeira.

— Por favor, me digam logo o que está acontecendo aqui.

— Como eu já havia lhe dito em nossa última conversa, Giancarlo é um de seus protetores.

Enquanto escuta as explicações de Paulo, repara no sorriso de Giancarlo.

— Ele veio ao Brasil para te ajudar com aquele livro.

— Seu pai me ensinou muito sobre os símbolos e a antiga língua dos alquimistas. – Giancarlo tenta explicar o motivo de estar ali.

— Alquimistas?

— Sim. – os dois respondem juntos.

— É o que somos. – afirma Paulo.

Verônica fica perplexa, se levanta, deixando os dois. Vai até o laboratório e retorna com o diário que lera dias antes.

— Por favor, me expliquem o que meu pai quis dizer com isso?

Coloca o dedo sobre a parte em que Flávio cita que Verônica havia transformado uma flor em pólen.

— Bom. – respira fundo ao continuar. — Pra eu te explicar isso, antes precisa compreender melhor sobre seu pai. – Paulo tenta contornar a história.

— Então falem!

— Verônica, infelizmente não podemos responder seus questionamentos da forma como gostaríamos. – fala Paulo, direcionando-a novamente até o sofá. — Precisamos que saiba que está correndo risco.

— Risco de quê? Por quê?

— Então, minha criança. – fala calmamente. — Você é especial.

Giancarlo permanece inerte, só ouvindo a conversa dos dois.

— Como assim? Pare de falar por enigmas!

— Você está prestes a completar seu 28º aniversário. – respira fundo enquanto acerta os óculos. — Na noite em que o Frei Raul ia me encontrar para esconparmos o livro, ele foi morto e o livro foi levado por nosso inimigo.

— Mas que livro é esse? E o que eu tenho a ver com isso?

— Tudo!

— Como assim, tudo?

— Você é a primeira descendente de um alquimista.

— Pera aí! Você tá querendo dizer que meus pais eram alquimistas?

— Não, só seu pai. Sua mãe foi o motivo para ele querer largar a imortalidade!

Verônica se levanta, com as mãos na cintura. Tentando assimilar as informações.

— Meu pai era um imortal? – ri alto de nervosismo. — É muito pra mim. Não dá! – sacode as mãos negativamente.

— Imortal, imortal, não. – fala Giancarlo. — É que o tempo passa muito lentamente para alguns alquimistas. Por isso são praticamente imortais.

— Vocês estão dizendo então que eu sou uma alquimista?

— Não. É muito mais que isso. – Paulo fala calmamente cada palavra. — É a primeira descendente de um alquimista.

Verônica se senta novamente.

— Como assim a descendente? E por que meu aniversário é tão importante?

— Sei que tem muitas dúvidas, mas não podemos te bombardear com tantas informações. – Paulo pega o diário das mãos de Verônica e o coloca sobre o sofá.

— Precisam me dizer, afinal, vocês estão aqui pra isso! – Verônica se impõe, aumentando a voz.

— Sim, minha criança, estamos. E vamos te guiar da melhor forma. – Paulo fala baixo, com sua calma de sempre.

— Então me conte!

— Vou fazer um resumo até chegar ao seu questionamento. Mas não responderei a todas suas perguntas no momento. – Paulo mantém a calma em suas palavras. — Combinado?

— Sim.

— O seu pai nasceu em 1522 na França. Após perder o pai, conheceu Pedro, vulgo Frei Raul.

— Como assim? Você está dizendo que meu pai teria hoje... – para de falar, fazendo as contas na cabeça. — 498 anos?

— Sim. E o Frei Raul, na verdade, é o Pedro Palácios.

— Não dá. – Verônica se levanta rapidamente. — Pra mim não dá.

Paulo sorri.

— Sei que é difícil acreditar, mas é a verdade. – Giancarlo fala rindo.
— E vocês, tem quantos séculos?
Paulo coloca a mão sobre o queixo forçando a memória.
— Este ano vou completar 134 anos.
— Eu não tomo o elixir da vida. Então tenho a idade que tenho. – responde Giancarlo.
— Elixir da vida?
— Me permite continuar? – Paulo sorri.
Verônica apenas balança a cabeça positivamente, enquanto se senta.
— Pedro gostou muito do seu pai, então resolveu apresentá-lo a Flamel.
— Flamel, o...
— Sim, o alquimista.
— Eu li isso em dos diários dele. Percebi na época que a grafia era idêntica à do meu pai, mas não acreditei.
— Então já sabe que seu pai aprendeu a manipular a alquimia.
— Não consigo acreditar que isso seja real.
— Mas é criança. – coloca a mão sobre a mão de Verônica. — E precisa acreditar.
— Afinal, essa é sua realidade. – fala Giancarlo, completando a frase de Paulo.
— Não li o diário todo, pois tem muitos anos que não tenho contato com o idioma, acabei desistindo.
— Por um motivo que não posso contar no momento, seu pai, Pedro e Cássia tiveram que fugir do país, então vieram para o Brasil. – Paulo continua a história.
— Cássia? Minha madrinha?
— Sim, mas não vamos falar sobre isso agora.
Verônica balança com a cabeça em sinal de afirmação.
— Após muitos anos, seu pai conheceu Beatriz e se apaixonou perdidamente. Então decidiu que não iria mais querer saber de alquimia. Mas aí sua mãe adoeceu e logo depois veio você. Foi quando ele começou a fazer experimentos em busca de uma cura pra ela.
— E o que ela tinha? – pergunta, emocionada.

— Ela estava com um tipo de câncer muito agressivo.

Os olhos de Verônica se enchem de lágrimas.

— Eu não me lembro dela doente. – enxuga uma das lágrimas que escorre por seu rosto.

— Isso é normal, você era muito pequena. – fala Giancarlo.

— Continuando... Quando você completou três anos, começou a apresentar alguns sintomas. Foi quando seu pai saiu em busca de informações através dos diários deixados por Flamel. Ele precisava saber como lidar com a situação.

— Sabe o livro que vim para decifrar? – pergunta Giancarlo.

— Sim.

— Então existem três deles. Ou melhor, dois. Esse que está com você é o segundo livro. O primeiro estava no Convento da Penha, Pedro era o guardião dele, mas infelizmente não conseguiu escondê-lo. O livro foi retirado dele com sua vida. E é por isso que você corre perigo.

— Mas o que tem nesse livro?

— A principal informação, a fórmula da vitalidade, além do mapa de onde está escondida a...

— Ainda não. – Paulo interrompe Giancarlo.

Verônica revira os olhos em desaprovação, mas não insiste no assunto.

— Mas e o terceiro livro? E o que esse livro roubado tem a ver comigo?

— O terceiro livro está em Yale, é conhecido como o Manuscrito de Voynich. Ele é um livro muito famoso. Pois ninguém nunca conseguiu decifrá-lo. – responde Giancarlo, sorrindo. — Mas esse livro não contém muitas informações importantes. São apenas testes medicinais que Flamel executava no início de sua vida como alquimista.

— Já o primeiro livro é muito importante, pois é nele que contém a profecia, onde nasceria a criança mais pura, vinda da união do sangue de dois alquimistas, e essa criança seria conhecida como a filha da alquimia. Ela teria todas as habilidades reunidas numa só pessoa. Mas essas habilidades só estarão completas quando fizer 28 anos. – explica Paulo.

— Ah! Você tá zoando com minha cara! – levanta-se novamente. — Tá querendo dizer que eu sou essa criança?

— Sim, Verônica! – os dois falam juntos.

— Você tem muitas habilidades que comprovam isso.

— Tá. Se sou essa pessoa, e se o tal livro diz a união do sangue de dois alquimistas, então minha mãe não é minha mãe?

— Verônica, realmente isso é um mistério para todos nós. – fala Giancarlo. — Mas é filha de Beatriz, sim.

— Muito difícil pra mim. E que habilidades são essas?

— Ainda não é o momento. – responde Paulo.

— E por que corro risco? O que querem comigo?

— Seu sangue.

— Como assim, meu sangue? – aumenta a voz. — O que meu sangue tem de diferente?

Escutam um barulho. Giancarlo se levanta rapidamente.

— Verônica, acho que tem alguém na biblioteca. — Giancarlo fala olhando para o corredor da escada.

— Não pode ser, eu fechei as portas.

— Vamos terminar por hoje. – fala Paulo, já se levantando.

— Mas não respondeu minha pergunta. – segura no braço de Paulo. — O que tem meu sangue?

— Temos que ir, não podemos correr risco. – coloca a mão sobre a mão da Verônica. — Outro dia conversamos sobre isso. – fala Paulo, acionando a passagem pelo armário. — Agora suba, e veja o que está acontecendo.

Os dois entram no armário e desaparecem em instantes, ao mesmo tempo em que o fundo do armário substitui a abertura do fosso.

41

A escuridão é total, seu caminho é iluminado apenas pela luz da lua cheia. As árvores sacodem com o vento, produzindo sons estranhos que a assustam a todo momento, afinal, era a primeira das missões em que estava arriscando sua própria vida.

Ela se aproxima da escada, sabe que tem que ser bem cautelosa ao subir, ou poderá escorregar naquelas pedras de sabão.

Sobe pelas escadas, quase se arrastando no paredão de pedra íngreme à sua esquerda, na tentativa de se esconder.

Seu corpo está totalmente envolto por aquele tecido esquisito que se transforma a cada toque de seus dedos, como a pele de um camaleão.

Aproxima-se do portão do santuário, onde é surpreendida por uma luz de lanterna. Um frei estava descendo as escadas em sua direção. Imediatamente se esconde por detrás da parede, encostando as pontas dos dedos sobre ela. No mesmo instante, seu traje negro é transformado em um tom de branco acinzentado, assim como a parede do local.

Ela percebe que o frei segue em direção ao banheiro, então aproveita o momento e sobe as escadas correndo.

Chega até o portão que dá acesso à casa dos freis, onde há um cadeado enorme. Sabe que tem poucos minutos para abri-lo até o frei retornar.

Ajoelha-se no chão, segura o cadeado que é iluminado apenas por uma frecha de luz vinda da pequena lanterna presa à sua boca. Em poucos instantes, percebe que sua roupa está totalmente prateada, assim como o cadeado. Enfia a chave mestra no cadeado, tentando abri-lo sem danificar.

Abre o portão vagarosamente, que range e arranha no chão. Passa por ele e o fecha novamente com o cadeado.

À sua direita está a casa onde os freis descansam, à sua frente as ruínas, onde abrigaram as senzalas dos escravos há séculos.

Desce as escadas vagarosamente, anda curvada no lado esquerdo do campo aberto, até chegar próximo às ruínas. Então percebe que o frei está abrindo o portão. No mesmo instante, se joga no chão, e fica parada em meio à grama.

O frei desce as escadas e acende uma luz próxima à porta azul que dá acesso à entrada da casa, e entra por ela.

Agora sabe que o cuidado deveria ser ainda maior.

Ela se posiciona bem ao centro das ruínas, entre as duas pilastras do meio. Pega um pequeno dispositivo em um de seus bolsos, cava um pequeno buraco com as mãos, implanta o dispositivo no buraco, tampa com a terra retirada e coloca uma pedra por cima.

Desce dali, retornando para onde estava escondida, e aguarda uns segundos, até escutar um pequeno barulho de implosão.

Retorna rapidamente, retira o excesso de terra até chegar a uma pequena caixa de madeira.

— Isso! – comemora baixinho.

Pega a pequena caixa de madeira envernizada, passa a mão rapidamente por ela, retirando o excesso de terra.

Abre o zíper localizado em cima de sua barriga, posiciona a caixinha bem no meio, estica o tecido de forma a cobrir toda ela e fecha o zíper.

Corre até a escada, sobe rapidamente os degraus. Enfia a chave mestra no cadeado, então escuta um grito.

— Ei! O que está fazendo aí?!

Sai correndo. Sobe as escadas à sua direita o mais rápido que consegue. Olha para trás e avista o mesmo senhor tentando abrir o cadeado.

Ela chega até a porta da clausura, onde há uma lixeira, enfia os braços nela, retirando o equipamento de Wingsuit que estava escondido. Sabe que tem menos de três minutos para se vestir.

Coloca a mão sobre a caixinha que está colada à sua barriga e sorri de felicidade.

De repente, tudo fica iluminado.

— Muito obrigada pela iluminação! – ela grita, para quem pudesse ouvir.

Olha para trás e avista o senhor subindo as escadas enquanto segura as vestes franciscanas. Ela puxa os últimos zíperes da roupa, sobe na mureta se apoiando na pilastra, olha a ponte que liga as cidades de Vitória e Vila Velha, que chamam de Terceira Ponte, ainda iluminada pelas luzes dos postes, e calcula exatamente aonde deseja ir.

O frei chega ao último degrau, ela acena para ele, joga um beijo e salta da mureta do Convento da Penha, em direção ao Morro do Moreno, que está bem à sua frente.

Desce em alta velocidade, pairando sobre a mata atlântica do Convento da Penha. A claridade do sol começa a iluminar o céu.

Passa por cima da Terceira Ponte, alguns carros que passam por ali diminuem a velocidade ao verem aquele grande pássaro.

Ao passar a ponte, aciona o paraquedas, desce quase encostando os pés sobre a mata próxima ao Morro do Moreno.

Sabe que tem que ter bastante cautela, já que está em uma área militar.

À sua frente está seu carro, estacionado no fim da rua, posiciona-se e desce próximo a ele.

Rapidamente retira o equipamento, permanecendo apenas com o traje de invisibilidade, joga o equipamento de Wingsuit dentro do porta-malas, entra no carro e sai levantando poeira.

— Ligar para Ben. – fala com o computador de bordo.

— Samantha?! – atende assustado.

— Ben, eu consegui!

— Eu sabia que não iria me decepcionar.

42

Soares entra na delegacia, a primeira pessoa com quem se depara é Mariana, a estagiária que maltratou desde o primeiro dia dela na corporação. Mariana abaixa a cabeça, apoia os cotovelos sobre a mesa, colocando as mãos na testa, de forma a esconder o rosto daquela figura que acabara de surgir à sua frente.

Soares para em frente à Mariana, estendendo o braço para cumprimentá-la, esbarra na garrafa de água, derrubando-a no chão. Ele se abaixa, pega a garrafa, a coloca novamente sobre a mesa e pede desculpas a Mariana.

Ela o encara com um olhar de raiva e nojo, se levanta, pega a garrafa e sai da sala sem falar nada.

Soares segue pelo corredor e entra em sua sala, o local está totalmente modificado, mobílias novas, paredes pintadas, uma planta enorme no canto da sala. Atrás da mesa há um quadro branco com várias anotações de serviço, sobre a mesa há uma foto de um bebê sorridente. Então se sente intimidado, como se estivesse invadindo o local, e decide retornar para a recepção.

Soares fica sozinho por uns minutos, repara nos ladrilhos azuis da parede, senta-se na cadeira e observa por uns instantes os dois quadros com fotos de policiais condecorados à sua frente.

Ele se levanta, se aproxima dos quadros e pega o que contém a foto de Antunes. Senta-se emocionado ao se lembrar de seu único amigo.

— Vou descobrir quem foi o filho da puta que te matou. – escuta um som de alguém se aproximando.

Ele se levanta imediatamente, colocando a foto de volta à parede.

Alquímio - A descendente

Dois policiais entram e o cumprimentam.

— Ora se não é o grande Soares?! – cumprimenta o policial Almeida, batendo forte a mão nas costas de Soares. — Perdeu uns bons quilinhos, hein?!

Soares passa a mão sobre a barriga e sorri.

— Fez falta aqui, hein! – fala Nascimento, estendendo a mão. — Bem-vindo de volta, cara!

— Não sejam falsos, seus putos! Sei que vocês tão pouco se fodendo pra mim. – retribui a saudação.

— Que isso, Soares?! – Almeida levanta a voz num tom de deboche. — Sem você aqui ficou até chato, não é, Nascimento? – bate forte nas costas de Nascimento.

— Ah, com certeza! – responde o rapaz magrelo com a cabeça meio abaixada, demonstrando um pouco de medo.

— Até os gastos diminuíram. – fala Almeida, enquanto observa seus bíceps no reflexo da porta de vidro da entrada.

— Como assim os gastos diminuíram? – pergunta Soares, coçando a careca.

— Três meses sem comprar telefones novos, celulares, consertar mesas, lanches na conta do governo... – Almeida cai na gargalhada.

— Vai pro inferno, seu merda! – Soares ri junto. — E vê se tira essa lente verde dos seus olhos. Isso não cola, não!

— Sou um negão gostoso, as minas piram com meus olhos verdes.

As gargalhadas são interrompidas pela chegada de uma mulher mulata e muito séria. Os dois policiais pedem licença, saindo da sala.

— Dra. Cláudia, quantos anos. – estende a mão para cumprimentá-la.

— Bom dia, Carlos! Bem-vindo de volta. – cumprimenta Soares. — Mariana, bom dia! Puxe as ligações, estarei em reunião com o delegado.

— Tudo bem, doutora. – responde Mariana, retornando à sua mesa.

Dra. Cláudia coloca Soares a par das novidades, dos processos em andamento. Informa sobre as mudanças que ocorreram no departamento, a mudança de pessoal.

Soares escuta cada palavra, mas é incapaz de absorver qualquer tipo de informação.

Após uma longa conversa, Dra. Cláudia pede licença a Soares e começa a colocar seus objetos pessoais dentro de uma caixa plástica.

Soares sai da sala e vai até a sala de arquivos. Abre os gavetões em busca de documentos sobre Antunes.

Passa os dedos por entre as pastas suspensas e puxa uma pasta fina com o nome "Antunes, Manoel Oliveira".

Ele coloca a pasta sobre uma mesa velha de madeira cheia de caixas de arquivos.

Nela há apenas um relatório, sem fotos ou qualquer informação sobre o caso.

— Carlos, sua sala já está liberada. – fala Dra. Cláudia, enquanto segura a caixa plástica cheia de coisas. — Pode ficar à vontade.

— Cláudia, onde estão os arquivos do homicídio do Antunes? – mostra a pasta quase que vazia.

— A Federal confiscou tudo.

— Que porra! – bate a mão sobre a mesa. — Desde quando eles têm o direito de se meter em nossos assuntos?!

— Eu também questionei na época, mas foi em vão. – apoia a caixa plástica no portal da porta. — Afinal, quem somos nós perante a Federal?!

— Isso não vai ficar assim! – fecha a gaveta com força. — Vou falar com o governador! – Sai com raiva, batendo com força a bengala sobre o chão.

43

Verônica se aproxima do portão de sua casa e percebe que está meio entreaberto, a guarita está vazia, não há nenhum segurança próximo.

A penumbra é quebrada apenas pelo farol de sua moto.

Desliga o motor e desce da moto, passando vagarosamente pelo portão. Olha por todos os lados, não há ninguém. Empurra a moto, atenta a tudo, o silêncio é quebrado pelos estalidos dos galhos secos sendo esmagados pelas rodas.

Não sabe se grita, ou se permanece em silêncio. Seu coração dispara ao ver as portas da entrada principal escancaradas.

Verônica deixa a moto próxima às escadas que dão acesso às portas da entrada.

Entra na casa, o silêncio é ensurdecedor. Ao apertar o interruptor, descobre que não há energia. Acende a lanterna de seu *smartphone* e segue em direção à cozinha, onde pega a maior faca que encontra.

Segue em direção à sala, onde escuta um som oco, vindo do andar de cima. Sobe as escadas empunhando a faca em sua mão direita, suas pernas tremem, o suor escorre por sua testa.

Abre as portas dos quartos lentamente, uma a uma.

Um som surge do quarto de seus pais. Ela se vira rapidamente e segue em direção ao barulho. Abre a porta lentamente, iluminando pouco a pouco o local com a lanterna do celular. Ao abrir toda a porta, a luz ilumina algo que a assusta, fazendo-a dar um passo para trás.

Tampa a boca e o nariz com o antebraço, sente o estômago embrulhar com o forte cheiro de sangue.

Ela toma coragem e entra vagarosamente no quarto, sente sua bota afundar no tapete encharcado pelo sangue.

Ilumina o centro do quarto e descobre que seus quatro seguranças estão estirados no chão sob o tapete branco felpudo, em forma de um quadrado, onde os pés de um encostam na cabeça do outro. Todos tiveram suas gargantas dilaceradas.

No centro deles, está Dona Rosa, caída de lado, amarrada por uma corda que une os pulsos aos pés, sua boca está tampada com uma fita grossa.

Verônica se aproxima de Dona Rosa com a lanterna do celular, corta as cordas soltando as mãos e pés dela, põe as mãos sobre o rosto de Dona Rosa e puxa a fita delicadamente.

Ao ajudar Dona Rosa a se levantar, percebe que há algo escrito na parede.

Verônica guia Dona Rosa até o divã e retorna para verificar o que há na parede.

Ao iluminar a parede, percebe que haviam deixado um recado para ela.

"Verônica, sua hora está chegando."

Ela enxuga as lágrimas que escorrem por seu rosto, respira fundo e se concentra na cena. Imediatamente fotografa a parede e os corpos caídos no chão.

Ao retornar para perto de Dona Rosa, não diz uma palavra.

Dona Rosa está em choque, passa as mãos pelos punhos marcados pelas cordas.

— Verônica, não estamos seguras aqui! Você precisa sumir deste lugar. Sair do Brasil! – Dona Rosa fala gritando e apertando os braços de Verônica.

— Shiiii...! – Verônica pede silêncio.

— Você não merece isso. - balbucia baixinho, colocando a cabeça entre os braços.

— Fique aqui, vou dar uma olhada e ver se tem mais alguém na casa.

Dona Rosa se levanta e pega com força no braço de Verônica. — Não vá, não quero que nenhum mal lhe aconteça!

Verônica segura nos braços de Dona Rosa delicadamente, sentando-a novamente sobre o divã.

Alquímio - A descendente

— Fique calma, segure isso. – Verônica entrega a faca à Dona Rosa. — Só abra a porta quando ouvir três batidas.

Verônica sai e vai até seu quarto. Pega a bolsa que estava sobre a mesa de estudos, mas acaba derrubando o copo de água que estava sobre ela.

No mesmo instante, escuta vozes e passos vindos da parte de baixo da casa. Corre para o quarto onde está Dona Rosa, bate na porta como combinado e entra desesperada.

Pega a bolsa virando de cabeça para baixo, jogando tudo sobre o chão, pega o celular e espalha todos os objetos até encontrar o cartão de visita de Rosenberg.

— Rosenberg! – atende uma voz ríspida.

— Rosenberg, Verônica. Preciso de ajuda! Invadiram minha casa. – fala desesperada.

— Verônica?! Você está bem?

— Mataram meus seguranças. – fala sem responder à pergunta. — Acabei de escutar vozes. Acho que eles ainda estão aqui.

— Fique onde está! Já estou indo. – desliga.

— Dona Rosa, vamos para o meu quarto.

Verônica pega a mão de Dona Rosa e a puxa, ao chegar ao quarto, Verônica tranca a porta com a chave. Recosta sobre a porta e escorrega até sentar-se no chão.

Elas escutam um barulho no corredor. Verônica faz sinal de silêncio para Dona Rosa e olha pelo buraco da fechadura, tentando ver alguma coisa. Vê alguns vultos passando em frente à porta, indo em direção ao quarto de seus pais. Ela contou pelo menos cinco vultos.

Alguém mexe na maçaneta e força a porta.

Verônica se assusta caindo sentada, se levanta rapidamente, pega Dona Rosa e se tranca com ela na suíte.

Dona Rosa está inconsolável, soluçando de tanto chorar. Verônica tenta acalmá-la.

As duas escutam várias pancadas na porta do quarto, e de repente a porta é aberta com violência.

— Sei que está aí, empregadinha. – fala uma voz rouca pelo buraco da fechadura. — Espero que se lembre do recadinho que deixamos. – força a maçaneta. — Não precisa ficar com medo! O chefe foi bem específico. Não vamos te machucar.

— Vamos, a polícia tá chegando! – escuta uma voz mais longe.

Os passos se afastam rapidamente e novamente tudo fica em silêncio.

Verônica abre a porta da suíte, Dona Rosa tenta impedi-la.

— Fique aqui, tranque a porta. Eu já volto.

— Não vá! – fala Dona Rosa, aos prantos. — Eles querem você!

Verônica a ignora, sai deixando-a no banheiro.

Passa pela porta de seu quarto e percebe que a fechadura foi quebrada, ela sai olhando por todos os lados, desce as escadas. As portas da entrada principal estavam fechadas.

Escuta um som vindo do lado de fora. Encosta em uma das portas, apontando a faca para frente em forma de defesa.

A porta é aberta por alguém bem devagar, então ataca enfiando a faca na barriga da pessoa.

— Verônica, calma, sou eu.

— Rosenberg?! Eu te... – fala desesperadamente.

— Estou bem! Estou de colete. – ele retira lentamente a faca da mão dela.

— Dona Rosa! – fala gaguejando e aponta para o andar de cima.

Ele aponta para alguns policiais subirem.

— Vamos lá pra fora. – ele coloca o blazer sobre os ombros dela.

— Mataram meus seguranças. – fala gritando aos prantos. — Eles querem me matar! – grita ainda mais.

— Quem quer te matar? – Rosenberg fala calmamente.

— Estão atrás de mim e matam todos que tentam me proteger. – fala entre os soluços de desespero.

— Calma, você vai ficar bem. Estou aqui para te proteger. – Rosenberg a abraça e a conduz até a parte externa da casa.

Há policiais por toda parte, Dona Rosa e os outros empregados que estavam na casa no momento são levados para as ambulâncias que estão paradas próximas à entrada principal da casa.

— Senhor, tudo limpo! – fala um dos policiais.

O policial cochicha algo no ouvido de Rosenberg.

— Fique aqui, já volto. – chama um dos policiais para ficar com Verônica.

Rosenberg retorna para o interior da casa, seguindo o policial até o pavimento superior.

Verônica aguarda por uns minutos e resolve voltar para a casa.

— Senhorita, por favor, não saia daqui. – diz um policial com cara de menino.

Verônica não dá atenção e segue em direção ao quarto de seus pais.

— Senhorita. – grita o policial, correndo atrás dela.

— Verônica, o que está fazendo aqui?! – fala Rosenberg, agachado próximo ao tapete ensanguentado. — Falei para ficar lá embaixo.

Verônica olha para dentro do quarto, e percebe o vazio do local.

— Onde estão os corpos?!!

44

— Senhorita, deixaram uma encomenda para você. – fala o porteiro do prédio enquanto entrega uma grande caixa retangular.

Samantha pega a caixa, segurando-a com as duas mãos. Aperta o botão do elevador com o cotovelo e quase deixa cair a caixa sobre o chão.

— Precisa de ajuda? – pergunta um senhor careca e barrigudo no elevador.

— Não! – ela o ignora dando as costas.

Samantha chega à porta de seu *loft*, insere a senha no leitor de biometria. Ao entrar, retira os sapatos de salto agulha, joga a bolsa em um dos sofás e se senta no outro com uma das pernas cruzadas colocando a caixa à sua frente, sobre a mesa de centro.

Rasga o papel dourado jogando-o no chão, puxa a tampa daquela caixa branca e se depara com um lindo vestido vermelho sangue. Ao retirar da caixa, um pequeno papel cai no chão.

"Vista-se com ele, quero você perfeita. Não se esqueça de me trazer a caixinha de madeira."

— Muito obrigada, Ben! – fala sozinha.

Ela beija o bilhete e imediatamente tira o terninho preto que estava vestindo, ficando apenas com sua lingerie preta de renda. Sobe correndo até seu quarto com o vestido sobre o braço, retira o sutiã e coloca o vestido. Fica parada por uns instantes de frente para o enorme espelho olhando cada detalhe daquele vestido colado em seu corpo, deixando seus seios volumosos quase que à mostra, vira-se de costas para o espelho puxando seus longos cabelos para frente e repara no enorme detalhe em "V" que vai dos ombros até a cintura, deixando suas costas inteiramente de fora. Desce as mãos pela cintura e dá um tapa na bunda.

— Você é muito gostosa! – fala para o espelho.

É interrompida pelo toque de seu celular.

Desce as escadas correndo.

— Alô! – fala ofegante.

— Samantha, passarei em sua casa em vinte minutos. – fala o homem do outro lado da linha. — Coloque o vestido vermelho e não se esqueça de trazer a caixa.

— Quem tá falando?

— Só faça isso! – desliga.

— Filho da puta! – grita, jogando o telefone sobre o sofá. — Como desliga assim na minha cara?!

Ela pega as roupas que estavam no chão e sobe para começar a se arrumar. Sabe que eles não toleram atrasos.

Em poucos minutos, está pronta. Ela entra no elevador, e sente que está sendo observada pelos dois homens que já estavam lá.

— Estou bonita? – acaricia lentamente seu corpo.

— Perfeita. – responde um deles.

— Que bom que gostou! – passa o dedo sobre a barba dele. — E você, não vai dizer nada? – pega no nó da gravata do outro homem.

— Está bonita, moça. – fala quase que se engasgando nas palavras.

— Só bonita? – ela passa a mão sobre o peito do homem, descendo até próximo ao cinto onde ele segura com força a mão dela.

— Pare! – ordena o homem, enquanto segura com força o punho dela. — Sou casado!

— E gostoso! – sorri e dá as costas para o homem, jogando os cabelos para trás.

A porta do elevador se abre, ela vira para os dois, dá um tchauzinho com a mão e sai do elevador rindo do que acabara de fazer. Os dois homens se entreolham assustados e respiram fundo.

Samantha sai do prédio e avista um Elantra preto que está estacionado próximo à entrada do prédio à sua espera, o motorista acena para ela.

Samantha se senta no banco de trás do carro, ajeitando o vestido extremamente curto, e coloca a caixinha de madeira sobre seu colo.

— Senhorita, pegue isso. – o motorista se vira para trás e lhe entrega uma venda preta e fones de ouvido. — Retire seu relógio e coloque dentro de sua bolsa, desligue seu celular e me dê sua bolsa.

— Pra que essa merda?

— Coloque os fones em alto som de forma que não escute a minha voz.

Samantha faz exatamente o que o rapaz lhe orienta.

— Agora coloque a venda.

— O quê? – grita sem entender o que o rapaz havia falado.

Ele pega a venda sobre as pernas de Samantha e lhe entrega.

Samantha retira os fones dos ouvidos, pega a venda com força da mão do rapaz.

— Que putaria é essa?

— Não questione! – levanta a voz. — Apenas obedeça! Coloque a venda e os fones.

Samantha engole seco, faz exatamente o que ele manda.

O tempo passa lentamente, sente que já está bem longe de casa, sem ter ideia de onde está. Sabe que não pode desobedecer às ordens, ou poderia ser duramente punida. Canta em voz alta de forma a irritar o motorista, mas é incapaz de ouvir ou ver qualquer reação dele.

O carro para e, de repente, sente os fones serem arrancados de suas orelhas. Samantha coloca a mão sobre a venda no intuito de retirá-la, quando sente uma mão pesada segurar a sua.

— Não! – escuta a voz do motorista.

— Onde estamos?

— Você não poderá em momento algum retirar a venda.

Então sente as mãos dele sobre seu braço.

— Vamos! – a puxa do carro. — Não temos o dia todo.

— Nossa, você é tão arrogante. – fala enquanto caminha com dificuldade sendo guiada pelo rapaz.

Alquímio - A descendente

Sobe alguns degraus, escuta o som de uma porta se abrir e sente um cheiro forte de alfazema sair do lugar.

Escuta a voz de outra pessoa, mas não consegue compreender o que estão falando.

— Não se esqueça, só retire a venda se for autorizada. – o homem aperta o braço dela enquanto fala próximo a seu ouvido.

O homem solta Samantha e, em segundos, ela sente a porta ser fechada bem às suas costas.

— Vamos.

Escuta uma voz feminina e sente uma mão em seu braço, que a guia para outro cômodo. O único som que escuta no local é o barulho de seu salto agulha batendo sobre o piso de cerâmica ecoando pelas paredes do ambiente.

— Sente-se aqui. – fala a voz feminina.

— Tenho pena de você. – fala olhando para cima, mesmo sem poder enxergá-la. — Sei o quanto você deve sofrer.

— Fique calada. – fala baixo, na tentativa de evitar problemas.

— Quantos anos você tem? 15, 16? – tenta interagir com a menina.

— Fique aí, não tente se levantar ou tirar a venda. – fala a menina.

— Não confie neles! – segura o braço da menina. — Você precisa fugir.

— Por favor, me deixe! – puxa o braço e sai da sala.

Segura a caixinha com a mão esquerda enquanto apalpa o local onde está sentada e sente o tecido tipo camurça que recobre a cadeira. Levanta a mão e identifica que à sua frente há uma mesa com pratos e talheres.

Então sente o forte cheiro de charuto misturado ao cheiro fétido de podridão. Os pelos de seus braços eriçam na mesma hora. Sua respiração se torna ofegante, o coração quase salta pela boca.

— Sentiu minha falta, princesa indomável?

Escuta aquela voz aterrorizante, falando em espanhol.

Mantém-se muda, e ignora a pergunta.

Então sente uma mão grossa e pesada sobre seu joelho.

— Você está ainda mais linda. – acaricia a perna de Samantha. — Ben tinha razão, você é especial.

Sente a mão subir sobre sua coxa. Seu coração acelera ainda mais. Estica os braços para baixo e trava os dentes.

— Não fique nervosa. – fala aquele homem com a voz rouca. — Não vou te fazer mal.

Ele pega a caixinha sobre o colo dela e a beija na testa.

— Você foi fantástica.

Sente a mão grossa e fétida acariciar seu rosto.

— Você será recompensada.

Escuta os passos se afastarem e uma porta se abrir e fechar.

Sente a venda ser retirada lentamente.

Ela mantém os olhos fechados, a claridade a incomoda.

— Senhorita, já vou servir o almoço. – fala uma jovem menina vestida de preto com uma bandeja na mão.

Samantha coça os olhos.

— Onde está o...

— Tome uma água.

— Eu não quero porra nenhuma! – ela se levanta derrubando a bandeja da mão da jovem.

Segue em direção à porta. A jovem a segura pelo braço.

— Não faça isso! – fala com uma voz trêmula. — Por favor.

Samantha se vira para a jovem magrela e repara nas olheiras da pobre menina. Solta a maçaneta e retorna para a mesa.

45

Verônica acorda, põe as mãos sobre a cabeça, sente uma forte dor. Olha ao redor e não reconhece o local.

Está em um quarto simples e, ao mesmo tempo, aconchegante. O sol passa por entre as cortinas brancas, que tampam as portas e janelas de madeira com vidros.

Ela se senta na cama, coça os olhos e tenta identificar onde está. Então percebe que está vestida com uma camisa branca comprida e um *short* laranja de algodão.

Verônica se levanta, abre as cortinas que tampam uma porta dupla de madeira com vidro que dá acesso a uma pequena varanda. Abre as portas e vai até a varanda tentar identificar o local. De repente, escuta alguém entrando no quarto. Seu coração dispara.

— Já acordou?

— Rosenberg?! – olha assustada e com a mão direita sobre o coração.

Ele entra com uma bandeja de café da manhã, com frutas, pães, suco, geleias, entre outras opções.

— Calma! – Rosenberg põe a bandeja sobre a mesa de madeira próximo à porta. — Está segura aqui.

— Onde estou? – fala alto, ainda muito assustada.

— Não podia te deixar em sua casa. Então a trouxe para cá. É uma hospedagem de um amigo...

— Isso não me interessa! Quero saber como vim parar aqui!

— Calma... – é interrompido.
— Que roupas são essas? – puxa a blusa. — O que você fez comigo?
— Você estava muito nervosa, então... – novamente é interrompido.
— Você tirou minha roupa?!
— Não, não, não. – sorri sem graça enquanto sacode as mãos abertas em sinal defesa. — Me deixe explicar.

Rosenberg se aproxima de Verônica, encostando no antebraço dela, ela puxa o braço com força e se afasta.

— Sai de perto de mim! – grita. — Eu não te conheço.
— Desculpe, vou deixá-la sozinha.
— Está louco?! Você me deve muita explicação.

Rosenberg vai até um armário espelhado e o abre.

— Aqui estão suas roupas. Quando estiver mais calma, é só me ligar que venho te ver. – ele se aproxima da porta para sair do quarto.

Verônica bate na porta com força, impedindo a saída dele.

— Fique aqui! Vou colocar uma roupa decente.

Verônica se dirige para o banheiro levando algumas roupas. Escuta a voz de Rosenberg conversando com alguém ao telefone.

Ela se aproxima da porta, colando o ouvido para tentar escutar, mas não consegue entender.

Ao sair do banheiro, vê que ele está sentado na cadeira de madeira comendo algumas uvas.

— Por que estou em um hotel e por que não me lembro de nada?
— Você estava muito nervosa com o que aconteceu em sua casa, e os enfermeiros que te atenderam acharam prudente te dar um sedativo. Por isso não se lembra de nada.
— E a roupa?
— Pedi para a enfermeira que te atendeu que a trocasse. Foi a primeira roupa confortável que encontramos em seu armário.
— Preciso ir pra casa!
— Infelizmente não pode retornar até o fim das investigações.
— E os funcionários?
— Sua advogada já está cuidando disso.

Alquimio - A descendente

Verônica mexe nos criados em busca de seu celular, mas não consegue localizar.

— Onde está meu celular?

— A polícia levou.

— Como assim?! Estão loucos?! – ela se irrita cada vez mais. — Preciso dele!

— Infeliz...

— Foda-se o que vai falar!

Sai do quarto enquanto encaixa as sapatilhas nos pés.

Chega à recepção, onde pede um táxi. Então sai do hotel e se senta nas escadas do lado de fora, apoiando os cotovelos sobre os joelhos.

Rosenberg se aproxima, desce as escadas e para de frente a ela.

— Verônica, me desculpe por ter trazido você pra cá. Mas a própria Dra. Helena achou melhor.

Verônica o encara, analisando cada palavra, e novamente pergunta o motivo de tê-la dopado.

— Qual é a última coisa que se lembra? – ele se senta ao lado de Verônica.

— Me lembro de ter chegado ao quarto e não ver os corpos.

— Então, foi nesse momento que você surtou. Começou a gritar, dizendo que havia tirado fotos. – explica calmamente. — Tivemos que te levar para o andar debaixo à força. Um policial te carregou no ombro, enquanto você se debatia gritando. Resolvemos te levar para a ambulância, que estava atendendo os funcionários.

— E por que não consigo me lembrar disso? Só lembro de não ter visto os corpos dos seguranças.

— A enfermeira que te atendeu disse que teria que te dar um calmante e que poderia afetar sua memória e causar uma ressaca no dia seguinte.

— Por isso a dor de cabeça. – coloca as mãos sobre as têmporas.

— Verônica, pode confiar em mim. – coloca a mão sobre as mãos de Verônica, que estavam apoiadas sobre os joelhos.

Uma van preta estaciona em frente ao hotel. Dela sai um homem colocando uma câmera sobre o ombro direito e uma mulher que ajeita o terninho, puxando a saia azul-marinho para baixo.

Verônica se levanta assustada, puxando as mãos bruscamente. Rosenberg também se levanta rapidamente ao perceber que os repórteres haviam descoberto onde Verônica estava.

Ele apoia a mão sobre o ombro de Verônica e a leva para dentro do hotel.

— Vamos para o estacionamento.
— Já pedi o táxi.
— Te levo até sua casa. Tenho um amigo na Civil.
— Faria isso por mim?
— Claro. Mas com uma condição.
— Qual?
— Não poderá ir até o quarto de seus pais.
— Tudo bem. – ela senta-se no carro e coloca o cinto. — Mas não quero ninguém na minha cola.
— Vou pensar nisso.

Os dois conversam durante todo o percurso. Rosenberg é extremamente atencioso com Verônica. Ele tenta mantê-la calma conversando sobre suas viagens e descobertas pelo mundo.

Ao chegarem na casa, avistam um policial baixinho e gordinho próximo ao portão. Rosenberg para o carro para conversar com o policial, apresenta o distintivo. O policial simpático abre o portão.

— Pronto, conseguimos entrar. – fala Rosenberg, colocando a mão sobre a mão de Verônica, que lhe retribui com um sorriso.

Ele para o carro próximo à entrada da casa. Verônica repara na fita amarela e preta bloqueando a entrada.

Próximos à porta, há dois policiais.

Verônica tira o cinto e abre a porta. No mesmo instante, sente a mão de Rosenberg sobre seu braço.

— Fique aqui, vou ver se consigo que entre na casa.

Ela fecha a porta com força e cruza os braços.

Minutos depois, Rosenberg bate no vidro.

— Liberado. – abre a porta para Verônica descer. — Você tem cinco minutos.

— Ok.

Alquímio - A descendente

Verônica sobe as escadas correndo, ao chegar no corredor, olha para a porta do quarto de seus pais, respira fundo e segue direto para seu quarto.

Passa a mão sobre a fechadura quebrada, sente seu coração acelerar.

— Senhor, a menina está demorando. – fala um policial a Rosenberg.

Rosenberg olha para o relógio em seu pulso.

— Dê mais dois minutos e subirei atrás dela.

Então escutam um ronco alto vindo dos fundos da casa. Em segundos, uma moto passa por Rosenberg a toda velocidade.

— Filha da puta! – grita um dos policiais.

Rosenberg sorri e passa a mão sobre o cavanhaque.

46

O frio percorre seu corpo, fecha as mãos e sente o barro escorrer por entre os dedos. Escorrega ao tentar se levantar. As gotas gélidas da chuva caem sobre sua pele, fazendo-o tremer ainda mais de frio.

Arrasta-se pela lama até chegar a uma árvore. Levanta-se com dificuldade. Passa as mãos sobre os olhos na tentativa de enxergar melhor. A penumbra é dissipada pelo clarão do raio que corta o céu.

De repente, sente um plástico recobrir seu rosto. Sente o ar acabar, puxa o plástico, suas mãos escorregam, sente-se cada vez mais fraco.

Acorda sentado na cama, puxando os poucos cabelos que ainda restam sobre sua cabeça. Põe a mão sobre o peito, tentando puxar o ar.

— Carlos! Está tudo bem? – Luísa acorda assustada.

Soares respira fundo, tentando recobrar o ar. Coloca a mão sobre a perna de Luísa e respira fundo sem responder à pergunta.

— Outro pesadelo?! – fala Luísa, beijando a mão de Soares. — Você precisa procurar ajuda. Não pode ficar assim.

— Não se preocupe, estou bem. – Pega na mão de Luísa e a beija. — Volte a dormir. Vou para o escritório.

— Você também precisa descansar.

— Perdi o sono.

Soares se levanta e vai para o escritório, se senta de frente para o computador. Faz algumas pesquisas sobre o dia da morte de Antunes, mesmo sabendo que não encontraria nada.

Fecha a tampa do *notebook* e aperta a cabeça com as mãos.

Alquimio - A descendente

Ele se levanta e pega a chave da gaveta que estava escondida dentro de um pote sobre a estante.

Abre a gaveta e retira a caixa de madeira de dentro dela. Coloca o objeto sobre a mesa e vai até a cozinha.

Retorna com uma grande faca na mão e fecha a porta do escritório com chave.

— Agora eu abro essa porra.

Ele pega a caixa e a coloca de cabeça para baixo, onde a tampa fica sobre a superfície da mesa.

Então enfia a faca nas aberturas da tampa, forçando-a a abrir.

De repente, a mão escorrega e passa sobre a lâmina da faca, provocando um pequeno corte na palma da mão.

— Porra!

A caixa cai sobre o chão com a tampa voltada para cima.

Soares vai até o banheiro e retorna com uma toalha enrolada em sua mão.

Ao pegar a caixinha, percebe que o sangue que havia escorrido por ela estava se movendo por entre os relevos da madeira que formam o símbolo.

— Que porra é essa?!

Afasta o computador e coloca a caixa sobre a mesa.

O sangue continua a se mover, tampando cada detalhe daquele símbolo estranho.

De repente, o símbolo começa a brilhar dourado.

— Caralho! – ele se afasta da mesa. — Que porra é essa?! – Coça os olhos com a mão direita.

Escuta um som baixo vindo da caixa, e de repente todas as laterais da caixa caem para os lados. Soares pega a faca, se aproxima da caixa e enfia a ponta da faca por debaixo da tampa e a joga no chão.

— Que porra! A caixa está vazia.

Sente um cheiro estranho vindo da parte interna, aproxima o rosto da caixa de forma a tentar sentir melhor.

— Isso é cheiro de pólvora?!

O interior da caixa começa a gerar pequenas faíscas que queimam a madeira formando letras.

— Puta que pariu! Que bruxaria é essa?! – ele se afasta da mesa e quase cai ao pisar na tampa.

Ao olhar para a caixa, percebe que há algo escrito. Pega sua lupa para enxergar melhor.

"Carlos Augusto Soares,
Informamos que a partir de hoje o senhor faz parte da Ordem Suprema da Luz..."

— Mas que porra é essa? – fala alto.

"... Sabemos o quanto está assustado neste momento. Mas essa foi a única maneira que encontramos de mostrarmos ao senhor que existem forças em nosso mundo que o senhor desconhece.
Sabemos exatamente o que aconteceu com o investigador Antunes..."

— O que esses filhos da puta sabem sobre Antunes?

"... Sabemos também que no momento essa é sua maior prioridade.
Por isso, pedimos que pare de investigar, ou a atenção deles se voltará para o senhor, e nós não conseguiremos te proteger, nem a Sra. Luísa.
Entraremos em contato com o senhor.
Enquanto isso, siga na normalidade. Todas suas dúvidas serão sanadas.
Pedimos que não fale com sua esposa sobre nada disso.
Não confie em ninguém.
Uma pessoa da Ordem irá até o senhor. Conseguirá identificá-lo sem dificuldade.
Confiamos no senhor, por isso foi escolhido.

Att.: Ordem Suprema da Luz."

— Puta que pariu! Devo estar em mais um pesadelo.

Alquímio - A descendente

A madeira começa a vibrar sobre a mesa. Soares se afasta e chuta a tampa para o outro canto do escritório. E em segundos, a madeira é transformada em pó.

— Carlos, está tudo bem? – pergunta Luísa do outro lado da porta.

— Sim, sim. – ele se assusta com as batidas na porta e corre para limpar o pó.

47

Acorda com o toque insistente do telefone. Levanta-se rapidamente com o coração acelerado.
Novamente se sente perdida, ainda não se acostumou com seu novo quarto.

Atende o telefone ainda com voz de sono.

— Senhorita, peço desculpas pelo incômodo. – fala a recepcionista do hotel. — Mas tem um rapaz te aguardando desde as oito da manhã.

— Quem é? – olha para o relógio e percebe que já passam das nove horas.

— Ele disse que tem uma carta para a senhorita.

— Estou descendo.

Verônica corre para o banheiro, lava o rosto, escova os dentes, se troca e desce correndo para saber quem é o rapaz misterioso.

— Você?! – pergunta Verônica ao ver o rapaz.

— Bom dia, senhorita! – responde o jovem rapaz moreno de sorriso marcante. — Vim lhe entregar esta carta. – mostra o papel de cor bege com um lacre de vela vermelha.

Verônica estende a mão para pegar a carta e ele a puxa de volta.

— Senhorita, antes de lhe entregar a carta, preciso saber se há alguém mais em seu apartamento. – fala baixo, colocando a mão na lateral da boca.

— Quem quer saber isso? – aumenta a voz.

— Senhorita, sabe que sou apenas um entregador que recebe ordens.

— Pra que quer saber se estou sozinha?

— Não sei. – levanta os ombros e sorri. — Só sei que não posso lhe entregar a carta se estiver acompanhada.

— Tá, me dá logo essa merda!

— Ainda não me respondeu. – coloca a carta atrás das costas.

— Tô sozinha, porra!

A recepcionista arregala os olhos.

— Tudo bem. – o rapaz entrega a carta.

— Não vai querer ver meu documento desta vez?! – pergunta em um tom de deboche.

— Desta vez, não. – sorri e estende a mão com o *tablet* e uma caneta. — Só preciso que assine.

Verônica assina e logo o rapaz pega sua maleta preta que estava no chão, se despede e vai embora.

Verônica segue correndo para o quarto. Entra trancando a porta. Fecha as cortinas da varanda, se senta na cama e puxa o lacre do envelope, retirando o papel de dentro.

"Olá, minha criança, espero que esteja bem.

Fiquei sabendo o que aconteceu em sua casa. Saiba que não está só. Estamos sempre próximos a você.

Infelizmente não estou tão perto para lhe dar um abraço amigo. Precisei viajar novamente.

Sei que está sem acesso à sua casa. Por isso, daqui a dois dias, às 17h, preciso que venha me encontrar na escola em que nos conhecemos.

Um forte abraço!

Obs.: destrua esta carta."

Verônica pega a carta junto com o envelope e os picota em diversos pedaços. Em seguida, joga no vaso sanitário.

Escuta o telefone tocar e corre para atender.

— Senhorita, o Sr. Caio a aguarda no saguão. – fala a recepcionista. — Posso liberá-lo para subir?

— Quem?

— O senhor... – é interrompida por Verônica.

— Sim, sim... – respira fundo, tentando acalmar sua respiração. — Pode deixá-lo subir.

Verônica corre para o banheiro e penteia rapidamente os cabelos e os prende com um lápis em forma de um coque.

Escuta o leve toque da batida na porta. Ela a abre lentamente, e sinaliza para que ele entre no quarto.

— Bom dia, Verônica! – sorri e lhe entrega uma rosa vermelha embrulhada em um plástico transparente e uma caixinha embrulhada em um papel prateado.

— Bom dia! – pega a rosa, a cheira e a coloca sobre a cama onde se senta. — Obrigada pela flor. O que é isso? – levanta a caixinha.

— Abra. – sorri para Verônica.

Verônica retira o papel e se surpreende com o que vê.

— Isso é pra você poder se comunicar com quem quiser. – sorri enquanto Verônica retira o *smartphone* de dentro da caixinha. — Tem uma linha provisória.

— Obrigada.

— Tirei alguns dias de folga. – ele se senta ao lado de Verônica e pega sua mão que estava sobre a cama. — E gostaria de usá-los para nos conhecermos melhor. O que acha?

Verônica sorri, retira a mão delicadamente da mão dele, acerta o lápis em seus cabelos e se levanta.

— Podemos, sim. Desde que respeite minha individualidade.

Ele sorri.

— Não gosto de homens pegajosos, que não respeitam meu espaço.

— Percebi isso ontem. – solta uma gargalhada.

— Do que está rindo? – ela se senta na cadeira de madeira.

— Você deixou todos nós comendo poeira com sua moto.

— Eu estava irritada. – solta os cabelos, deixando-os cobrir seus ombros.

Rosenberg se levanta e se senta na outra cadeira. Acaricia o rosto de Verônica.

— Você é encantadora.

Alquímio - A descendente

Ela sorri e sente seu rosto esquentar ao ficar ruborizada. Nunca havia se sentido assim por alguém. E estava experimentando algo novo.

— Podemos sair? – pergunta, pegando a mão de Verônica.
— E pra onde quer me levar?
— Isso é um segredo que só irá descobrir quando chegarmos lá.
— Você e seus segredos. – sorri.
— Olha quem fala! – fala em tom de deboche, ao mesmo tempo sorrindo. — Você tem mais segredos do que eu.
— Vou me arrumar. – ignora a frase.

48

Soares entra no departamento e tropeça na garrafa de água que estava no chão. Ele se desequilibra e quase cai.

— Puta que pariu. – ele se senta na cadeira e massageia a perna que lateja.

Abaixa-se, pega a garrafa e a coloca sobre a mesa de Mariana.

Segue para sua sala mancando mais que o normal.

Ao se sentar em sua cadeira, se desequilibra e bate a mão sobre sua mesa.

— Puta que pariu! – passa a mão sobre o curativo que tampa o ferimento feito pela faca na madrugada passada, e se lembra da caixinha.

Pega seu celular e começa a pesquisar sobre a Ordem Suprema da Luz. Mas todas suas buscas são irrelevantes.

Então decide pesquisar sobre a imagem que havia na caixinha antes de se desintegrar.

— Senhor, a Dra. Cláudia ligou avisando que chegará em alguns minutos. – informa a menina ruiva de sorriso metálico.

— Bom dia, Mariana! – tenta se redimir, sendo educado com ela.

Ela o olha, estranhando a atitude dele, e ignora o cumprimento.

— Ela pediu para o senhor não sair enquanto ela não chegar.

— Ok, obrigado!

Novamente estranha a educação de Soares.

— Chefe. – Almeida bate na porta. — Fiquei sabendo que a gostosa da Cláudia tá vindo aí. Se estiver ocupado, pode deixar que eu atendo.

— Oh, seu filho da puta! Vai trabalhar, viado! – grita rindo.

Almeida sai rindo e falando alto com outro policial.

Quando Soares retorna às pesquisas, é subitamente interrompido.

— Bom dia, Carlos!

— Cláudia, bom dia! – ele se levanta com um pouco de dificuldade. — O que é tão urgente assim para vir pessoalmente falar comigo?

— Posso? – aponta para a porta.

— Claro, pode fechar.

Dra. Cláudia fecha a porta e se senta de frente para Soares.

— Carlos, nos conhecemos há muitos anos e sei que, apesar de seu jeito estúpido de ser, você é um bom homem.

— Estou me consertando. Depois do acidente, percebi as merdas que fiz.

— No dia que você chegou, não sabia se devia contar as coisas pra você. Mas não tenho nem conseguido dormir.

— Do que tá falando, Cláudia?

— Sobre o assassinato de Antunes.

— Sabe algo que não sei? – ele se levanta.

— Infelizmente, não. E é aí que começam as coisas estranhas.

— Você não sabe o quanto. – cochicha.

— Então, logo após o acontecimento, o Souza deu início às investigações. No mesmo dia em que eu assumi aqui, vieram uns caras da Federal e levaram todo o dossiê do caso.

— Sabe dizer o nome desse policial?

— Carlos, sinceramente não sei dizer. Quem lidou com isso foi o Souza.

— Entendi.

— O mais estranho ainda é que esse mesmo policial da Federal voltou aqui com um documento mandando arquivarmos qualquer investigação do assassinato do frei.

— Desde o início, estranhei o envolvimento da Federal nessa história. Mas não dei muita importância, já que envolvia a Igreja Católica.

De repente, a porta da sala é aberta abruptamente por Mariana.

— Socor...! – sua frase é interrompida por um vômito espontâneo.

Mariana abraça com força sua barriga, lançando um grito de dor, cravando pelos dentes, e cai desfalecida.

Cláudia, que estava próxima à porta, segura Mariana, impedindo-a de bater com a cabeça no chão.

— Chamem uma ambulância. – grita Dra. Cláudia aos policiais que passam pelo corredor.

Mariana treme, seu corpo começa a se contorcer, os músculos se contraem, os olhos reviram. Cláudia segura os braços de Mariana enquanto Soares segura as pernas, evitando que ela se machucasse.

— Ela é epiléptica? – pergunta Dra. Cláudia a Soares.

— Não sei, porra! – grita em desespero.

Mariana começa a espumar pela boca e, em questão de segundos, as contrações diminuem de intensidade.

Soares solta as pernas e aproxima o ouvido do peito de Mariana.

— O coração está parando! – grita ainda mais, desesperado.

Almeida se aproxima e inicia a massagem cardíaca. Os minutos passam e Mariana já não reage mais aos estímulos da massagem.

A palidez toma conta daquele rosto de menina, os cabelos avermelhados estão envoltos ao vômito, os olhos e boca permanecem abertos, em questão de minutos a vida se esvai daquela jovem.

Todos estão sentados no chão, ao redor daquela doce menina que tinha um futuro tão longo a seguir, perplexos com o que acabaram de presenciar.

Os socorristas chegam, mas já não há mais o que se fazer. Só restou o rosto jovial pálido, manchado pelo batom rosa, e as unhas roídas, a estagiária teve sua vida esvaída por uma fatalidade.

O corpo é recolhido, a mãe de Mariana chega ao local, aos prantos. Soares se aproxima no intuito de tentar acalmá-la, mas é recebido por um tapa no meio da face. Ele põe a mão sobre o rosto e a encara por alguns segundos, compreende perfeitamente o que aquele tapa representava.

Naquele momento, passa um filme em sua memória, relembrando o quanto havia maltratado aquela pobre menina, tão doce. Pega sua maleta e sai da delegacia sem falar nada.

49

Verônica e Rosenberg entram rindo no saguão do hotel. Verônica começa a cantarolar alto.

— Shiiiii. – Rosenberg coloca o dedo na boca de Verônica. — eles vão chamar nossa atenção.

— Quero ver alguém chamar a atenção de Verônica Salles. – fala alto, gesticulando e rindo.

— Já descobri que você não pode beber muito. – ri e abraça Verônica.

Os dois entram no quarto, Verônica puxa Rosenberg pela camisa e o beija.

Ela dá as costas para ele e vai até próximo à cama. Rosenberg a segue e a puxa com força para si. Eles se beijam com uma intensidade elevada, ele desce a boca pelo pescoço de Verônica, dando pequenas mordiscadas. Suas mãos percorrem o corpo macio de Verônica, podendo sentir cada curva.

Rosenberg arranca a blusa branca de cetim em um só movimento, deixando à mostra o sutiã de renda branca com detalhes em dourado.

Ele abre o zíper da saia de Verônica, que escorrega por suas pernas, deixando-a apenas com sua lingerie provocante.

Verônica abre delicadamente a camisa de botões de Rosenberg, beijando seu peito musculoso.

Ela sente as mãos fortes apertarem sua cintura e escuta um gemido de prazer.

Rosenberg a pega no colo e a joga sobre a cama, arranca sua calça jeans, escorre suas mãos pelas coxas macias de Verônica, arrancando o resto de roupa que ainda restava.

Seus corpos, agora suados, se misturam numa só onda de prazer.

Verônica acorda e percebe que está sozinha na cama, consegue ouvir a voz de Rosenberg vindo de dentro do banheiro.

Ela se levanta, coloca sua roupa que ainda está jogada pelo chão, se aproxima da porta e consegue entender uma breve frase.

— Sim, é ela! Eu tenho certeza! Ela tem a marca.

Verônica bate na porta e no mesmo instante ele abre, sorrindo, ainda falando ao telefone.

— Depois conversamos, preciso desligar.

Enquanto ele desliga, ela fica ali, parada, admirando seu corpo cheio de músculos, vestindo apenas sua calça, com os cabelos ainda molhados pelo banho.

— Verônica, bom dia! Dormiu bem? – ele a beija na testa com carinho.

— Dormi, sim, obrigada!

— Me desculpe por tê-la deixado sozinha na cama, mas recebi uma ligação importante do trabalho.

— Sem problemas.

— Trouxe o café da manhã pra você.

— Obrigada.

— Hoje vou precisar ir ao Rio.

— Posso acompanhá-la. Sou todo seu até amanhã.

— Não será necessário. Vou conversar com a Helena. Preciso me inteirar de alguns assuntos particulares.

— Tudo bem. Aproveito para resolver o problema do meu chefe. – levanta o celular, sorrindo.

50

Verônica estaciona a moto, olha para o relógio, que marca 17h32. Apressa os passos, sabe que está bastante atrasada. Chega à recepção do Colégio Santo Inácio e pede para falar com Paulo.

A recepcionista baixinha pede para aguardar, enquanto se afasta do local para chamar o professor.

Verônica fica de um lado para o outro.

— Senhorita. – a recepcionista retorna à sala. — Ele já está vindo.

— Obrigada.

A senhora cochicha alguma coisa com uma jovem que estava de frente para um computador.

As duas olham para a tela do computador e olham para Verônica com olhar de espanto.

— Verônica, quanto tempo. – Paulo surge na recepção, quebrando o silêncio.

Verônica o olha sem entender.

— Me desculpe tê-la feito vir até mim. – entrega uma pasta para a recepcionista. — Acabei me distraindo com as provas.

— Mas eu... – ele a interrompe.

— Vamos para sua última aula antes do grande dia? – ele coloca a mão sobre o ombro de Verônica para guiá-la para a saída. — Temos muito trabalho a fazer ainda.

Eles saem da recepção e seguem para o estacionamento.

— Que aula?

— Verônica, foi apenas uma distração. Agora preciso que faça algo. – Paulo abre o porta-malas de um Monza verde que estava estacionado e retira uma sacola. — Preciso que troque essa sua roupa de couro inconfundível por esta que está aqui. – entrega a sacola.

— Você tá doido?

— Preciso que faça isso.

— Pra quê? – abre a sacola para ver o que há dentro. — E você acha que vou usar essa roupa ridícula e depois subir em minha Yamaha? – retira um conjunto de moletom cinza da sacola.

— Não vai.

— Como assim?

— Por favor. Preciso que confie em mim. – pega uma outra sacola com um par de tênis e entrega a Verônica. — Agora preciso que volte lá na recepção e peça para ir ao banheiro, se troque e volte pra cá.

— Você é louco! Me dá essa merda. – pega a outra sacola e dá as costas para Paulo.

Faz exatamente o que ele pede. Ao sair do banheiro e passar pela recepção, percebe os olhares e cochichos das duas mulheres.

Volta para o carro onde Paulo a aguarda.

— Pronto. Fiz o que me pediu. – entrega as sacolas com suas roupas e sapatos. — Agora mereço uma boa explicação para usar estas roupas ridículas. – aponta para o conjunto de moletom largo em seu corpo.

— Agora preciso que ligue para o tal policial que tem te acompanhado e informe que se hospedará num hotel em Copacabana.

— Mas e se ele quiser ir até mim?

— Peça para que respeite sua privacidade. Diga que precisa ficar só.

Verônica faz exatamente como Paulo a orienta. Leva alguns minutos na ligação, mas consegue convencer Rosenberg da necessidade de ficar só por um dia.

— Pronto.

— Me dê o aparelho, por favor.

Verônica lhe entrega o aparelho sem contestar. Paulo desliga o aparelho e devolve para Verônica.

Alquímio - A descendente

— Pode guardar. Agora preciso de mais uma coisa. – respira fundo. — Que me dê sua mochila com tudo que tem dentro e as chaves da moto.

— Isso não! – coloca a pequena mochila preta para trás das costas. — De jeito nenhum!

— Verônica, preciso que confie em mim.

— Já coloquei este moletom ridículo. - aponta para o conjunto. — Agora quer que eu te dê a chave de minha moto? Isso já é demais!

— Verônica, com certeza você foi seguida e precisamos de um disfarce.

— Como assim?

— A pessoa que pilotará sua moto é tão boa quanto você. – estica a mão. — Me dê a mochila e as chaves, por favor.

— Quem é essa pessoa? – Verônica lhe entrega a mochila com tudo que lhe foi pedido.

— Te contarei tudo quando for a hora. – ele pega as chaves de dentro da mochila. — Fique aqui, não vou demorar.

Verônica se senta no banco do carona e aguarda por Paulo.

De repente, a porta do carro se abre e Verônica se assusta.

— Tudo resolvido. – Paulo se senta.

— Agora me explique tudo! – fala num tom de irritação.

Paulo dá partida no carro e finalmente saem do colégio.

— Como lhe falei, sabemos que está sendo seguida. Então desviamos a atenção deles.

— Quem está me seguindo?

— Aqueles que querem teu sangue.

— E por que não chamamos a polícia?

— Eles estão em todos os lugares, inclusive na polícia. E agora que estão com o diário de Flamel, não podemos mais distingui-los.

— Paulo, não estou entendendo merda nenhuma do que tá falando! – levanta a voz.

— Me desculpe, criança, imagino o que deve estar sentindo.

— Ah, não imagina não! – aumenta a voz. — Você pode, por favor, explicar algumas coisas. – se vira de lado de forma a olhar diretamente para Paulo. — Me responda sem enrolar nas respostas. Pode ser?

— Vou tentar. O que deseja saber?

— Primeiro, por que sempre me chama de criança?
Paulo ri com a pergunta.
— Te vi nascer. Acabei criando esse costume.
— Hum. Não me lembro de você.
— Normal.
— Quem são essas pessoas e o que querem com meu sangue?
— Essa pergunta demanda uma atenção especial para respondê-la. – olha para Verônica, conserta os óculos. — Vamos deixar para mais tarde.
— Você disse que me responderia tudo!
— Eu disse que tentaria. – sorri. — Só que estou dirigindo. E essa é uma looonga história.
— Tá. – cruza os braços e se vira para frente. — Pra onde estamos indo?
— Para minha casa, em Petrópolis.
— E por que não me disse para nos encontrarmos lá? – fala alto. — Eu me despenquei de lá pra ir pro Rio, pra voltar pra lá?!
— Precisava de uma distração.
— Como assim?
— Neste momento, você está se hospedando em um hotel em Copacabana.
— Como assim?
— As pessoas que estão te seguindo estão seguindo a Verônica errada neste momento.
— Mas como essa pessoa vai se passar por mim no hotel?
— Isso é uma conversa para um outro momento.
— Você é um filho da puta, mesmo! Sabia?
Paulo ri e permanece calado.
— Promete que vai me responder, mas só me enrola.
Verônica se irrita e prefere se calar também.
Minutos depois, Paulo para em frente a um portão que dá acesso a uma pequena casa, com um estilo bem rústico.
Ele desce do carro para abrir o portão de ferro. Ao retornar para o carro, Verônica o olha, estranhando tudo aquilo.
— Você mora sozinho nessa casa?
— Não moro aqui. – para o carro e desce para fechar o portão.

— Essa casa é bonita e estranha ao mesmo tempo.
— Fui eu quem a construí, há uns 115 anos atrás.
— Nem vou comentar.

Paulo estaciona o carro na garagem, os dois descem do carro e entram na casa.

— O inverno ainda nem chegou e já começou a castigar. Por isso lhe dei essas roupas. – aponta para o moletom. — Tem mais roupas no porta-malas. Vamos passar a noite aqui e amanhã cedo teremos muito trabalho a fazer.

Por fora, a casa parecia simples, mas, ao entrar na sala, ela fica impressionada com a decoração impecável do ambiente. Piso e teto em madeira, paredes de pedras rústicas com uma lareira no centro, um tapete felpudo no chão e móveis em madeira que pareciam talhados à mão, o que deixa o ambiente ainda mais aconchegante.

— Tem um tempo que não venho aqui. – Paulo retira os lençóis que tampam o sofá e as duas cadeiras de balanço. — Fique à vontade. Vou retirar as coisas do carro.

Verônica se senta no sofá de frente para a lareira e fica imóvel, pensando em tudo que estava vivenciando naquele momento.

51

Seu telefone toca insistentemente, mas a todo momento o ignora.
Após horas vagando sem rumo, para de frente à delegacia.
Olha para o relógio, que marca 1h33 da manhã.

Pega o celular, 47 chamadas perdidas. Diversas mensagens sem responder. Sabe que nada que faça poderia alterar os acontecimentos.

Soca o volante e chora, completamente só naquele carro. Enxuga as lágrimas e segue em direção à sua casa.

Sabe que precisa retornar para quem ainda o ama.

Liga o carro e segue em direção à Praia da Costa.

Passa bem devagar pela orla, enxuga as lágrimas.

Em alguns minutos, entra na garagem do prédio onde mora. Sabe muito bem o que o espera, mas toma coragem e encara.

Abre a porta e lá está Luísa, sentada no sofá, aos prantos. Ao lado dela está a Dra. Cláudia.

— Carlos?! – fala entre os soluços. — Onde você estava? – Luísa quase não consegue falar.

— Me desculpe. – ele a abraça.

Dra. Cláudia se levanta e permanece calada.

— Cláudia, o que faz aqui? – Soares enxuga as lágrimas.

— O que você acha?! – fala com arrogância. — Você está sumido desde o acontecimento da Mariana.

— Me desculpem. – Ele se senta no sofá. — Eu não quis causar preocupação.

Alquimio - A descendente

— Você não atendeu minhas ligações!

— Mais uma vez, peço desculpas. – chora enquanto fala. — Mas eu precisava de um tempo só.

— Vou deixá-los sozinhos. - Cláudia pega a bolsa em cima da mesa. — Carlos, a próxima vez que fizer isso, eu mesma te mato!

Ela se despede de Luísa e sai.

— Carlos, por que fez isso comigo? – ela se senta ao lado dele.

— Estou cansado disso tudo. – chora.

— Eu sei. – ela o abraça. — Por favor, não faça isso de novo!

— Não farei. Me desculpe, eu fui um egoísta.

Eles se beijam.

— A Cláudia me contou o que aconteceu.

Ele se senta, enxuga as lágrimas com os braços.

— Essa menina era aquela sua estagiária?

— Sim. Uma das pessoas que mais maltratei. – enfia os dedos por entre seus poucos cabelos. — Primeiro, Antunes, agora essa menina.

— Mas você não é o culpado pelas mortes deles.

— Mas fiz a vida deles um inferno.

— Não se sinta assim. Você vai conseguir descobrir o que aconteceu com seu amigo. – acaricia as costas dele na tentativa de acalmá-lo. — E, infelizmente, a menina era portadora de epilepsia, não é isso?

— Eu não sei! – ele se levanta. — Eu não sei de nada. Preciso de um banho e dormir.

Pega uma cartela de remédios e esboça jogar três comprimidos para dentro da boca.

— Você tá doido! – ela puxa a mão dele para tentá-lo impedir de tomar. — Isso pode te matar.

— Não mata, não. – ele a abraça. — Preciso dormir e sem eles não consigo.

Soares entra no banheiro e Luísa o segue. Retira a camisa para entrar no banho e se assusta com o espanto de Luísa.

— Carlos, o que é isso nas suas costas? – fala quase que gritando.

Ele se vira para o espelho e percebe uma espécie de cicatriz do tamanho da palma de sua mão, localizada na região escapular.

— Que porra é essa? – puxa seu ombro direito com sua mão para tentar ver melhor.

— Parece que você foi marcado.

— Luísa, tira uma foto dessa merda pra mim! – seu tom de voz é alterado da dor para o medo.

Luísa corre até a sala e retorna com seu celular. Fotografa a cicatriz e entrega o aparelho para ele.

— Isso parece uma espécie de cruz. – ele devolve o celular para ela. — Procura essa imagem aí como fez da outra vez.

Ela faz diversas buscas, mas não encontra nada.

— Não tem nada. Eu nunca vi essa imagem.

— Puta que pariu! Tão querendo me enlouquecer.

— Olha isso. – passa o dedo sobre a foto. — Parece uma seta curva em formato de "u" com uma letra "I" cortando-a no meio.

— Que porra é essa, Luísa?! – fala, meio grogue.

— Vou pesquisar mais. Mas agora precisamos descansar.

Soares entra no banho.

52

O grito de medo se espalha pelas paredes. Paulo quase deixa o pão cair no chão, coloca a faca sobre a mesa e corre até o quarto onde Verônica está.

No meio do corredor, Paulo colide com Verônica. Ela o abraça e aponta para o banheiro.

— Tem um homem no banheiro! – o medo atrapalha sua fala.

Paulo põe as mãos sobre os ombros de Verônica.

— Acalme-se, por favor. – fala calmamente.

— Temos que sair daqui! – tenta correr.

— Verônica, preciso que me acompanhe até o banheiro.

— Você está louco? – ela se afasta de Paulo. — Estamos desarmados.

— Venha. – estende a mão para Verônica. — Confie em mim.

Verônica vai até ele vagarosamente e caminha pelo corredor até o banheiro. Paulo abre a porta do banheiro. Verônica permanece atrás de Paulo, ainda bem assustada.

— Viu, não tem ninguém. – aponta para o banheiro.

Verônica passa por ele e entra no banheiro.

— Eu vi um homem. Eu juro!

— Sim, você viu.

— Ele ainda está aqui? – ela se apoia de costas na bancada feita em madeira maciça, próximo à cuba do banheiro. — Precisamos fugir.

— Não, criança. Não precisamos fugir. – acaricia o rosto de Verônica. — Você precisa olhar para o espelho.

Paulo toca no ombro de Verônica de forma que ela se vire para a cuba, onde há um grande espelho em formato de arco com bordas em madeira com detalhes talhados à mão, preso sobre a parede de pedras.

Verônica grita e tenta correr, Paulo a abraça.

— O homem do espelho é você. – fala calmamente.

— Isso é um sonho. – bate no rosto. — Preciso acordar.

— Não é um sonho. – segura a mão dela de forma a impedir o próximo tapa. — Vamos para a sala e conto tudo.

Verônica volta para o espelho e para de frente para ele, põe a mão sobre "seu" reflexo. Repara na pouca barba, na pele morena quase negra, os olhos profundamente negros, lábios grossos e nariz largo. Passa a mão sobre seu rosto, vê seu reflexo no espelho, mas não sente a aspereza da barba.

Olha para suas mãos e braços, mas não vê nada de diferente. Sai do banheiro e caminha lentamente até chegar à sala onde Paulo a aguarda.

— Sente-se, criança. – aponta para o sofá com almofadas beges e vermelhas.

Verônica não hesita. Ela se senta, sem nada falar. Cruza as pernas em posição de índio e coloca uma das almofadas sobre seu colo.

— Ontem à noite, pedi que retirasse seu colar. Você se lembra disso?

Ela apenas balança a cabeça e permanece calada.

— Eu precisava saber como estão suas habilidades. – pega o colar de dentro do bolso da camisa. — E pude comprovar que está muito mais forte do que eu imaginava. – sorri.

— Eu tô assustada! – fala alto. — E você ri? O que tem de engraçado nisso? – ela se levanta e joga a almofada sobre o sofá. — Acabei de ver um homem no espelho do banheiro. E pior, esse homem sou eu. Como quer que eu fique calma?! – fala sem quase conseguir respirar. — Eu nunca vi o cara do espelho. Quase morri do coração. - anda de um lado para o outro, gesticulando enquanto fala. — E quando olho pra mim continuo sendo eu mesma. Como pode isso? Me explica!

— Tome. – estende o braço, entregando o colar. — Coloque-o e volte a se olhar no espelho.

Verônica pega o colar e o coloca, vai até o espelho do banheiro para se olhar, assim como Paulo a orientou. Apoia as duas mãos sobre a bancada de

Alquímio - A descendente

madeira, aproximando-se do espelho, e vê seu reflexo, aquela mesma mulher de sempre, branca com longos cabelos negros e olhos azuis.

Retira o colar de frente para o espelho e nada acontece.

Caminha para trás até encostar na gélida parede de mármore, onde escorrega as costas até sentar-se no chão, onde permanece segurando o colar em suas mãos.

— Vamos pra sala. – Paulo aparece na porta. — Está muito frio.

Recoloca o colar sobre seu pescoço e retorna para a sala.

— O que está acontecendo comigo? – sua voz está trêmula. — Preciso entender. – ela se senta no sofá.

— Faltam apenas quatro dias para completar seu 28º aniversário e como já havíamos conversado anteriormente, é nessa data que seu sangue se estabilizará, assim como todas suas habilidades.

— Mas o que aconteceu? E por que depois que retirei meu colar não aconteceu de novo?

— Você realizou uma transfiguração. E como ainda não sabe controlar suas habilidades, após retirar seu colar pela segunda vez, nada aconteceu, pois querendo ou não você desacreditou do que havia visto anteriormente.

— Como assim?

— A transfiguração é a transformação da matéria. – entrega uma caneca com chocolate quente a ela. — A transfiguração humana, na verdade, nada mais é que uma ilusão a quem está vendo.

— Aquela pessoa que pegou minha moto e foi pro hotel utilizou a transfiguração?

— Exatamente. Mas nós, meros alquimistas, precisamos de uma certa poção para nos transformarmos. – faz um gesto de aspas ao falar a palavra poção. — Já você nasceu com essas habilidades.

— O que seria essa poção?

— Nós temos várias poções, elixires e amuletos, para ativar ou desativar nossas habilidades. Um deles é seu colar ou meu anel. – mostra a ela seu grande anel de ouro com uma pedra amarela.

— Eu me lembro de quando retirou seu anel. Pude ver seu brilho. E por que dessa vez eu não estava brilhando?

— Suas habilidades estão inconstantes. Por isso não deve em momento algum retirar seu colar. Como eu te disse, essa é nossa proteção contra o Manto Negro.

— Manto Negro? O que é isso?

— É um grupo formado pelo inimigo de seu pai. São eles que estão atrás de você.

— Mas por que só agora vieram atrás de mim?

— Pois conseguimos despistá-los por anos.

— Como?

— Primeiro, seus pais divulgaram para todo mundo que haviam adotado um bebê. Depois seu pai conseguiu fazer esses amuletos para todos nós e conseguiu esconder suas habilidades. E, por fim, conseguimos esconder por séculos os diários de Flamel.

— Mas quem é esse inimigo de meu pai?

— Ramón, ele morava com Raul na mesma época em que seu pai o conheceu.

— Raul, o frei que era irmão de minha madrinha?

— Sim, ele mesmo. Na época era Pedro Palácios.

— Mas por que se tornaram inimigos?

— Essa é uma conversa para outro dia. – ele se levanta e recolhe as canecas. — Agora preciso que coma alguma coisa. – aponta para a mesa com pães e geleias, entre outros. — Pois iremos sair daqui a pouco.

53

—**B**om dia, chefe! – Almeida dá um tapa forte nas costas de Soares. — Como você tá?
— Tô bem.
— Ficamos preocupados ontem com seu sumiço.
— Tô bem. – segue para sua sala.
Ao chegar à porta, seu coração dispara ao se recordar da cena do dia anterior.
Coloca a pasta sobre sua mesa bagunçada, se senta apoiando os cotovelos sobre a mesa e enfia os dedos por entre os poucos cabelos que restam em sua cabeça.
Seu devaneio é interrompido por uma batida em sua porta.
— Bom dia, Soares! – Souza o cumprimenta.
— Bom dia! O que está fazendo aqui?
Souza entra na sala e coloca uma pasta suspensa laranja sobre a mesa.
— Precisamos conversar. Como você está?
— Tô bem, porra! Por que ficam me perguntando isso?
— Infelizmente não tenho boas notícias.
— Você é sempre o portador de más notícias.
— Mariana não morreu de morte natural.
— Como assim? Não foi uma crise epiléptica?
— Não, Soares, ela foi envenenada.
— Puta que pariu! Envenenada?

— Infelizmente, sim. Foi encontrado um alto nível de arsênico no sangue dela.

— Ela tinha inimigos?

— Soares, você é o principal suspeito.

— Caralho. - ele se levanta. — Que porra é essa, Souza? Tá achando que eu a matei?

— Não, Soares, eu sei que não faria isso. – abre a pasta laranja com documentos do caso. — Suas digitais foram encontradas na garrafa de água dela. Mesmo lugar onde o veneno estava.

— Puta que pariu! Ontem, quando cheguei ao departamento, eu tropecei na porra dessa garrafa. Por isso tem minhas digitais. Eu peguei e coloquei de volta na mesa dela. Pode olhar nas câmeras.

— Infelizmente, as câmeras estão desligadas desde a reforma.

— Caralho, Souza. – bate com força na mesa. — Tão querendo foder com minha vida.

— Infelizmente, preciso que me entregue seu distintivo e sua arma e deixe o departamento até o fim das investigações.

Soares retira o distintivo e a arma da cintura e os coloca sobre a mesa, mas mantém a mão sobre a arma, olhando profundamente nos olhos de Souza.

— Antes me responda uma coisa.

Souza balança a cabeça positivamente.

— Como chegaram tão rápido a essa conclusão?

— Soares, não posso te contar detalhes do caso.

— Puta que pariu, Souza! Não tem nem vinte e quatro horas e já descobriram que a menina foi envenenada e acharam minhas digitais na porra da garrafa.

— Foi a própria mãe que disse que a filha não tinha doença nenhuma e, com certeza, ela tinha sido envenenada. Por isso a investigação foi rápida.

— Sei. - desacredita da informação repassada por Souza. — Espero que achem o filho da puta que fez isso com ela. - fala calmamente, com a mão sobre o ombro de Souza, e sai da sala.

Ao abrir a porta de vidro que dá acesso ao pátio onde está seu carro, é assediado por vários repórteres, colocando aparelhos próximos ao seu rosto.

— Delegado Soares, é verdade que está sendo acusado por envenenamento de sua própria estagiária. – pergunta Samantha, apontando um aparelho de celular.

— Vão embora, seus filhos da puta! – Soares grita e bate com a pasta em um rapaz.

Souza e outros policiais chegam e afastam o grupo de repórteres, permitindo que Soares entre no carro.

Soares dirige pela orla da Praia da Costa e para em um estacionamento de frente para o mar. Bate com força no volante.

Seu telefone toca insistentemente, sabe que precisa atender.

— Carlos. Onde você está? – pergunta Luísa, desesperada.

— Estou estacionado de frente para o mar da Praia da Costa.

— Acabei de ver na televisão que está sendo acusado pela morte da menina que era sua estagiária.

— Sim, Luísa. Infelizmente alguém envenenou Mariana e eu sou o principal suspeito.

— Vem pra casa, Carlos.

— Nosso prédio está cercado pelos urubus. Fique tranquila, tô bem. — demonstra bastante tranquilidade em sua voz.

— Estou preocupada com você.

— Estarei aí quando eu puder. Te amo. – desliga.

Ao desligar, recebe uma ligação de um número privado.

— Eu não vou dar entrevista! – atende gritando e logo desliga.

Em segundos, recebe uma mensagem.

"Soares, sou da Ordem Suprema da Luz. Abra a porta de seu carro."

— Que porra é essa?

Olha para todos os lados, mas vê apenas algumas pessoas se exercitando no calçadão ou levando as crianças à areia. Não vê ninguém estranho.

Liga o carro e novamente recebe a ligação de número privado.

— Como sabe onde estou?

— Abra a porta.

— Eu tenho uma arma aqui.

— Não sou seu inimigo. Por favor, abra a porta do carro. – desliga.

Soares se vira para trás à procura de alguém, mas nada. Então resolve atender ao pedido e destranca as portas.

Em alguns minutos, um homem alto de cabelos grisalhos abre a porta e se senta no banco do carona.

— Carlos, não precisa ter medo, estou aqui para ajudá-lo. – fala com sotaque estrangeiro.

— Como vou saber se não está aqui para me matar?

— Você sabe, ou não teria deixado eu entrar no seu carro.

— Quem é você?

— Meu nome é Giancarlo. Sou membro da Ordem Suprema da Luz e estou aqui para te ajudar.

— Que porra é essa de Ordem Suprema da Luz?! – grita.

— Vou explicar tudo. – coloca o cinto de segurança. — Agora preciso que dirija para um lugar seguro para conversarmos melhor.

54

— Preciso que coloque aquela roupa que te dei ontem. Vamos sair daqui a alguns minutos, está bem frio lá fora e vamos fazer uma boa caminhada.

— Pra onde vamos?

— Pra sua casa.

— Mas minha casa ainda está fechada.

— Não para nós. – sorri. — Agora vá se trocar.

Verônica faz exatamente o que Paulo pede. E em alguns minutos retorna para a sala com o moletom cinza e tênis.

— Estou pronta.

— Ótimo, então vamos. – segue em direção à cozinha.

— Você não disse que iríamos para minha casa? – fala alto da sala.

— Sim, venha.

Verônica chega à cozinha meio confusa, já que não havia portas lá.

— Vamos sair pela janela? – pergunta em tom de deboche.

Paulo sorri.

Assim como toda a casa, a cozinha tem o mesmo estilo rústico, com piso em madeira, móveis talhados, e no centro daquele local há uma grande bancada em madeira maciça com vários utensílios pendurados sobre ela.

Paulo se aproxima da bancada, puxa uma colher de pau que estava pendurada acima da bancada.

— Está pronta para a aventura? – pergunta Paulo, sorrindo.

Então alguns estalidos invadem o ambiente e o móvel começa a se mover.

— Puta que pariu! – fala alto, com a mão na boca. — Vocês são muito foda!

O móvel se mexe na diagonal, dando lugar a uma escada de madeira que leva a um enorme túnel.

— Você primeiro. – aponta com a mão para que Verônica descesse.

Ela desce as escadas reparando nos detalhes do ambiente. Um túnel extenso todo feito em pedra, com um teto abaulado, as luzes amareladas vão se acendendo aos poucos ao longo dele, exibindo sua amplitude.

— Aaa! - Verônica grita ao se assustar com o barulho do móvel se fechando às suas costas.

Paulo ri com o susto de Verônica.

— Vamos? Temos uma longa caminhada pela frente.

— Sim. – está perplexa com tudo que vê.

Eles caminham mudos por alguns minutos. Ela passa a mão na parede gélida de pedras.

— Me conte a história deste túnel.

— Bom, essa é uma looonga história, mas temos bastante tempo. – acerta os óculos sobre o nariz. — Meu avô era o dono dessas terras. Quando ele faleceu, ele deixou um documento passando a propriedade toda para mim. A princípio estranhei, pois ele deveria ter deixado para seus onze filhos, ou para todos os netos. Mas não, deixou apenas pra mim. O que gerou muita discórdia na época.

— Você era criança?

— Não, não. Nessa época eu já era padre e não morava mais na fazenda do meu avô.

— Você era padre?

— Sim, fui padre por muitos anos. Desde quando eu era criança eu dizia que seria padre.

— Você não tinha me contado isso.

— São muitos anos, acabo esquecendo. – ri. — Então, quando eu tinha 27 anos, fui para a cidade de Ouro Preto e permaneci por lá até os meus 42 anos, e só retornei pra cá quando meu avô morreu e tive que assinar a documentação. Aí acabei assumindo uma igrejinha aqui mesmo. Foi quando eu conheci Pedro, ele veio até mim, dizendo que precisava se confessar, e eu o escutei. Foi quando me contou tudo, me falou quem realmente era, disse que conhecia meu avô há muitos anos e que precisaria de minha ajuda.

— Ele disse que era Pedro Palácios? – fala, espantada.

— Sim, mas eu não acreditei, claro. – ri. — Achei que estivesse ficando esclerosado, pois ele já era um senhor de idade. Mas continuei escutando. Após alguns dias me contando todas aquelas histórias fantasiosas, me pediu para levá-lo até a casa de meu avô. – faz o gesto de aspas nas palavras fantasiosas.

— E você levou?

— Sim, apesar de achar tudo muito esquisito. Na época, onde hoje é minha casa, era um galpão de madeira, onde guardávamos os materiais. Ao chegar à fazenda, ele pediu para ir direto ao galpão. Eu expliquei a ele que não tinha nada lá, apenas materiais. Mas ele insistiu muito. Então eu o levei. Ao chegar lá, me lembro como se fosse hoje, ele abriu a enorme porta daquele galpão velho que estava caindo aos pedaços e me pediu que retirasse a carroça do local onde estava.

Verônica escuta a história atentamente, enquanto caminha pelo longo túnel.

— Quando retirei a carroça, ele puxou uma espécie de lona que tinha debaixo e pude ver uma portinhola. Ele a puxou para cima, dando acesso a este túnel.

— Nossa. Você deve ter ficado tão espantado quanto eu.

— Siiim... – sorri. — Desci as escadas e comecei a encher Pedro de perguntas, foi quando vi que tudo aquilo que havia me contado começava a fazer sentido. Nós caminhamos pelo túnel e, em certas distâncias, ele acendia as tochas para iluminar o local, até que chegamos a um paredão de terra, com pedras e vários equipamentos de escavação.

— Então o túnel não estava completo?

— Não, quando meu avô faleceu, meus parentes brigaram pelas terras e proibiram que qualquer um entrasse na propriedade. Então a obra acabou sendo paralisada, até porque meus parentes não podiam saber deste túnel, foi aí que entendi o motivo de ele ter deixado as terras para mim. Quando vim aqui pela primeira vez, Pedro me explicou o motivo deste túnel existir, foi quando me apresentou a seu pai.

— Meu pai?

— Sim, ele tinha acabado de construir o laboratório, e precisava de um local de fuga, caso desse algo de errado. Mas esse túnel acabou demorando mais uns cinco anos pra ficar pronto, pois na época tudo era muito difícil.

— Mas você aceitou toda a história que te contaram?

— No início foi muito difícil pra mim. Mas, ao longo do tempo, seu pai foi me apresentando a alquimia, então me apaixonei e tudo ficou mais fácil. Uns dois anos depois que nos conhecemos, comecei a tomar o elixir da vida. No início não acreditei muito, mas quando fiz 60 anos e continuei com a mesma cara, aí, sim, acreditei cem por cento em tudo. – passa a mão na barba e ri.

— Pra mim ainda é muito difícil acreditar. Ou melhor, aceitar.

— Entendo, mas tudo se tornará mais fácil após seu aniversário.

— Me tire uma dúvida, por que largou a batina?

— Fiquei por muito tempo na igreja, mais ou menos uns 34 anos, e nesse período, de tempos em tempos, eu tinha que me mudar de paróquia e de personagem. – faz sinal de aspas na palavra personagem. — Até que um dia surgiu uma linda mulher em meu confessionário. Ela passou a ir todos os dias à missa e sempre se confessava. Eu fui me apaixonando cada dia mais. Pedia perdão a Deus todos os dias. Mas em uma das confissões dela, ela me disse que estava apaixonada por um servo de Deus e que estava se punindo por isso.

— Como assim?

— Ela passava horas ajoelhada sobre grãos de milho rezando e pedindo perdão. Então criei coragem, saí de dentro do confessionário, peguei na mão dela, olhei no fundo de seus olhos e disse que estava apaixonado por ela.

— Sério que fez isso?

— Sim, ela começou a chorar e a se culpar por estar me tirando do caminho de Deus. Eu a expliquei que formar uma família também é muito abençoado por Deus. Então foi quando decidi que a batina já não me pertencia mais. Tempos depois, nos casamos. Após 23 anos de casados, eu a perdi para um tumor maligno.

— Que triste. – fala em tom baixo.
— Muito. Foi a dor mais forte que senti em toda minha vida.
— E não teve filhos?
— Não posso. Quando eu era criança tive caxumba e fiquei infértil.
— Hum.
— Chegamos.

Eles chegam ao final do túnel, onde há uma grande parede de pedras, sem nenhuma saída.

— O túnel acaba aqui? – coloca a mão sobre a parede à sua frente. — E como entrar?

Paulo coloca a mão sobre uma pedra na parede à sua esquerda e a aperta. Em segundos, começam a escutar vários barulhos de roldanas e a parede à sua frente se abre, dando espaço a uma escada de pedras. As luzes desse fosso se acedem e Verônica percebe que é o mesmo fosso por onde Paulo surgiu no laboratório, quando saiu de dentro do armário.

55

Acorda assustada com o barulho de seu celular, bate a mão sobre o criado-mudo e derruba o copo de água no chão.

— Que porra! – olha para o relógio. — Alô. – atende com raiva e, ao mesmo tempo, com voz de sono!

— Preciso que venha para o Rio agora!

— Ben?

— Quem mais poderia ser? – é totalmente arrogante. — Se arrume e venha! Preciso de você aqui.

— Mas são três e pouca da manhã... – é interrompida.

— Não me interessa. – aumenta ainda mais a voz. — Venha agora.

Samantha se levanta e pisa em um pedaço de caco de vidro.

— Puta que pariu! – deixa o celular cair no chão.

Ela se abaixa e pega o celular.

— Me desculpe. – fala enquanto se senta na cama, olhando para o pé.

— Samantha, não tenho tempo para suas desculpas. Seu voo sai em três horas. Me avise assim que estiver no avião. – desliga.

— Que filho de uma puta! – xinga Ben e joga o celular sobre a mesa.

Minutos depois, já está pronta para sair, sabe que é obrigada a obedecer. Manca ao andar enquanto puxa sua pequena mala de rodinhas sobre o corredor do prédio onde mora. Cada passo é um tormento, pois sente como se o corte em seu pé estivesse se abrindo com aquela bota apertada.

Ao chegar ao aeroporto, vai até a cabine fazer seu *check-in*.

Alquímio - A descendente

Sente seu celular vibrar, o pega imediatamente. Recebe o endereço de um hotel e informações sobre a reserva de seu quarto. Responde à mensagem informando que o voo está no horário e que sairá de Vitória às 6h30. Seu telefone toca no mesmo instante.

— Você sabe que faltam poucos dias pra tudo acontecer. – a voz está mais calma desta vez.

— Sim. – responde baixo.

— Você é uma das poucas pessoas de nosso grupo em que confio cegamente!

— Eu sei.

— Então preciso que esteja aqui. Pois ocorreram mudanças nos planos.

— Como assim?

— Sua amiga. – fala em códigos. — Está hospedada no hotel em Copacabana, por isso preciso que a vigie de perto.

— Mas e nosso amigo gordo daqui?

— Já mandei outra pessoa para vigiá-lo.

— Ele estava muito calmo no dia em que foi afastado.

— Esquece isso. Me avise quando chegar ao hotel. – desliga.

Horas depois, desce do táxi de frente para aquele hotel luxuoso. Entra no saguão e vai direto ao recepcionista, que está vestido com um terno azul petróleo.

A simpatia daquele rapaz a enoja, já que estava muito mal-humorada com tudo aquilo. Entrega os documentos e recebe sua chave de acesso à suíte *master*.

Ao chegar ao corredor, passa direto pela porta indicada no cartão do quarto, indo até a porta ao lado. Força a porta, como se estivesse tendo problemas com o cartão de acesso.

Uma camareira que passava no momento oferece ajuda. Samantha se irrita e a expulsa do local.

Assim que a camareira sai do corredor, Samantha força novamente a porta e cola a orelha nela, mas não escuta nada.

Então retorna à sua porta e adentra a suíte. Larga a mala próxima a uma poltrona branca na sala e vai direto para a cama.

Minutos depois é acordada por seu celular.

— Alô! – atende com voz de sono.

— O que você está fazendo?! – grita. — Eu mandei você pra aí, pra vigiar a Verônica, e não ficar dormindo!

— Eu sei. – ela se levanta rapidamente, sentindo-se tonta.

— Ela saiu do hotel há cinco minutos e você continua na porra da suíte, sua vagabunda!!! – grita ainda mais.

— Calma, Ben.

— Calma? Se não fossem nossos homens lá de fora, eu tava fodido.

— Já vou atrás dela. Não precisa gritar. – a ligação é interrompida.

— Esquece!! – grita. — Vá atrás daquele ruivo filho da puta e acaba com ele!

Em seguida, recebe em seu celular a localização da escola onde Paulo leciona, por meio de um GPS.

Penteia os cabelos, retoca a maquiagem e segue a ordem recebida.

56

— Sempre fui apaixonada por esse lugar. – acaricia a bancada do laboratório.

— Verônica, não temos muito tempo. – olha para seu celular. — Acabei de receber uma mensagem da pessoa que está hospedada em seu lugar, ela disse que está sendo seguida. – pega uma caixinha com lâminas em um armário debaixo da bancada esquerda e coloca ao lado do microscópio. — Vamos focar aqui. Me dê sua mão. – estende o braço.

Verônica coloca a mão sobre a mão de Paulo.

— O que vai fazer?

— Preciso de uma gota de seu sangue.

Ela puxa a mão imediatamente.

— Tá doido? O que quer com meu sangue.

— Preciso que veja algo. – Paulo vai até o sofá que fica na saleta e pega um potinho com uma planta em um pequeno vaso que estava dentro de sua mochila.

— O que é isso?

— Uma plantinha quase morta.

Paulo pega um tubo de ensaio e enche com água da torneira.

— Por favor, me dê seu dedo. Não vai doer, é apenas uma picadinha.

— Tudo bem. – coloca sua mão sobre a mão de Paulo.

Ele fura o dedo indicador de Verônica com uma agulha e aperta até formar uma gota de sangue.

— Tome. – entrega o tubo de ensaio com a água. — Tampe a abertura de forma a deixar a gota de sangue para dentro dele e sacuda bem.

Verônica faz exatamente o que ele pede, e em poucos segundos seu sangue se mistura ao pouco de água que há dentro do tubo.

— Agora coloque a água sobre essa plantinha quase morta, por favor. – entrega a plantinha para Verônica.

Verônica pega a planta totalmente murcha, coloca sobre a bancada e joga vagarosamente a água com sangue sobre ela.

— Tá, e agora? – olha com cara de deboche para Paulo.

— Fique olhando para a planta.

Verônica balança a cabeça negativamente e sai de perto da bancada.

— Verônica, olhe! – aponta para a planta.

Ela se vira e quando olha para a plantinha fica assustada.

— Como isso aconteceu? A planta já estava quase morta e agora parece que acabou de nascer. – pega a planta e procura por outra ali perto.

— Essa é a planta. – Paulo ri. — Seu sangue fez isso com ela.

— Como isso é possível? – coloca a planta de volta à bancada.

— Você se recorda de quando me perguntou o que seu sangue tem de diferente?

Verônica balança a cabeça positivamente ainda meio assustada com o que acabara de ver.

— Pois bem, seu sangue possui um fator diferente de todos nós. – acerta os óculos. — Ele possui uma capacidade de regeneração muito forte.

— Tá dizendo que se eu me cortar, o machucado vai se curar mais rápido que o normal?

— Sim.

— Agora entendi.

— Do que está falando?

— Outro dia aquela repórter piranha esteve aqui em casa. Eu permiti que ela me entrevistasse, ao final ela acabou me ferindo com a ponta do lápis, chegou a sangrar. Mas quando me limpei, não tinha machucado, apenas estava sujo de sangue. – passa a mão sobre seu antebraço. — Mas por que isso nunca aconteceu antes?

Alquimio - A descendente

— Por causa da sua idade. Afinal de contas, está prestes a completar vinte e oito anos.

— O que vai acontecer comigo quando eu completar vinte e oito anos?

— Vai se tornar uma imortal.

— Tá dizendo que nunca vou morrer?

— Infelizmente não sabemos muita coisa.

— Puta que pariu! – sai do laboratório e vai até a saleta.

— Estaremos ao seu lado. – fala calmamente, tentando acalmá-la.

— Eu não quero viver pra sempre! – grita. — Quero uma vida normal!

— Eu entendo, mas você infelizmente não tem escolha.

Verônica se senta no sofá, colocando os cotovelos sobre as pernas, e enfia os dedos sobre seus cabelos negros.

— Preciso que veja mais uma coisa.

— O quê?

— Preciso que conheça seu próprio sangue.

— Como assim?

— Me dê mais uma gota de seu sangue.

— Tá. – estica a mão. — Não vou mais discutir.

Paulo fura novamente o dedo de Verônica e o aperta formando uma gota, e a coloca sobre uma lâmina de microscópio.

— Venha ver.

Verônica se levanta e segue Paulo até o microscópio.

— Olhe. – aponta para o microscópio. — Conheça seu sangue, o fator RhZ.

Verônica se aproxima do microscópio e analisa a lâmina com seu sangue.

— Puta que pariu! Que porra é essa?

— Esse é o seu sangue, criança.

— Mas nem parece sangue humano! – fala alto.

— Seu sangue é especial.

Ela continua olhando o microscópio, como se não acreditasse no que estava vendo.

— O seu pai estava estudando uma forma de utilizar o seu sangue para conter o câncer de sua mãe, mas infelizmente seu sangue ainda não era tão forte como hoje.

Ela olha para Paulo com um semblante triste.

— Eu não me lembrava de minha mãe estar doente.

— Infelizmente ela estava. – Paulo retira a lâmina do microscópio e coloca a capa de volta sobre ele. — Mas seu pai estava conseguindo mantê-la bem. O câncer, apesar de muito grave e raro, estava estável. Por isso não se lembra dela doente, ela quase não apresentava sintomas.

Verônica enxuga uma lágrima que escorria por seu rosto.

— Vamos, precisamos nos apressar. – apaga a luz do laboratório, abre a porta do armário, coloca o pé sobre o fundo dele, fazendo com que o tampo se mova, dando lugar ao fosso com uma escada de pedras indo em direção ao túnel. — Afinal, temos uma longa caminhada de volta.

57

Pilota sua moto velozmente, sente as rodas cortarem o asfalto, se lembra de cada detalhe dos dois dias mais estranhos de sua vida.

Em poucos minutos, chega à pousada. Estaciona a moto, passa pela recepção e segue rapidamente para o quarto.

Joga a mochila sobre a cama e vai direto para o chuveiro.

A água quente bate sobre sua cabeça e escorre por todo seu corpo. Fecha os olhos e se recorda daquele homem estranho do espelho, se lembra da flor que revivera com apenas uma gota de seu sangue.

Enfia os dedos sobre os cabelos encharcados e emite um grito apertado por entre os dentes cravados.

Escuta umas batidas na porta, imediatamente sai do banho e veste o roupão.

Abre a porta do banheiro e dá de cara com Rosenberg.

— Puta que pariu! – grita com ele. — Quer me matar de susto?

— Eu te matar de susto? – fala num tom meio ríspido. — Tô te ligando desde ontem de noite. Seu celular só caía na caixa postal, e ainda por cima não respondeu minhas mensagens. – fala alto, chamando a atenção de Verônica. — É você quem tá querendo me matar do coração.

— Me desculpe. – abaixa a voz. — Eu precisava ficar só. Precisava de um tempo pra mim.

— Hoje pela manhã liguei pra Dra. Cláudia, e ela me disse que você nem foi lá. - coloca a maleta sobre a mesa de madeira. — O que me deixou ainda mais preocupado.

— Sim, eu não fui. Percebi que o que eu queria era ficar sozinha. Então desmarquei com ela.

— Mas como você está? – acaricia as laterais dos braços de Verônica e se aproxima para beijá-la.

— Agora estou melhor. – ela se desvia dele e se senta na cama. — E o que você tanto queria falar comigo?

— Queria saber como estava e te falar que consegui que liberassem sua casa.

— Sério?! – sua voz muda completamente. — E quando posso ir pra minha casa?

— Amanhã, já estão terminando a reforma e limpeza.

— Reforma?

— Sim, conversei com a Dra. Helena e ela autorizou. Pedi que não deixassem nenhum rastro do que aconteceu.

— Mas... – ele a interrompe.

— Fique tranquila, pedi que deixassem do jeito que sempre foi.

Verônica se levanta sem falar.

— Falei algo de errado?

— Não. – fala baixo e vai em direção ao banheiro. — Preciso me trocar.

Rosenberg se levanta rapidamente e entra na frente de Verônica. Coloca a mão no pescoço dela carinhosamente e a beija intensamente.

Verônica se entrega ao beijo. Ele enfia os dedos por entre os cabelos molhados dela e aperta próximo à nuca.

Puxa levemente os cabelos dela para baixo de forma a levantar seu queixo, e a beija no pescoço.

Escorrega sua outra mão sobre o roupão branco e felpudo até desatar o laço e o desprendê-lo totalmente. Com uma mão em cada ombro, ele empurra o roupão, fazendo-o cair no chão.

Ele a pega no colo sem parar de beijá-la e a coloca na cama lentamente. Ela fica deitada de barriga para cima, admirando-o enquanto ele retira seu terno.

58

Acorda assustada, olha para o relógio em seu punho, marca 9h33. Ela se levanta rapidamente.

Percebe que está sozinha no quarto. Em cima da mezinha de madeira há uma bandeja com o café da manhã e um vasinho de violetas roxas, dentro dele um pequeno cartão dourado.

"Adorei nossa noite, a próxima será melhor ainda!"

É interrompida pelo toque de seu celular.
— Bom dia, Verônica! Tudo bom?
— Ei, Tia Helena. Como conseguiu esse número?
— O Caio me passou. – fala com intimidade. — Você me deixou muito preocupada.
— O que eu fiz?
— Seu amigo policial esteve aqui te procurando. Disse que você tinha vindo conversar comigo e não estava mais conseguindo falar com você.
— Ah... – engole seco. — O Caio esteve aí?! Ele não me disse isso.
— Sim. Ele estava muito preocupado com você. Acho que ele gosta de você.
Verônica escuta um risinho do outro lado da linha.
— Então... – respira, pensando numa resposta. — Eu usei seu nome apenas como uma desculpa para fugir daqui. Fui aí pro Rio e me isolei um pouco de tudo. Mas agora eu tô melhor.

— Que bom, querida. Sabe que me preocupo com você.
— Sim.
— Te liguei também pra te avisar que autorizei que fizessem uma pequena reforma em sua casa, e ela já está liberada.
— Que ótima notícia.
— Todos os funcionários já retornaram pra lá.
— Obrigada, tia!
— Verônica, minha querida, por que não vende essa casa? Ela é muito grande... – é interrompida.
— Você já sabe a minha resposta.
— Mas...
— Não, por favor. Não insista nesse assunto.
— Tudo bem.
— Obrigada por me ligar. Foi bom ouvir sua voz.
— Verônica, pode me ligar quando quiser.
— Eu sei.
— Só mais uma coisa.
— Sim...
— Precisamos conversar sobre sua sucessão no Conselho de Administração... – é interrompida novamente.
— Já sei... já sei... Conversamos depois do meu aniversário. Pode ser?
— Claro, querida. Faltam poucos dias. Estarei aí para te dar um abraço.
— Beijo. Nos vemos daqui uns dias, então.

Verônica desliga o celular e corre para se arrumar. Não vê a hora de sair daquele hotel e retornar para sua casa.

Em poucos minutos, já está na estrada rumo a seu lar.

Ao se aproximar da entrada de sua casa, avista um senhor com um rosto conhecido, em cima de uma escada, pintando o grande portão. Verônica para a moto do lado de fora e abaixa a viseira de seu capacete.

— *Good morning, Miss!* – fala o senhor, descendo a escada.

Verônica retira o capacete e desce da moto, olha para o senhor sem acreditar no que estava vendo.

— John?!

Alquimio - A descendente

Ele retira a escada de perto do portão e aciona o motor, abrindo-o. Verônica entra lentamente empurrando a moto e olhando para ele, ainda sem acreditar. Ele se aproxima de Verônica com um sorriso no rosto.

— Que saudade, senhorita. – fala em inglês. — Só não te dou um abraço porque estou todo sujo.

— Ah, vem cá! – Verônica o abraça. — Mas o que está fazendo aqui?

— Foi o Dr. Giancarlo que me contratou. Me perguntou se eu gostaria de viver uma aventura. Como eu não tinha nada a perder lá nos Estados Unidos, e aqui eu ganharia, aceitei o emprego – fala sorrindo.

— Nossa, estou muito feliz em te ver. Mas não quero o senhor cuidando da minha casa! Você será meu motorista oficial.

— Senhorita, estou aqui para servi-la. – sorri. — Agora preciso terminar o que comecei. – pega a escala e a recoloca próxima ao portão.

— Não quero o senhor mexendo com essas coisas. – aponta para a escada, onde há um balde de tinta.

— Deixe-me terminar esta tarefa e depois conversamos.

— Tudo bem. Vou entrar e depois você vai lá.

Verônica se despede e segue em direção à sua casa.

No meio do caminho, recebe uma ligação de número privado.

— Verô... você preci... – a ligação picota.

— Paulo? É você? Não estou te entendendo.

— O... é seu ini... – sua voz está ofegante.

— Não consigo te entender, a ligação está muito ruim.

— Ele... vai te... você tem que... – cai a ligação.

— Alô, alô – fala desesperada.

A ligação é interrompida e Verônica fica sem saber o que ele estava falando.

59

O silêncio predomina no local, a penumbra o impossibilita de enxergar o que há ao seu redor. Seu corpo dói por inteiro, a câimbra percorre cada parte, descola o rosto e barriga do chão, virando-se para cima. Algo estala e um gemido de dor se espalha, ecoando por entre as paredes azulejadas.

Seus olhos começam a se acostumar com a escuridão. Esforça-se para se levantar, sente o chão frio e úmido, a fraqueza derruba. Sua cabeça lateja com força, põe as mãos sobre ela e sente algo pegajoso por entre os dedos.

Um cheiro podre invade suas narinas, mais uma vez se esforça para se sentar, e novamente um grito de dor é lançado para fora de sua garganta. Passa a mão em sua perna e sente que há uma fratura exposta.

— Socorro! – grita na tentativa de conseguir ajuda.

Ele arranca a camisa e amarra com força em sua perna de forma a evitar o sangramento contínuo. Novamente, é possível ouvir os gritos de agonia.

Seus olhos começam a transmitir melhor as imagens do local. Consegue identificar que está em uma espécie de sala, vazia e sem janelas, sente algo gosmento ao seu redor e percebe que há sangue espalhado por toda parte. À sua frente, avista uma porta.

— Socorro! Tem alguém aí? Estou ferido! – mais uma vez o silêncio é quebrado por sua voz desesperada por ajuda.

Arrasta-se para perto da porta, e acaba batendo sua perna machucada em algo macio. Trava sua mandíbula, segurando o grito de dor.

Força seus olhos e tateia o chão, na tentativa de descobrir em que havia encostado. Então sente o que parecia ser um corpo já em estado de decomposição. No mesmo instante, o vômito sai por sua garganta.

Continua a se arrastar, até chegar à porta, com muita dificuldade puxa a maçaneta, ao abrir a porta, cai para o lado de fora, em um corredor desprovido de iluminação.

A dor é cada vez mais insuportável. Encosta-se na parede, colocando a mão sobre a cabeça.

— Meu Deus, ele vai pegá-la e fui incapaz de protegê-la. Eu não deveria ter deixado que ela voltasse para o hotel. Se tivesse ficado em minha casa estaria segura. Eu preciso sair daqui! – o som da voz de desespero e dor ecoa pelas paredes do local.

Puxa sua perna machucada, se apoiando no marco da porta na tentativa de se levantar. Mais um grunhido de dor é espalhado por todo o ambiente.

Com muita dificuldade, consegue ficar de pé. Locomove-se colado à parede, sente que em certos trechos a parede está descascada, o que provoca alguns arranhões em seu braço.

Caminha com muita dificuldade, apoiando o braço esquerdo sobre a parede e puxando a perna ferida com sua mão direita. De repente, ao puxar a perna, bate em um grande objeto que o faz cair no chão.

Escuta o som do objeto rolar sobre o chão e, em segundos, um estrondo de metal batendo provavelmente em uma parede ecoa por todo aquele corredor.

Mais uma vez, é forçado a se levantar, ao apoiar no chão, escorrega na poça de sangue que havia se formado, fazendo-o bater com as costas na parede. Tem plena consciência de que não tem muito tempo antes de desmaiar.

Começa a se arrastar, tateando à procura daquele objeto, até bater o braço nele. Tateia o objeto, sentindo o metal gelado com rodas, e na parte superior uma espécie de plataforma acolchoada.

— Uma maca! Obrigado, meu Deus!

Puxa a maca e a encosta na parede, evitando que ela deslize, se apoia na superfície e se esforça para se levantar. Ao conseguir, se deita de barriga para baixo, deixando a perna boa para fora, de forma que possa empurrar.

Juliana Wegn

Segue empurrando vagarosamente pelo longo corredor cheio de portas, identificadas apenas pelo toque de suas mãos, o que leva a crer que está em um hospital abandonado.

Sente que a maca começa a descer, e vai pegando cada vez mais velocidade. Apoia o pé no chão, na tentativa de parar, sente o corrimão passar pelos dedos de sua mão, e de repente é arremessado com força para o chão.

60

— Nica, onde você está? – fala excessivamente rápido.
— Calma, Lu! Respira pra falar!
— Você está em casa?
— Tô.
— Tô quase chegando na sua casa. Vá me encontrar no portão agora!
— Luana, o que... – é interrompida.
— Rápido! – desliga o telefone.

Verônica não entende o que está acontecendo, mas obedece a sua amiga. Coloca os sapatos, pega sua bolsa, desce as escadas correndo.

— Verônica, aconteceu alguma coisa?

Verônica passa rapidamente por Dona Rosa, sem responder à pergunta. Sai batendo a porta principal com força.

Corre por entre os ladrilhos do caminho e chega ao portão quase sem fôlego.

— Abra o portão! – fala com um pouco de dificuldade sem medir as palavras.

— Senhorita, está tudo bem? – pergunta o segurança, temeroso em abrir o portão.

— Abra! – novamente é ríspida.

Ele fala qualquer coisa, enquanto ela passa pelo portão.

Em minutos, uma moto BMW S1000RR preta se aproxima da entrada da casa. O piloto é uma mulher vestida com um macacão preto em couro com alguns detalhes em vermelho.

— Vamos! – Luana abaixa a viseira, entregando um capacete à Verônica.

— Lu?! Desde quando você pilota?! – ri.

— Não temos tempo para conversar! Você está correndo perigo.

— Como assim?

— Sobe logo, Nica! – grita.

Verônica coloca o capacete e sobe na moto. Luana segue pela Rodovia Washington Luiz e, em poucos instantes, a moto passa dos 200 km/h.

À sua frente, surge de uma ruela um carro preto com sirene sobre o teto, invadindo a pista, obrigando Luana a frear bruscamente. Ela tenta desviar do veículo para não bater, mas os pneus derrapam na areia espalhada pelo asfalto, tornando impossível manter o equilíbrio, fazendo-a tombar com a moto, jogando-as no chão.

Luana cai, desmaiando no mesmo instante. A moto está sob a perna de Verônica, ela tenta levantar a moto para puxar a perna e sente parte de sua pele descolar, fazendo-a gritar de dor. Apesar da visão turva, avista um homem vestido de terno preto vindo em sua direção.

Em poucos instantes, seu capacete é arrancado com força e a moto é jogada para o outro lado, liberando sua perna e, mais uma vez, grita de dor.

O homem a pega, colocando-a sobre seu ombro.

— Me larga! – esperneia, tentando se defender.

Ele a coloca no chão e a empurra sobre o carro. Ela força a vista para tentar desembaçar a visão.

— Você?! – seu coração quase sai pela boca. — O que está fazendo comigo?

Ele ignora a pergunta e a vira de costas para ele, a apoia sobre o capô do carro segurando com força suas mãos e as amarra com uma abraçadeira.

Verônica tenta reagir, ele empurra a cabeça dela até o capô.

— Fique quietinha. – fala próximo ao ouvido dela. — Agora você vai dormir um pouco, está muito nervosa.

Ela sente uma picada em sua jugular, o líquido gelado percorre sua veia e a deixa ainda mais fraca.

— Luana! Acorde! – fala embolado, emitindo suas últimas palavras antes de desmaiar.

Respira profundamente como se precisasse de muito ar, levantando rapidamente seu pescoço, que estava pendurado. Sente dor por todo o corpo, então percebe que está totalmente imobilizada, com as mãos e os pés amarrados em uma cadeira de madeira.

Tenta se soltar, mas quanto mais se mexe, mais apertados ficam os nós.

Repara que a ferida de sua perna provocada pelo escapamento da moto já está completamente fechada.

Olha para todos os lados tentando identificar onde está, e percebe que está dentro de um casebre de madeira, sem nada dentro.

O casebre é bem velho, provavelmente está abandonado há anos, repara que em algumas paredes há buracos na madeira. Ao seu lado, há um freezer ligado em uma bateria de carro. As duas janelas à sua frente estão tampadas com tábuas novas, provavelmente colocadas ali há pouco tempo.

— Acordou, princesa?

Sente-se grogue, como se estivesse em uma embarcação. Olha para o homem com ódio.

— Onde está a Luana? – fala embolando a língua.

— Sua amiga deve ter virado tapete de caminhão.

Ele acaricia o rosto de Verônica com os nós dos dedos, colocando os cabelos para trás das orelhas.

— Você é tão linda! Foi difícil não me apaixonar por você.

— Seu monstro! – grita cuspindo na cara de Rosenberg.

— Sua vadia! Nuca mais faça isso! – segura com força o queixo de Verônica.

Verônica puxa o rosto para o lado, com nojo e ódio. Ela se esforça na tentativa de se soltar.

— Não adianta, meu amor, você não vai sair daqui viva.

As lágrimas escorrem pelo rosto de Verônica.

— Não chore. – beija e lambe a lágrima que escorre pela bochecha. — Tenho uma surpresa pra você!

— Me solta... – gagueja ao falar. — Por favor!

— Claro, afinal, daqui a algumas horas será um dia muito importante pra nós, o seu aniversário. Temos que comemorar.

Pega o rolo de *silver tape* que estava em cima do freezer, retira vários pedaços grandes e prepara algo fora do alcance de visão de Verônica.

Verônica sente uma agulha entrando em seu braço.

— Fique tranquila, isso não vai te apagar. É só para garantir que não vá fazer nenhuma besteira.

Começa a sentir seu corpo pesado, seu coração bate cada vez mais lento, suas mãos e pés começam a suar.

Ele retira as cordas que a prendem naquela cadeira de madeira e a leva para um colchão velho que está no chão do canto do casebre.

— Qual seria a melhor forma de comemorarmos seu último ano de vida? – sorri e acaricia o rosto de Verônica. — Fodendo, é claro!

Ele a deita sobre o colchão, corta a blusa, arranca o sutiã, expondo os seios de Verônica. Vagarosamente retira a calça dela, deixando-a apenas de calcinha.

— Você é um tesão! – ele olha para o relógio. — Temos que nos apressar, faltam poucos minutos para a meia-noite.

Verônica chora, seu corpo está totalmente inerte.

— Quero trepar gostoso pela última vez com você!

O celular de Rosenberg toca.

— Puta que pariu! – ele se levanta, pegando o celular. — Já volto princesa. – a beija na testa e sai do casebre.

Verônica sente seu coração acelerar, algo percorrendo todo seu corpo como se tivesse encostado em um fio de energia elétrica. Então sente que consegue mover seus dedos e, em poucos minutos, a anestesia desaparece totalmente de seu corpo.

Senta-se no colchão e coloca a camisa de botões de Rosenberg. Levanta-se lentamente, o chão roda e cai sentada no colchão.

Novamente se levanta, anda devagar até chegar à porta. Avista Rosenberg perto do carro, discutindo ao telefone. Sai pela porta vagarosamente e segue pela mata da floresta.

O céu é iluminado por um raio que cai ali próximo, o estrondo do trovão se espalha pela floresta. De repente, a chuva começa a cair.

Alquímio - A descendente

Verônica corre por entre as árvores, seus pés nus são dilacerados pelos restos de plantas espalhados pelo chão, a chuva é torrencial, as gotas batem como agulhas sobre sua pele esfolada pela mata.

O vento sussurra como lobos ao longe, as árvores sacodem forte, batendo seus galhos uns aos outros.

Ao longe, é possível escutar os gritos.

— Verônica, não adianta se esconder! Sua vagabunda!

Ela não para de correr, o frio toma conta do seu corpo, a pouca roupa que ainda lhe resta não é capaz de aquecê-la. Mesmo com toda a adrenalina percorrendo seu corpo, o cansaço começa a dominar suas pernas. Ela tropeça em um galho de árvore e cai sobre uma planta pontiaguda, o grito de dor é inevitável.

— Escutei seu grito, meu amor. Já estou chegando pra te levar pra casa.

Ela se levanta, o sangue e a lama se misturam e escorrem por seu corpo, as lágrimas caem, e já não consegue mais controlar os soluços.

Verônica caminha com muita dificuldade apoiando nos troncos das árvores, e de repente sente uma pancada forte em sua cabeça, fazendo-a cair sobre uma poça de lama.

— Te peguei, vagabunda!

61

Verônica acorda novamente presa à cadeira de madeira, desta vez com seus punhos e pernas presos com *silver tape*. Seu corpo todo treme de frio, está pálida com os lábios roxos, sente o sangue quente escorrer pela nuca e se misturar com a água gélida de sua camisa colada a seu corpo.

— Viu o que você fez, sua puta?! Não vamos mais poder nos divertir.

Verônica está com a cabeça caída para frente, já não consegue mais abrir os olhos ou se mover. Sente uma agulhada em um de seus braços, minutos depois no outro, e como se não bastasse, algo invade sua carótida.

Em alguns minutos, sente seu sangue ser bombeado para fora de seu corpo, então adormece profundamente.

A chuva para, dando lugar à claridade do nascer do sol, que começa a invadir o local, despertando Verônica. Nesse momento, sente-se ainda mais fraca e mais próxima da morte.

— Sei que está acordada. – coloca as mãos nas coxas nuas de Verônica, deslizando até próximo à calcinha. — Vou te contar um segredo. – aproxima sua boca ao ouvido de Verônica, cochichando as palavras. — Seu sangue me fará ser imortal.

Rosenberg corre até a janela, engatilhando a arma. De repente, Verônica escuta gritos, reconhece a voz de Giancarlo. Mas permanece inerte, sem forças para falar.

Escuta o barulho do ranger das dobradiças da porta. Em pouco tempo, a voz dele está mais próxima.

— Verônica! Acorde! – fala Giancarlo, levantando a cabeça dela carinhosamente.

Ela escuta algo como uma pancada, Giancarlo fora atingido em cheio na cabeça. Em seguida, escuta o som do corpo caindo ao chão.

— Achou que seu príncipe encantado fosse te salvar? – Rosenberg puxa os cabelos dela pra cima de forma a expor seu rosto pálido. — Você tá horrível! – solta com força a cabeça de Verônica.

Escuta a porta sendo fechada violentamente e o desenrolar da *silver tape*, Giancarlo estava sendo imobilizado.

Um som estranho vindo de fora do casebre assusta Rosenberg, fazendo-o correr novamente para a janela, olha pelos buracos da madeira, tentando identificar o que poderia ser, mas não avista nada.

Escuta um som metálico batendo no chão, e o gás começa a subir, era uma bomba de gás lacrimogênio. Rosenberg pega a bomba e a joga para fora pelo mesmo buraco da parede.

— Porra! – Rosenberg grita. — O que esse gordo tá fazendo aqui?

Rosenberg passa o braço pelos olhos, enxugando as lágrimas provocadas pelo gás.

— Apareça seu desgraçado! – Rosenberg grita.

A porta é forçada por alguém do lado de fora. Rosenberg coloca a arma na cabeça de Giancarlo, obrigando-o a levantar.

— Levanta logo, filho da puta!! – puxa Giancarlo e o faz de escudo, colocando uma arma na cabeça dele.

Vai até a porta para tentar identificar onde Soares estava, e um estrondo invade o local. Uma pequena explosão arremessa a porta com força em cima de Giancarlo, derrubando-o no chão com Rosenberg.

Rosenberg corre agachado até chegar à mala que estava perto do colchão. Retira uma submetralhadora de dentro dela, e começa a atirar nas paredes.

— Se você se aproximar, vou matar essa vagabunda. – grita.

Então escuta um ronco de motor de um veículo grande. Rosenberg corre até o marco da porta na tentativa de entender o que está acontecendo do lado de fora, e vê uma caminhonete vindo em alta velocidade na direção do casebre.

— Eu vou te matar, seu filho da puta!

Rosenberg vai para o lado de fora e começa a atirar contra a caminhonete, o vidro blindado impede que os tiros acertem Soares. Em poucos segundos, Rosenberg é atingido pelo carro, ficando preso entre o para-choque e a parede de madeira do casebre.

Soares desce do carro empunhando sua arma, mira na testa de Rosenberg.

— Você foi marcado pra morrer! – Rosenberg fala com dificuldade, cuspindo sangue. — Eu posso te ajudar com isso.

— Do que tá falando, seu filho da puta?!

— Da marca em seu ombro.

— Cala a boca porra! – grita, mirando a arma para Rosenberg.

— Se você me matar... — engasga-se com o sangue. — Você nunca vai se livrar da culpa pela morte da sua estagiária.

— Foi você, seu filho da puta! – soca o rosto de Rosenberg. — Foi você que matou o Antunes?! – grita, esganando-o.

— Se me matar, você nunca vai saber o que aconteceu. – balbucia, buscando o pouco de ar em seus pulmões.

— Fala logo, filho da puta! – solta o pescoço de Rosenberg.

— Ele era um capacho sem cérebro. – cospe sangue. — E aquela ruivinha era uma chorona! Fraca! – tosse muito e tenta se recompor. — Você precisa de mim pra se livrar dessa porra toda.

— Seu desgraçado! – soca a face de Rosenberg novamente. — Eu nunca fui com a sua cara, seu merda! – puxa os cabelos de Rosenberg, obrigando-o olhar pra cima. — Eu avisei que ia te matar! – o som do disparo ecoa pelas árvores, o tiro é certeiro, bem no meio da testa de Rosenberg.

Soares entra no casebre que está prestes a desabar, corta as fitas de Giancarlo, soltando-o. Os dois correm até Verônica, retiram as fitas e os extensores *polifix* que estão grudados às veias dela. Soares pega o rolo de *silver tape*, enquanto Giancarlo pega Verônica no colo, os dois saem correndo e, em questão de segundos, o casebre desaba.

— Ela não tem muito tempo. - Soares mede a pulsação de Verônica.
— Você precisa levá-la a um hospital. – cola pedaços de fita nos furos provocados pelas agulhas. — Isso vai impedir que o sangue escape.

Verônica está totalmente desacordada nos braços de Giancarlo.

— Ficarei aqui aguardando a polícia.

Giancarlo a põe sobre o banco do carona e segue em direção ao hospital mais próximo.

— Verônica, fica comigo. Você não pode morrer!

Giancarlo dirige em alta velocidade pela Rodovia Washington Luiz, chega ao primeiro hospital que encontra. Entra no estacionamento rotativo, largando o carro de qualquer maneira em frente à guarita. O segurança o adverte por ter deixado o carro em local proibido. Giancarlo entrega as chaves a ele e corre com Verônica em seu colo, chegando à recepção.

— Socorro! Ela está morrendo! – grita por ajuda.

Todos o olham, alguns olhares assustados, outros de tristeza e preocupação. Um homem negro vestido de branco se aproxima. Acena com os braços para uma enfermeira, que logo providencia uma maca. Em questão de segundos, Verônica é levada por um corredor com acesso restrito.

Giancarlo fica imóvel, uma enfermeira se aproxima pedindo para comparecer à recepção, para que pudesse preencher os formulários necessários ao atendimento.

As horas passam, Giancarlo começa a ficar impaciente, anda de um lado para o outro da sala, segura seu queixo e move suas mãos em direção à cabeça, num sincronismo desconcertante.

De tempos em tempos, pede notícias a um ou outro funcionário do hospital que aparece em seu campo de visão.

O mesmo médico que o havia recepcionado sai por uma das portas, Giancarlo o segue, agarrando-o pelo braço.

— Preciso de informações da srta. Verônica.

— Desculpe-me, senhor, só fiz o pré-atendimento, ela está sendo atendida pelo Dr. Douglas Vilaski.

— Já estou aqui há quase três horas sem notícias!!! – grita.

— Com licença. – um homem bem baixo, branco, com barriga bem saliente e calvo interrompe a conversa. — Sou Dr. Douglas, é o senhor quem está acompanhando a paciente Verônica Salles?

— Sim.

— Infelizmente não trago boas notícias. – o médico põe a mão sobre o braço de Giancarlo. — Ela perdeu muito sangue, mais de 40%. Fizemos de tudo, mas ela não resistiu.

Giancarlo fica mudo, se apoia em uma cadeira próxima. Coloca as mãos sobre a cabeça, seus olhos fixam o vazio, quase não escuta mais as palavras do médico, como se sua alma já não estivesse mais naquele local.

Giancarlo, aos poucos, vai retomando seus sentidos e subitamente interrompe as instruções do médico, que discorre sobre os trâmites seguintes.

— Preciso vê-la!

— Me acompanhe, por favor. – diz o médico, visivelmente consternado.

Os dois seguem pelo corredor até chegar a um quarto. Verônica está deitada em uma cama, com as vestes verdes do hospital, coberta por um lençol branco até sua cintura, seu olhar é sereno, como se estivesse em sono profundo, os lábios roxos deram lugar ao seu rosado natural. Parecia estar sorrindo com suas bochechas coradas.

Giancarlo se aproxima dela e acaricia seus longos cabelos negros, colocando-os sobre seu colo, e percebe que ela está sem seu colar.

— Doutor, onde estão os pertences dela?

— Estão aqui, senhor. – põe a mão sobre um saquinho acima da mesinha do local. — Me dê licença, fique o tempo que precisar. – sai fechando a porta.

Giancarlo enxuga uma lágrima no canto do olho. Pega o pacote e retira o colar de Verônica de dentro dele.

— Você está linda, como sempre. A partir de hoje, os ventos da mudança soprarão com a força de um vendaval! Sinto que mais uma vez a guerra nos encontra e o cheiro de sangue e morte, mais uma vez, irá nos rodear! – Giancarlo segura o colar com tanta força que praticamente fere suas mãos. — Esse colar lhe pertence e nunca poderá ser retirado de você. – ele coloca o colar no pescoço dela. — Descanse.

Giancarlo a beija no rosto e sai do quarto.

62

O dia está lindo, as árvores sacodem com o vento do outono jogando suas folhas pelo chão. O jardim era o lugar preferido de Verônica quando criança, o lugar está impecável, com toda sua flora perfeitamente aparada e muito bem cuidada, sem qualquer sinal de abandono, sendo agora invadido por ares de revolta, tristeza, despedida e saudade.

Há várias cadeiras enfeitadas por azaleias, as flores que Verônica tanto gostava. No centro de tudo, está a tenda onde Verônica descansa serenamente entre as flores que a recobrem.

Dona Rosa está aos prantos, sentada em uma das cadeiras próximas à Verônica. Ao seu lado está John, que também chora enquanto balbucia algumas palavras em inglês. Algumas pessoas se aproximam de sua cama eterna para olhar aquela beleza pela última vez.

Paulo coloca sua mão sobre as dela. Conversa com Verônica como se ela pudesse escutar.

Giancarlo se aproxima, colocando a mão sobre o ombro de Paulo.

— Me perdoe, criança, falhamos com você. – Paulo acaricia o rosto de Verônica.

— Verônica! – os gritos desesperados invadem todo o local.

Luana anda o mais rápido que consegue, arrastando sua perna com as muletas.

— Como você me abandona assim? – as palavras de Luana saem em soluços, misturados às lágrimas.

Paulo se levanta com dificuldade, também se apoiando sobre muletas, ainda se recuperando. Segue em direção à Luana e a abraça, na tentativa de atermar aquela dor.

— Eu... Eu... Eu tentei. – fala abraçada a Paulo.

Ele passa as mãos sobre o rosto de Luana.

— Não se martirize assim, todos nós falhamos.

— Ela está... – Luana não completa a frase.

— Olhe pra ela. – Paulo aponta para Verônica. — Ela está bem. – acaricia o rosto de Verônica.

— Não consigo. – Luana se afasta.

— É, amigo, realmente é uma cena difícil de se ver. – fala Giancarlo.

Uma senhora baixinha, vestida de preto, com um chapelão preto de rendinhas, coloca as mãos sobre o caixão.

— O que fizeram com você, minha querida? – seca as lágrimas em um lenço preto. — Irei até o fim pra descobrir quem fez isso! – Helena beija a testa de Verônica.

Horas depois, o caixão é levado em direção ao mausoléu da família Salles, onde estão enterrados seus pais e sua madrinha. Luana se aproxima e coloca um ursinho de pelúcia sobre o caixão.

— Tivemos tão pouco tempo juntas. – fala aos pratos. — Leve o meu amigo Ted com você.

Soares se aproxima e coloca uma rosa branca sobre o caixão.

— Eu deveria ter matado aquele filho da puta antes! – fala Soares, com muita raiva.

Em minutos, o caixão começa a descer, sendo possível ver apenas as flores e o ursinho marrom de pelúcia.

O sol é tampado pelas nuvens cinzas, as pessoas começam a se afastar. O choro antes presente é substituído pelo piar dos pássaros de um fim de tarde.

O coração começa a bater lentamente, a respiração acompanha as batidas, seus olhos reviram por entre as pálpebras. Começa a escutar alguns sons, sua respiração e coração começam a acelerar, então abre os olhos e se vê em meio a uma penumbra, cercada por flores ao redor de seu corpo.

— Socorro! – grita Verônica, desesperada para sair daquele caixão.

Ela se debate no caixão e grita cada vez mais alto, pedindo por socorro.

— Eu tô viva! Me tirem daqui!

Escuta alguns barulhos bem perto dali. Ouve uma voz, o que a leva a se debater e gritar ainda mais.

De repente, a lateral do caixão é aberta, a luz invade o local, Verônica fecha os olhos com força, tentando se proteger do incômodo.

Sente os braços de alguém entrarem debaixo de suas pernas e costas, de forma a puxá-la para fora daquele caixão. Com muita dificuldade, abre os olhos, ainda se acostumando com a claridade.

— Você?!